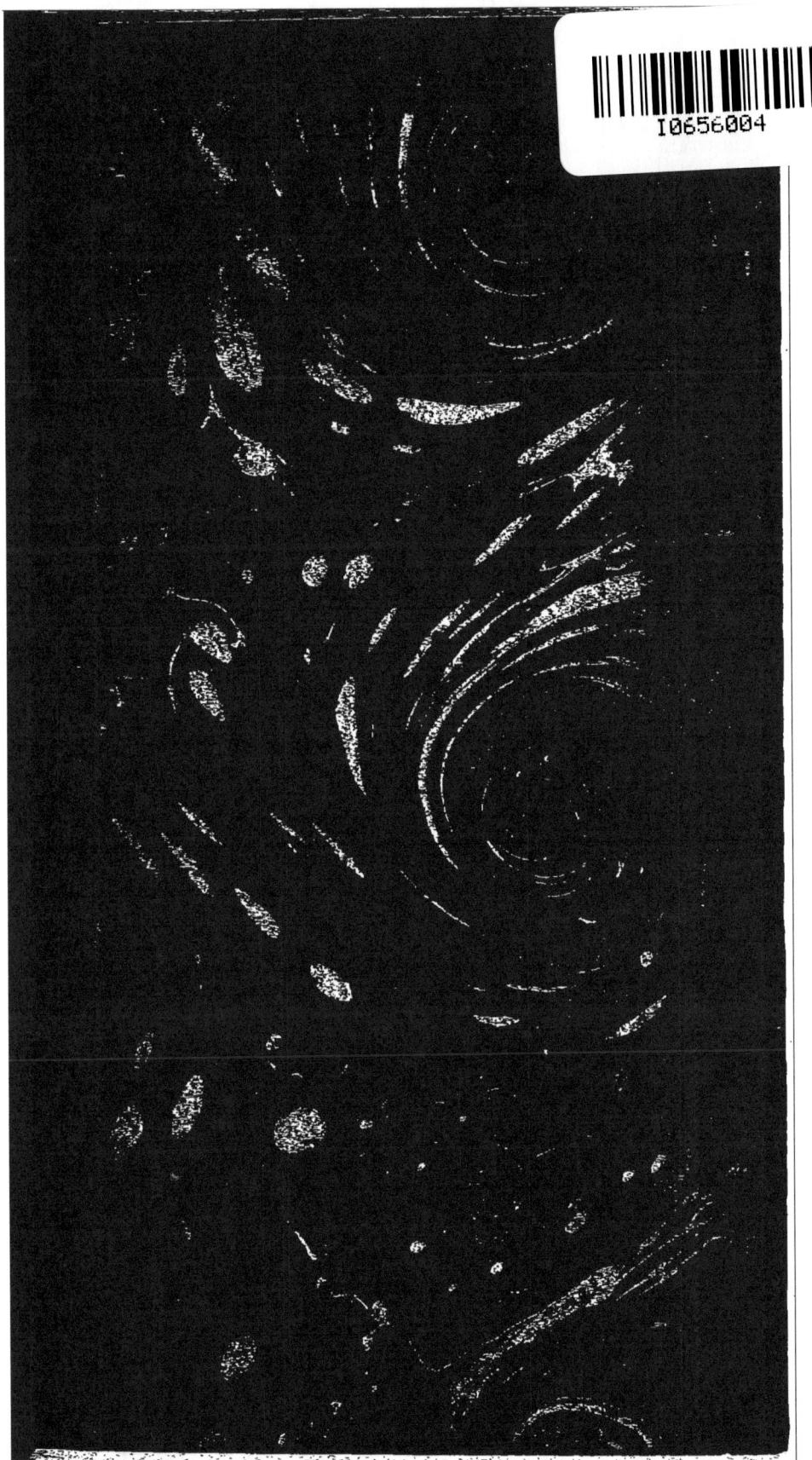

LES LIAISONS DANGEREUSES,

OU

LETTRES

Recüeillies dans une Société, & publiées pour l'inftruction de quelques autres.

Par M. C..... DE L...

Nouvelle Édition, augmentée d'une Correfpondance de l'Auteur avec Mde. RICCOBONI, & de fes Pieces Fugitives.

TOME TROISIEME.

M. DCC. LXXXVII.

LES LIAISONS DANGEREUSES.

LETTRE LXXXVIII.

CECILE VOLANGES au Vicomte de VALMONT.

MALGRÉ tout le plaifir que j'ai, Monfieur, à recevoir les Lettres de M. le Chevalier Danceny, & quoique je ne défire pas moins que lui, que nous puiffions nous voir encore, fans qu'on puiffe nous en empêcher ; je n'ai pas ofé cependant faire ce que vous me propofez. Premiérement, c'eft trop dangereux ; cette clef que vous voulez que je mette à la place de l'autre, lui reffemble bien affez à la vérité, mais pourtant il ne laiffe pas d'y avoir encore de la différence, & Maman regarde à tout, & s'apperçoit de tout. De plus,

IIIᵐᵉ. Partie.   A

quoiqu'on ne s'en ſoit pas encore ſervi depuis
que nous ſommes ici , il ne faut qu'un malheur , & ſi on s'en appercevoit , je ſerois
perdue pour toujours. Et puis , il me ſemble
auſſi que ce ſeroit bien mal ; faire comme
cela une double clef , c'eſt bien fort ! Il eſt
vrai que c'eſt vous qui auriez la bonté de
vous en charger ; mais malgré cela , ſi on le
ſavoit , je n'en porterois pas moins le blâme
& la faute , puiſque ce ſeroit pour moi que
vous l'auriez faite. Enfin , j'ai voulu eſſayer
deux fois de la prendre , & certainement cela
ſeroit bien facile , ſi c'étoit toute autre choſe :
mais je ne ſais pas pourquoi je me ſuis
toujours miſe à trembler , & n'en ai jamais
eu le courage. Je crois donc qu'il vaut mieux
reſter comme nous ſommes.

Si vous avez toujours la bonté d'être auſſi
complaiſant que juſqu'ici , vous trouverez
toujours bien le moyen de me remettre une
Lettre. Même pour la derniere , ſans le malheur qui a voulu que vous vous retourniez
tout de ſuite dans un certain moment , nous
aurions eu bien aiſé. Je ſens bien que vous
ne pouvez pas , comme moi , ne ſonger qu'à
ça ; mais j'aime mieux avoir plus de patience ,
& ne pas tant riſquer. Je ſuis ſûre que M.
Danceny diroit comme moi : car toutes les
fois qu'il vouloit quelque choſe qui me faiſoit trop de peine , il conſentoit toujours que
cela ne fût pas.

Je vous remettrai, Monſieur, en même-temps que cette Lettre, la vôtre, celle de M. Danceny, & votre clef. Je n'en ſuis pas moins reconnoiſſante de toutes vos bontés, & je vous prie bien de me les continuer. Il eſt bien vrai que je ſuis bien malheureuſe, & que ſans vous je le ſerois encore bien davantage : mais, après tout, c'eſt ma mere ; il faut bien prendre patience. Et pourvu que M. Danceny m'aime toujours, & que vous ne m'abandonniez pas, il viendra peut-être un temps plus heureux.

J'ai l'honneur d'être, Monſieur, avec bien de la reconnoiſſance, votre très-humble & très-obéiſſante ſervante.

De.... ce 26 Septembre 17**.

Le Vicomte DE VALMONT au Chevalier DANCENY.

Si vos affaires ne vont pas toujours auſſi vîte que vous le voudriez, mon ami, ce n'eſt pas tout-à-fait à moi qu'il faut vous en prendre. J'ai ici plus d'un obſtacle à vaincre. La vigilance & la ſévérité de Mᵈᵉ. de Volanges ne ſont pas les ſeuls ; votre jeune amie m'en oppoſe auſſi quelques-uns. Soit froideur, ou timidité, elle ne fait pas toujours ce que je lui conseille ; & je crois cependant savoir mieux qu'elle ce qu'il faut faire.

J'avois trouvé un moyen simple, commode & sûr, de lui remettre vos Lettres, & même de faciliter, par la suite, les entrevues que vous desirez : mais je n'ai pu la décider à s'en servir. J'en suis d'autant plus affligé, que je n'en vois pas d'autre pour vous rapprocher d'elle ; & que même pour votre correspondance, je crains sans cesse de nous compromettre tous trois. Or, vous jugez que je ne veux ni courir ce risque-là, ni vous y exposer l'un & l'autre.

Je serois pourtant vraiment peiné que le peu de confiance de votre petite amie, m'empêchât de vous être utile ; peut-être feriez-vous bien de lui en écrire. Voyez ce que vous voulez faire, c'est à vous seul à décider ; car ce n'est pas assez de servir ses amis, il faut encore les servir à leur maniere. Ce pourroit être aussi une façon de plus, de vous assurer de ses sentimens pour vous ; car la femme qui garde une volonté à elle, n'aime pas autant qu'elle le dit.

Ce n'est pas que je soupçonne votre Maîtresse d'inconstance : mais elle est bien jeune ; elle a grand'peur de sa Maman, qui, comme vous le savez, ne cherche qu'à vous nuire ; & peut-être seroit-il dangereux de rester trop long-temps sans l'occuper de vous. N'allez pas cependant vous inquiéter à un certain point, de ce que je vous dis là. Je n'ai dans le fond nulle raison de méfiance ; c'est uniquement la follicitude de l'amitié.

Je ne vous écris pas plus longuement, parce que j'ai bien auffi quelques affaires pour mon compte. Je ne fuis pas auffi avancé que vous : mais j'aime autant, & cela confole ; & quand je ne réuffirois pas pour moi, fi je parviens à vous être utile, je trouverai que j'ai bien employé mon temps. Adieu, mon ami.

Au Château de...., ce 26 Septembre 17**.

LETTRE XC.

La Préfidente de TOURVEL *au Vicomte DE* VALMONT.

JE defire beaucoup, Monfieur, que cette Lettre ne vous faffe aucune peine ; ou, fi elle doit vous en caufer, qu'au moins elle puiffe être adoucie par celle que j'éprouve en vous l'écrivant. Vous devez me connoître affez à préfent, pour être bien fûr que ma volonté n'eft pas de vous affliger ; mais vous, fans doute, vous ne voudriez pas non plus me plonger dans un défefpoir éternel. Je vous conjure donc, au nom de l'amitié tendre que

A 3

je vous ai promife, au nom même des fentimens peut-être plus vifs, mais à coup fûr
pas plus finceres, que vous avez pour moi,
ne nous voyons plus ; partez ; &, jufques-
là, fuyons fur-tout ces entretiens particuliers
& trop dangereux, où, par une inconcevable puiffance, fans jamais parvenir à vous
dire ce que je veux, je paffe mon temps à
écouter ce que je ne devrois pas entendre.

Hier encore, quand vous vîntes me joindre dans le parc, j'avois bien pour unique
objet de vous dire ce que je vous écris aujourd'hui ; & cependant qu'ai-je fait ? que
m'occuper de votre amour;.... de votre
amour, auquel jamais je ne dois répondre !
Ah ! de grace, éloignez-vous de moi.

Ne craignez pas que mon abfence altere
jamais mes fentimens pour vous : comment
parviendrois-je à les vaincre, quand je n'ai
plus le courage de les combattre ? Vous le
voyez, je vous dis tout ; je crains moins
d'avouer ma foibleffe que d'y fuccomber :
mais cet empire que j'ai perdu fur mes fentimens, je le conferverai fur mes actions ;
oui, je le conferverai, j'y fuis réfolue ; fût-
ce aux dépens de ma vie.

Hélas ! le temps n'eft pas loin, où je me
croyois bien fûre de n'avoir jamais de pareils
combats à foutenir. Je m'en félicitois ; je m'en
glorifiois peut-être trop. Le Ciel a puni, cruel-

lement puni cet orgueil : mais plein de miséricorde au moment même qu'il nous frappe, il m'avertit encore avant la chûte, & je ferois doublement coupable, si je continuois à manquer de prudence, déjà prévenue que je n'ai plus de force.

Vous m'avez dit cent fois que vous ne voudriez pas d'un bonheur acheté par mes larmes. Ah ! ne parlons plus de bonheur, mais laissez-moi reprendre quelque tranquillité.

En accordant ma demande, quels nouveaux droits n'acquerrez-vous pas sur mon cœur ? & ceux-là, fondés sur la vertu, je n'aurai point à m'en défendre. Combien je me plairai dans ma reconnoissance ! Je vous devrai la douceur de goûter sans remords un sentiment délicieux. A présent, au contraire, effrayée de mes sentimens, de mes pensées, je crains également de m'occuper de vous & de moi; votre idée même m'épouvante : quand je ne peux la fuir, je la combats; je ne l'éloigne pas, mais je la repousse.

Ne vaut-il pas mieux pour tous deux faire cesser cet état de trouble & d'anxiété ? O vous, dont l'ame toujours sensible, même au milieu de ses erreurs, est restée amie de la vertu, vous aurez égard à ma situation douloureuse, vous ne rejeterez pas ma priere ! Un intérêt plus doux, mais non moins tendre, succédera à ces agitations violentes ; alors, res-

pirant par vos bienfaits, je chérirai mon
exiſtence, & je dirai, dans la joie de mon
cœur : ce calme que je reſſens, je le dois à
mon ami.

En vous ſoumettant à quelques privations
légeres, que je ne vous impoſe point, mais
que je vous demande, croirez-vous donc
acheter trop cher la fin de mes tourmens?
Ah! ſi, pour vous rendre heureux, il ne falloit
que conſentir à être malheureuſe, vous pouvez m'en croire, je n'héſiterois pas un moment.... Mais devenir coupable!...: non,
mon ami, non, plutôt mourir mille fois.

Déjà aſſaillie par la honte, à la veille des
remords, je redoute, & les autres & moi-
même ; je rougis dans le cercle, & frémis
dans la ſolitude ; je n'ai plus qu'une vie de
douleurs ; je n'aurai de tranquillité que par
votre conſentement. Mes réſolutions les plus
louables ne ſuffiſent pas pour me raſſurer ;
j'ai formé celle-ci dès hier, & cependant j'ai
paſſé cette nuit dans les larmes.

Voyez votre amie, celle que vous aimez,
confuſe & ſuppliante, vous demander le repos & l'innocence. Ah Dieu! ſans vous eût-
elle jamais été réduite à cette humiliante demande ? Je ne vous reproche rien ; je ſens
trop par moi-même combien il eſt difficile
de réſiſter à un ſentiment impérieux. Une
plainte n'eſt pas un murmure. Faites par gé-

hérofité ce que je fais par devoir ; & à tous les fentimens que vous m'avez infpirés, je joindrai celui d'une éternelle reconnoiffance. Adieu, adieu, Monfieur.

*De.... ce 27 Septembre 17**.*

LETTRE XCI.

Le Vicomte DE VALMONT à la Préfidente DE TOURVEL.

CONSTERNÉ par votre Lettre, j'ignore encore, Madame, comment je pourrai y répondre. Sans doute, s'il faut choifir entre votre malheur & le mien, c'eft à moi à me facrifier, & je ne balance pas : mais de fi grands intérêts méritent bien, ce me femble, d'être avant tout difcutés & éclaircis ; & comment y parvenir, fi nous ne devons plus nous parler ni nous voir ?

Quoi ! tandis que les fentimens les plus doux nous uniffent, une vaine terreur fuffira pour nous féparer, peut-être fans retour ! En vain l'amitié tendre, l'ardent amour réclameront leurs droits ; leurs voix ne feront point entendues : & pourquoi ? quel eft donc ce danger preffant qui vous menace ? Ah ! croyez-moi, de pareilles craintes, & fi lé-

A 5

gérement conçues, font déjà, ce me femble, d'affez puiffans motifs de fécurité.

Permettez-moi de vous le dire, je retrouve ici la trace des impreffions défavorables qu'on vous a données fur moi. On ne tremble point auprès de l'homme qu'on eftime ; on n'éloigne pas, fur-tout, celui qu'on a jugé digne de quelqu'amitié : c'eft l'homme dangereux qu'on redoute & qu'on fuit.

Cependant, qui fut jamais plus refpectueux & plus foumis que moi ? Déjà, vous le voyez, je m'obferve dans mon langage ; je ne me permets plus ces noms fi doux, fi chers à mon cœur, & qu'il ne ceffe de vous donner en fecret. Ce n'eft plus l'amant fidele & malheureux, recevant les confeils & les confolations d'une amie tendre & fenfible ; c'eft l'accufé devant fon juge, l'efclave devant fon maître. Ces nouveaux titres impofent fans doute de nouveaux devoirs ; je m'engage à les remplir tous. Ecoutez-moi, & fi vous me condamnez, j'y foufcris & je pars. Je promets davantage ; préférez-vous ce defpotifme qui juge fans entendre ? vous fentez-vous le courage d'être injufte ? ordonnez & j'obéis encore.

Mais ce jugement, ou cet ordre, que je l'entende de votre bouche. Et pourquoi, m'allez-vous dire à votre tour ? Ah ! que fi vous faites cette queftion, vous connoiffez peu l'amour & mon cœur ! N'eſt-ce donc rien de vous voir encore une fois ? Eh ! quand vous porterez le déſeſpoir dans mon ame, peut-être un regard conſolateur l'empêchera d'y ſuccomber. Enfin, s'il me faut renoncer à l'amour, à l'amitié, pour qui ſeuls j'exiſte, au moins vous verrez votre ouvrage, & votre pitié me reſtera : cette faveur légere, quand même je ne la mériterois pas, je me ſoumets, ce me ſemble, à la payer aſſez cher, pour eſpérer de l'obtenir.

Quoi! vous allez m'éloigner de vous ! Vous conſentez donc à ce que nous devenions étrangers l'un à l'autre ! que dis-je ? vous le déſirez ; & tandis que vous m'aſſurez que mon abſence n'altérera point vos ſentimens, vous ne preſſez mon départ que pour travailler plus facilement à les détruire.

Déjà, vous me parlez de les remplacer par de la reconnoiſſance. Ainſi, le ſentiment qu'obtiendroit de vous un inconnu pour le plus léger ſervice, votre ennemi même, en ceſſant de vous nuire, voilà ce que vous m'offrez ! & vous voulez que mon cœur s'en contente ! Interrogez le vôtre : ſi votre amant, ſi votre ami, venoient un jour vous parler de leur reconnoiſſance, ne leur diriez-vous pas, avec indignation : retirez-vous, vous êtes des ingrats ?

Je m'arrête & réclame votre indulgence.

A 6

Pardonnez l'expreſſion d'une douleur que vous faites naître : elle ne nuira point à ma ſou-miſſion parfaite. Mais je vous en conjure à mon tour, au nom de ces ſentimens ſi doux, que vous-même vous réclamez, ne refuſez pas de m'entendre ; & par pitié du moins pour le trouble mortel où vous m'avez plongé, n'en éloignez pas le moment. Adieu, Madame.

De...., ce 27 Septembre 17**, au ſoir.

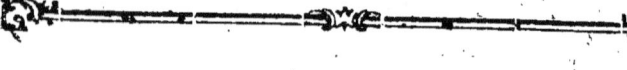

LETTRE XCII.

Le Chevalier DANCENY au Vicomte DE VALMONT.

O MON ami ! votre Lettre m'a glacé d'effroi. Cécile.... O Dieu ! eſt-il poſſible ? Cécile ne m'aime plus. Oui, je vois cette affreuſe vérité à travers le voile dont votre amitié l'entoure. Vous avez voulu me préparer à recevoir ce coup mortel ; je vous remercie de vos ſoins, mais peut-on en impoſer à l'amour ? Il court au-devant de ce qui l'intéreſſe ; il n'apprend pas ſon ſort, il le devine. Je ne doute plus du mien : parlez-moi ſans détour, vous le pouvez, & je vous en prie. Mandez-moi tout ; ce qui a fait naître vos

ſoupçons, ce qui les a confirmés. Les moindres détails ſont précieux. Tâchez, ſur-tout,
de vous rappeller ſes paroles. Un mot pour
l'autre peut changer toute une phraſe ; le
même, a quelquefois deux ſens.... Vous pouvez vous être trompé : hélas, je cherche à
me flatter encore. Que vous a-t-elle dit ? me
fait-elle quelque reproche ? au moins ne ſe
défend-elle pas de ſes torts ? J'aurois dû prévoir ce changement, par les difficultés que,
depuis un temps, elle trouve à tout. L'amour
ne connoît pas tant d'obſtacles.

Quel parti dois-je prendre ? que me con-
ſeillez-vous ? ſi je tentois de la voir ; cela eſt-
il donc impoſſible ? L'abſence eſt ſi cruelle,
ſi funeſte.... & elle a refuſé un moyen de
me voir ! Vous ne me dites pas quel il étoit ;
s'il y avoit en effet trop de danger, elle ſait
bien que je ne veux pas qu'elle ſe riſque trop.
Mais auſſi je connois votre prudence, &, pour
mon malheur, je ne peux pas ne pas y croire.

Que vais-je faire à préſent ? comment lui
écrire ? Si je lui laiſſe voir mes ſoupçons, ils
la chagrineront peut-être ; & s'ils ſont injuſtes,
me pardonnerois-je de l'avoir affligée ? Si je
les lui cache, c'eſt la tromper, & je ne ſais
point diſſimuler avec elle.

Oh ! ſi elle pouvoit ſavoir ce que je ſouffre, ma peine la toucheroit. Je la connois ſenſible ; elle a le cœur excellent, & j'ai mille

preuves de ſon amour. Trop de timidité, quelqu'embarras ; elle eſt ſi jeune ! & ſa mere la traite avec tant de ſévérité ! Je vais lui écrire ; je me contiendrai ; je lui demanderai ſeulement de s'en remettre entiérement à vous. Quand même elle refuſeroit encore, elle ne pourra pas au moins ſe fâcher de ma priere ; & peut-être elle conſentira.

Vous, mon ami, je vous fais mille excuſes, & pour elle & pour moi. Je vous aſſure qu'elle ſent le prix de vos ſoins, qu'elle en eſt reconnoiſſante. Ce n'eſt pas méfiance, c'eſt timidité. Ayez de l'indulgence, c'eſt le plus beau caractere de l'amitié. La vôtre m'eſt bien précieuſe, & je ne ſais comment reconnoître tout ce que vous faites pour moi. Adieu, je vais écrire tout de ſuite.

Je ſens toutes mes craintes revenir ; qui m'eût dit que jamais il m'en coûteroit de lui écrire ! Hélas ! hier encore, c'étoit mon plaiſir le plus doux.

Adieu, mon ami ; continuez-moi vos ſoins, & plaignez-moi beaucoup.

Paris, ce 27 Septembre 17**.

LETTRE XCIII.

Le Chevalier DANCENY *à* CECILE VOLANGES,

(Jointe à la précédente).

JE ne puis vous diffimuler combien j'ai été affligé en apprenant de Valmont le peu de confiance que vous continuez à avoir en lui. Vous n'ignorez pas qu'il eft mon ami, qu'il eft la feule perfonne qui puiffe nous rapprocher l'un de l'autre : j'avois cru que ces titres feroient fuffifans auprès de vous ; je vois avec peine que je me fuis trompé. Puis-je efpérer qu'au moins vous m'inftruirez de vos raifons ? Ne trouverez-vous pas encore quelques difficultés qui vous en empêcheront ? Je ne puis cependant deviner fans vous le myftere de cette conduite. Je n'ofe foupçonner votre amour, fans doute auffi vous n'oferiez trahir le mien. Ah! Cécile ! . . . . .

Il eft donc vrai que vous avez refufé un moyen de me voir ? un moyen *fimple, commode & fûr* (1)? Et c'eft ainfi que vous

---

(1) Danceny ne fait pas quel étoit ce moyen ; il répete feulement l'expreffion de Valmont.

m'aimez ! Une si courte absence a bien changé
vos sentimens. Mais pourquoi me tromper ?
pourquoi me dire que vous m'aimez toujours,
que vous m'aimez davantage ? Votre Maman,
en détruisant votre amour, a-t-elle aussi
détruit votre candeur ? Si au moins elle vous
a laissé quelque pitié, vous n'apprendrez pas
sans peine les tourmens affreux que vous me
causez. Ah ! je souffrirois moins pour mourir.

Dites-moi donc, votre cœur m'est-il fermé
sans retour ? m'avez-vous entièrement oublié ? Grâce à vos refus, je ne sais, ni quand
vous entendrez mes plaintes, ni quand vous
y répondrez. L'amitié de Valmont avoit assuré notre correspondance : mais vous, vous
n'avez pas voulu ; vous la trouviez pénible,
vous avez préféré qu'elle fût rare. Non, je
ne croirai plus à l'amour, à la bonne foi. Eh !
qui peut-on croire, si Cécile m'a trompé ?

Répondez-moi donc, est-il vrai que vous
ne m'aimez plus ? Non, cela n'est pas possible ; vous vous faites illusion ; vous calom-
niez votre cœur. Une crainte passagere, un
moment de découragement, mais que l'amour
a bientôt fait disparoître ; n'est-il pas vrai,
ma Cécile ? ah ! sans doute, & j'ai tort de
vous accuser. Que je serois heureux d'avoir
tort ! que j'aimerois à vous faire de tendres
excuses, à réparer ce moment d'injustice par
une éternité d'amour !

Cécile, Cécile, ayez pitié de moi ! Confentez à me voir, prenez-en tous les moyens ! Voyez ce que produit l'abfence ! des craintes, des foupçons, peut-être de la froideur ! un feul regard, un feul mot, & nous ferons heureux. Mais quoi ! puis-je encore parler de bonheur ? peut-être eft-il perdu pour moi, perdu pour jamais. Tourmenté par la crainte, cruellement preffé entre les foupçons injuftes & la vérité plus cruelle, je ne puis m'arrêter à aucune penfée ; je ne conferve d'exiftence que pour fouffrir & vous aimer. Ah Cécile ! vous feule avez le droit de me la rendre chere, & j'attends du premier mot que vous prononcerez, le retour du bonheur ou la certitude d'un défefpoir éternel.

*Paris.... ce 27 Septembre 17**.*

LETTRE XCIV.

CECILE VOLANGES au Chevalier DANCENY.

JE ne conçois rien à votre Lettre, finon la peine qu'elle me caufe. Qu'eft-ce que M. de Valmont vous a donc mandé, & qu'eft-ce qui a pu vous faire croire que je ne vous aimois plus ? Cela feroit peut-être bien heu-

reux pour moi , car fûrement j'en ferois moins
tourmentée; & il eſt bien dur , quand je vous
aime, comme je fais, de voir que vous croyez
toujours que j'ai tort, & qu'au lieu de me confoler , ce foit de vous que me viennent toujours les peines qui me font le plus de chagrin. Vous croyez que je vous trompe , &
que je vous dis ce qui n'eſt pas ! vous avez-
là une jolie idée de moi ! Mais quand je ferois
menteufe comme vous me le reprochez , quel
intérêt y aurois-je ? Aſſurément, fi je ne vous
aimois plus , je n'aurois qu'à le dire , & tout
le monde m'en loueroit, mais, par malheur,
c'eſt plus fort que moi, & il faut que ce foit
pour quelqu'un qui ne m'en a pas d'obligation
du tout !

    Qu'eſt-ce que j'ai donc fait, pour vous tant
fâcher ? Je n'ai pas ofé prendre une clef, parce
que je craignois que Maman ne s'en apperçût,
& que cela ne me cauſât encore du chagrin,
& à vous auſſi à caufe de moi ; & puis encore
parce qu'il me femble que c'eſt mal fait. Mais
ce n'étoit que M. de Valmont qui m'en avoit
parlé ; je ne pouvois pas favoir fi vous le
vouliez ou non , puifque vous n'en faviez
rien. A préfent que je fais que vous le dé-
firez, eſt-ce que je refufe de la prendre, cette
clef ? Je la prendrai dès demain , & puis nous
verrons ce que vous aurez encore à dire.

    M. de Valmont a beau être votre ami ; je

erois que je vous aime bien autant qu'il peut
vous aimer, pour le moins ; & cependant c'est
toujours lui qui a raison, & moi j'ai toujours
tort. Je vous affure que je fuis bien fâchée.
Ça vous eft bien égal, parce que vous favez
que je m'appaife tout de fuite : mais à préfent
que j'aurai la clef, je pourrai vous voir quand
je voudrai, & je vous affure que je ne voudrai
pas, quand vous agirez comme ça. J'aime
mieux avoir du chagrin qui me vienne de
moi, que s'il me venoit de vous : voyez ce
que vous voulez faire.

Si vous vouliez, nous nous aimerions tant !
& au moins n'aurions-nous de peines que celles
qu'on nous fait ! Je vous affure bien que fi
j'étois maîtreffe, vous n'auriez jamais à vous
plaindre de moi : mais fi vous ne me croyez
pas, nous ferons toujours bien malheureux,
& ce ne fera pas ma faute. J'efpere que bientôt
nous pourrons nous voir, & qu'alors nous
n'aurons plus d'occafions de nous chagriner
comme à préfent.

Si j'avois pu prévoir ça, j'aurois pris cette
clef tout de fuite : mais en vérité, je croyois
bien faire. Ne m'en voulez donc pas, je vous
en prie. Ne foyez plus trifte, & aimez-moi
toujours autant que je vous aime, alors je
ferai bien contente. Adieu, mon cher ami.

*Du Château de .... ce 28 Septembre 17***

LETTRE CXV.

CECILE VOLANGES au Vicomte DE VALMONT.

JE vous prie, Monſieur, de vouloir bien avoir la bonté de me remettre cette clef que vous m'aviez donnée pour mettre à la place de l'autre ; puiſque tout le monde le veut, il faut bien que j'y conſente auſſi.

Je ne ſais pas pourquoi vous avez mandé à M. Danceny que je ne l'aimois plus ; je ne crois pas vous avoir jamais donné lieu de le penſer ; & cela lui a fait bien de la peine, & à moi auſſi. Je ſais bien que vous êtes ſon ami, mais ce n'eſt pas une raiſon pour le chagriner, ni moi non plus. Vous me feriez bien plaiſir de lui mander le contraire, la premiere fois que vous lui écrirez, & que vous en êtes ſûr : car c'eſt en vous qu'il a le plus de confiance ; & moi, quand j'ai dit une choſe, & qu'on ne la croit pas, je ne ſais plus comment faire.

Pour ce qui eſt de la clef, vous pouvez être tranquille : j'ai bien retenu tout ce que vous me recommandiez dans votre Lettre. Cependant, ſi vous l'avez encore, & que vous vouliez me la donner en même temps, je vous promets que j'y ferai bien attention. Si ce pouvoit être demain en allant dîner, je vous donnerois l'autre clef après-demain à déjeûner, & vous me la remettriez de la même façon que la premiere. Je voudrois bien que cela ne fût pas plus long, parce qu'il y auroit moins de temps à risquer que Maman ne s'en apperçût.

Et puis, quand une fois vous aurez cette clef-là, vous aurez bien la bonté de vous en servir aussi pour prendre mes Lettres ; & comme cela M. Danceny aura plus souvent de mes nouvelles. Il est vrai que ce sera bien plus commode qu'à présent ; mais c'est que d'abord, cela m'a fait trop peur ; je vous prie de m'excuser, & j'espere que vous n'en continuerez pas moins d'être aussi complaisant que par le passé. J'en serai aussi toujours bien reconnoissante.

J'ai l'honneur d'être, Monsieur, votre très-humble & trés-obéissante servante.

De.... ce 28 Septembre 17**.

LETTRE XCVI.

Le Vicomte DE VALMONT à la Marquise DE MERTEUIL.

JE parie bien que, depuis votre aventure, vous attendez chaque jour mes complimens & mes éloges; je ne doute même pas que vous n'ayiez pris un peu d'humeur de mon long silence : mais que voulez-vous? j'ai toujours pensé que quand il n'y avoit plus que des louanges à donner à une femme, on pouvoit s'en reposer sur elle, & s'occuper d'autre chose. Cependant je vous remercie pour mon compte, & vous félicite pour le vôtre. Je veux bien même, pour vous rendre parfaitement heureuse, convenir que, pour cette fois, vous avez surpassé mon attente. Après cela, voyons si de mon côté j'aurai du moins rempli la vôtre en partie.

Ce n'est pas de Mᵈᵉ. de Tourvel dont je veux vous parler; sa marche trop lente vous déplaît, vous n'aimez que les affaires faites. Les scenes filées vous ennuient, & moi, jamais je n'avois goûté le plaisir que j'éprouve dans ces lenteurs prétendues.

Oui, j'aime à voir, à considérer cette

femme prudente , engagée , fans s'en être apperçue , dans un fentier qui ne permet plus
de retour , & dont la pente rapide & dangereufe l'entraîne malgré elle , & la force à
me fuivre. Là, effrayée du péril qu'elle court,
elle voudroit s'arrêter , & ne peut fe retenir.
Ses foins & fon adreffe peuvent bien rendre
fes pas moins grands, mais il faut qu'ils fe
fuccedent. Quelquefois , n'ofant fixer le danger, elle ferme les yeux, & fe laiffant aller ,
s'abandonne à mes foins. Plus fouvent, une
nouvelle crainte ranime fes efforts : dans fon
effroi mortel , elle veut tenter encore de retourner en arriere ; elle épuife fes forces pour
gravir péniblement un court efpace , & bientôt un magique pouvoir la replace plus près
de ce danger que vainement elle avoit voulu
fuir. Alors n'ayant plus que moi pour guide
& pour appui, fans fonger à me reprocher
davantage une chûte inévitable , elle m'implore pour la retarder. Les ferventes prieres ,
les humbles fupplications , tout ce que les mortels, dans leur crainte , offrent à la Divinité ,
c'eft moi qui le reçois d'elle , & vous voulez
que fourd à fes vœux, & détruifant moi-
même le culte qu'elle me rend , j'emploie à
la précipiter , la puiffance qu'elle invoque
pour la foutenir ; ah ! laiffez-moi du moins
le temps d'obferver ces touchans combats entre
l'amour & la vertu.

Eh quoi ! ce même fpectacle qui vous fait courir au Théatre avec empreffement, que vous y applaudiffez avec fureur, le croyez-vous moins attachant dans la réalité ? Ces fentimens d'une ame pure & tendre, qui redoute le bonheur qu'elle defire, & ne ceffe pas de fe défendre, même alors qu'elle ceffe de réfifter, vous les écoutez avec enthoufiafme : ne feroient-ils fans prix que pour celui qui les fait naître ? Voilà pourtant, voilà les délicieufes jouiffances que cette femme célefte m'offre chaque jour, & vous me reprochez d'en favourer les douceurs ! Ah ! le temps ne viendra que trop tôt, où, dégradée par fa chûte, elle ne fera plus pour moi qu'une femme ordinaire.

Mais j'oublie, en vous parlant d'elle, que je ne voulois pas vous en parler. Je ne fais quelle puiffance m'y attache, m'y ramène fans ceffe, même alors que je l'outrage. Ecartons fa dangereufe idée ; que je redevienne moi-même pour traiter un fujet plus gai. Il s'agit de votre pupille, à préfent devenue la mienne, & j'efpere qu'ici vous allez me reconnoître.

Depuis quelques jours, mieux traité par ma tendre dévote, & par conféquent moins occupé d'elle, j'avois remarqué que la petite Volanges étoit en effet fort jolie, & que, s'il y avoit de la fottife à en être amoureux

comme

Danceny, peut-être n'y en avoit-il pas
moins de ma part, à ne pas chercher auprès
d'elle une diſtraction que ma ſolitude me
rendoit néceſſaire. Il me parut juſte auſſi de
me payer des ſoins que je me donnois pour
elle : je me rappellois en outre que vous me
l'aviez offerte, avant que Danceny eût rien
à y prétendre ; & je me trouvois fondé à
réclamer quelques droits, ſur un bien qu'il
ne poſſédoit qu'à mon refus & par mon
abandon. La jolie mine de la petite perſonne,
ſa bouche ſi fraîche, ſon air enfantin, ſa gaucherie même, fortifioient ces ſages réflexions ; je réſolus d'agir en conſéquence, &
le ſuccès a couronné l'entrepriſe.

Déjà vous cherchez par quel moyen j'ai
ſupplanté ſi-tôt l'amant chéri ; quelle ſéduction
convient à cet âge, à cette inexpérience.
Epargnez-vous tant de peine, je n'en ai employé aucune. Tandis que maniant avec
adreſſe les armes de votre ſexe, vous
triomphiez par la fineſſe ; moi, rendant à
l'homme ſes droits impreſcriptibles, je ſub-
juguois par l'autorité. Sûr de ſaiſir ma proie,
ſi je pouvois la joindre, je n'avois beſoin
de ruſe que pour m'en approcher, & même
celle dont je me ſuis ſervi ne mérite preſque pas ce nom.

Je profitai de la premiere Lettre que je
reçus de Danceny pour ſa Belle, & après

l'en avoir avertie par le fignal convenu entre nous, au lieu de mettre mon adreffe à la lui rendre, je la mis à n'en pas trouver le moyen : cette impatience que je faifois naître, je feignois de la partager, & après avoir caufé le mal, j'indiquai le remede.

La jeune perfonne habite une chambre dont une porte donne fur le corridor ; mais, comme de raifon, la mere en avoit pris la clef. Il ne s'agiffoit que de s'en rendre maître. Rien de plus facile dans l'exécution ; je ne demandois que d'en difpofer deux heures, & je répondois d'en avoir une femblable. Alors, correfpondances, entrevues, rendez-vous nocturnes, tout devenoit commode & fûr : cependant, le croiriez-vous ? l'Enfant timide prit peur & refufa. Un autre s'en feroit défolé ; moi je n'y vis que l'occafion d'un plaifir plus piquant. J'écrivis à Danceny pour me plaindre de ce refus, & je fis fi bien que notre étourdi n'eut de ceffe qu'il n'eût obtenu, exigé même de fa craintive Maîtreffe, qu'elle accordât ma demande & fe livrât toute à ma difcrétion.

J'étois bien aife, je l'avoue, d'avoir ainfi changé de rôle, & que le jeune homme fît pour moi ce qu'il comptoit que je ferois pour lui. Cette idée doubloit, à mes yeux, le prix de l'aventure : auffi dès que j'ai eu la précieufe clef, me fuis-je hâté d'en faire ufage ; c'étoit la nuit derniere.

Après m'être assuré que tout étoit tranquille dans le Château; armé de ma lanterne sourde, & dans la toilette que comportoit l'heure & qu'exigeoit la circonstance, j'ai rendu ma premiere visite à votre pupille. J'avois tout fait préparer (& cela par elle-même), pour pouvoir entrer sans bruit. Elle étoit dans son premier sommeil, & dans celui de son âge ; de façon que je suis arrivé jusqu'à son lit, sans qu'elle se soit réveillée. J'ai d'abord été tenté d'aller plus avant, & d'essayer de passer pour un songe; mais craignant l'effet de la surprise & le bruit qu'elle entraîne, j'ai préféré d'éveiller avec précaution la jolie dormeuse, & suis en effet parvenu à prévenir le cri que je redoutois.

Après avoir calmé ses premieres craintes, comme je n'étois pas venu là pour causer, j'ai risqué quelques libertés. Sans doute on ne lui a pas bien appris dans son couvent, à combien de périls divers est exposée la timide innocence, & tout ce qu'elle a à garder pour n'être pas surprise ; car, portant toute son attention, toute ses forces, à se défendre d'un baiser, qui n'étoit qu'une fausse attaque, tout le reste étoit laissé sans défense : le moyen de n'en pas profiter ! J'ai donc changé ma marche, & sur le champ j'ai pris poste. Ici nous avons pensé être

B 2

perdus tous deux ; la petite fille, toute effarouchée ; a voulu crier de bonne foi ; heureufement fa voix s'eft éteinte dans les pleurs,
Elle s'étoit jetée auffi au cordon de fa fon-
nette, mais mon adreffe a retenu fon bras
à temps.

« Que voulez-vous faire, lui ai-je dit
» alors, vous perdre pour toujours? Qu'on
» vienne, & que m'importe? à qui perfua-
» derez-vous que je ne fois pas ici de votre
» aveu? Quel autre que vous m'aura fourni
» le moyen de m'y introduire? & cette clef,
» que je tiens de vous, que je n'ai pu avoir
» que par vous, vous chargerez-vous d'en
» indiquer l'ufage? » Cette courte harangue
n'a calmé ni la douleur ni la colere, mais
elle a amené la foumiffion. Je ne fais fi
j'avois le ton de l'éloquence, au moins eft-il
vrai que je n'en avois pas le gefte. Une main
occupée pour la force, l'autre pour l'amour,
quel Orateur pourroit prétendre à la grace
en pareille fituation? Si vous vous la pei-
gnez bien, vous conviendrez qu'au moins
elle étoit favorable à l'attaque ; mais moi,
je n'entends rien à rien, &, comme vous
dites, la femme la plus fimple, une penfionnaire, me mene comme un enfant.

Celle-ci, tout en fe défolant, fentoit qu'il
falloit prendre un parti, & entrer en com-
pofition. Les prieres me trouvant inexorable,

il a fallu passer aux offres. Vous croyez que j'ai vendu bien cher ce poste important : non, j'ai tout promis pour un baiser. Il est vrai que, le baiser pris, je n'ai pas tenu ma promesse : mais j'avois de bonnes raisons. Etions-nous convenus qu'il seroit pris ou donné ? A force de marchander, nous sommes tombés d'accord pour un second ; & celui-là, il étoit dit qu'il seroit reçu. Alors ayant guidé ses bras timides autour de mon corps, & la pressant de l'un des miens plus amoureusement, le doux baiser a été reçu en effet ; mais bien, mais parfaitement reçu : tellement enfin que l'Amour n'auroit pas pu mieux faire.

Tant de bonne foi méritoit récompense, aussi ai-je aussi-tôt accordé la demande. La main s'est retirée ; mais je ne sais par quel hasard je me suis trouvé moi-même à sa place. Vous me supposez-là bien empressé, bien actif, n'est-il pas vrai ? point du tout. J'ai pris goût aux lenteurs, vous dis-je. Une fois sûr d'arriver, pourquoi tant presser le voyage ?

Sérieusement, j'étois bien aise d'observer une fois la puissance de l'occasion, & je la trouvois ici dénuée de tout secours étranger. Elle avoit pourtant à combattre l'amour, & l'amour soutenu par la pudeur ou la honte, & fortifié sur-tout par l'humeur que j'avois

B 3

donnée, & dont on avoit beaucoup pris.
L'occasion étoit seule; mais elle étoit là,
toujours offerte, toujours présente, & l'Amour
étoit absent.

Pour assurer mes observations, j'avois la
malice de n'employer de force que ce qu'on
en pouvoit combattre. Seulement si ma charmante ennemie, abusant de ma facilité, se
trouvoit prête à m'échapper, je la contenois
par cette même crainte, dont j'avois déjà
éprouvé les heureux effets. Hé bien, sans
autre soin, la tendre amoureuse, oubliant
ses sermens, a cédé d'abord & fini par consentir; non pas qu'après ce premier moment
les reproches & les larmes ne soient revenus
de concert; j'ignore s'ils étoient vrais ou
feints: mais, comme il arrive toujours, ils
ont cessé, dès que je me suis occupé à y
donner lieu de nouveau. Enfin, de foiblesse
en reproche, & de reproche en foiblesse,
nous ne nous sommes séparés que satisfaits
l'un de l'autre, & également d'accord pour
le rendez-vous de ce soir.

Je ne me suis retiré chez moi qu'au point
du jour, & j'étois rendu de fatigue & de
sommeil : cependant j'ai sacrifié l'un & l'autre
au desir de me trouver ce matin au déjeûner; j'aime, de passion, les mines de lendemain. Vous n'avez pas d'idée de celle-ci.
C'étoit un embarras dans le maintien! une

difficulté dans la marche! des yeux toujours
baiffés, & fi gros, & fi battus! Cette figure fi
ronde s'étoit tant allongée! rien n'étoit fi plaifant. Et pour la premiere fois, fa mere,
alarmée de ce changement extrême, lui té-
moignoit un intérêt affez tendre! & la Préfidente auffi, qui s'empreffoit autour d'elle!
Oh! pour ces foins là, ils ne font que prêtés; un jour viendra où on pourra les lui
rendre, & ce jour n'eft pas loin. Adieu, ma
belle amie.

*Du Château de...., ce 1er. Octobre 17**.*

LETTRE XCVII.

CÉCILE VOLANGES à la Marquife
DE MERTEUIL.

AH! mon Dieu, Madame, que je fuis
affligée! que je fuis malheureufe! Qui me
confolera dans mes peines? qui me confeil-
lera dans l'embarras où je me trouve. Ce
M. de Valmont.... & Danceny! non, l'idée
de Danceny me met au défefpoir.... Comment vous raconter? comment vous dire?...
Je ne fais comment faire. Cependant mon
cœur eft plein.... Il faut que je parle à quel-

B 4.

qu'un, & vous êtes la seule à qui je puisse,
à qui j'ose me confier. Vous avez tant de
bonté pour moi! Mais n'en ayez pas dans
ce moment-ci; je n'en suis pas digne : que
vous dirai-je? je ne le desire point. Tout le
monde ici m'a témoigné de l'intérêt aujour-
d'hui...; ils ont tous augmenté ma peine. Je
sentois tant que je ne le méritois pas! Grondez-moi, au contraire, grondez-moi bien,
car je suis bien coupable; mais après, sau-
vez-moi : si vous n'avez pas la bonté de
me conseiller, je mourrai de chagrin.

Apprenez donc.... ma main tremble,
comme vous voyez, je ne peux presque
pas écrire, je me sens le visage tout en
feu.... Ah! c'est bien le rouge de la honte.
Hé bien, je la souffrirai; ce sera la premiere
punition de ma faute. Oui, je vous dirai
tout.

Vous saurez donc que M. de Valmont,
qui m'a remis jusqu'ici les lettres de M. Danceny, a trouvé tout d'un coup que c'étoit
trop difficile; il a voulu avoir une clef de
ma chambre. Je puis bien vous assurer que
je ne voulois pas; mais il a été en écrire
à Danceny, & Danceny l'a voulu aussi;
& moi, ça me fait tant de peine quand je
lui refuse quelque chose, sur-tout depuis mon
absence, qui le rend si malheureux, que j'ai
fini par y consentir. Je ne prévoyois pas le
malheur qui en arriveroit.

Hier, M. de Valmont s'eſt ſervi de cette clef pour venir dans ma chambre, comme j'étois endormie; je m'y attendois ſi peu, qu'il m'a fait bien peur en me réveillant; mais comme il m'a parlé tout de ſuite, je l'ai reconnu, & je n'ai pas crié; & puis l'idée m'eſt venu d'abord qu'il venoit peut-être m'apporter une lettre de Danceny. C'en étoit bien loin. Un petit moment après il a voulu m'embraſſer; & pendant que je me défendois, comme c'eſt naturel, il a ſi bien fait, que je n'aurois pas voulu pour toute choſe au monde.. mais lui vouloit un baiſer auparavant. Il a bien fallu, car comment faire? d'autant que j'avois eſſayé d'appeller; mais outre que je n'ai pas pu, il a bien ſu me dire que s'il venoit quelqu'un, il ſauroit bien rejeter toute la faute ſur moi; & en effet c'étoit bien facile, à cauſe de cette clef. Enſuite il ne s'eſt pas retiré davantage : il en a voulu un ſecond; & celui-là, je ne ſavois pas ce qui en étoit, mais il m'a toute troublée; & après, c'étoit encore pis qu'auparavant. Oh! par exemple, c'eſt bien mal ça. Enfin après..., vous m'exempteriez bien de dire le reſte; mais je ſuis malheureuſe autant qu'on peut l'être.

Ce que je me reproche le plus, & dont pourtant il faut que je vous parle, c'eſt que j'ai peur de ne pas m'être défendue autant

que je le pouvois. Je ne ſais pas comment
cela ſe faiſoit, ſûrement je n'aime pas M. de
Valmont, bien au contraire, & il y avoit
des momens où j'étois comme ſi je l'aimois....
Vous jugez bien que ça ne m'empêchoit pas
de lui dire toujours que non; mais je ſentois
bien que je ne faiſois pas comme je diſois,
& ça, c'étoit comme malgré moi; & puis
auſſi, j'étois bien troublée! S'il eſt toujours
auſſi difficile que ça de ſe défendre, il faut
y être bien accoutumée! Il eſt vrai que M.
de Valmont a des façons de dire, qu'on ne
ſait pas comment faire pour lui répondre :
enfin, croiriez-vous que quand il s'en eſt
allé, j'en étois comme fachée, & que j'ai eu
la foibleſſe de conſentir qu'il revînt ce ſoir :
ça me déſole encore plus que tout le reſte.

Oh! malgré ça, je vous promets bien
que je l'empêcherai d'y venir. Il n'a pas
été ſorti, que j'ai bien ſenti que j'avois eu
bien tort de lui promettre : auſſi j'ai pleuré
tout le reſte du temps. C'eſt ſur-tout Danceny
qui me faiſoit de la peine! toutes les fois que
je ſongeois à lui, mes pleurs redoubloient
que j'en étois ſuffoquée, & j'y ſongeois toujours..., & à préſent encore, vous en voyez
l'effet, voilà mon papier tout trempé. Non,
je ne me conſolerai jamais, ne fût-ce qu'à
cauſe de lui.... Enfin, je n'en pouvois plus,
& pourtant je n'ai pas pu dormir une mi-

fuite. Et ce matin en me levant, quand je me fuis regardée au miroir, je faifois peur, tant j'étois changée.

Maman s'en eft apperçue dès qu'elle m'a vûe, & elle m'a demandé ce que j'avois. Moi, je me fuis mife à pleurer tout de fuite. Je croyois qu'elle m'alloit gronder, & peut-être ça m'auroit fait moins de peine ; mais au contraire, elle m'a parlé avec douceur : je ne le méritois gueres ! Elle m'a dit de ne pas m'affliger comme ça : elle ne favoit pas le fujet de mon affliction ! que je me rendrois malade ! Il y a des momens où je voudrois être morte. Je n'ai pas pu y tenir, Je me fuis jetée dans fes bras en fanglotant, & en lui difant : «Ah, maman ! votre fille eft » bien malheureufe ! » Maman n'a pas pu s'empêcher de pleurer un peu, & tout cela n'a fait qu'augmenter mon chagrin : heureufe-ment elle ne m'a pas demandé pourquoi j'étois fi malheureufe, car je n'aurois fu que lui dire.

Je vous en fupplie, Madame, écrivez-moi le plutôt que vous pourrez, & dites-moi ce que je dois faire, car je n'ai le courage de fonger à rien, & je ne fais que m'affliger. Vous voudrez bien m'adreffer votre lettre par M. de Valmont ; mais, je vous en prie, fi vous lui écrivez en même temps, ne lui parlez pas que je vous aie rien dit.

B 6

J'ai l'honneur d'être, Madame, avec toujours bien de l'amitié, votre très-humble & très-obéissante servante....

Je n'ose pas signer cette lettre.

Du Château de.... ce 1ᵉʳ. Octobre 17**.

LETTRE XCVIII.

Madame DE VOLANGES à la Marquise DE MERTEUIL.

IL y a bien peu de jours, ma charmante amie, que c'étoit vous qui me demandiez des consolations & des conseils : aujourd'hui c'est mon tour, & je vous fais pour moi la même demande que vous me faisiez pour vous. Je suis bien réellement affligée, & je crains de n'avoir pas pris les meilleurs moyens pour éviter les chagrins que j'éprouve.

C'est ma fille qui cause mon inquiétude. Depuis mon départ, je l'avois bien vue toujours triste & chagrine ; mais je m'y attendois, & j'avois armé mon cœur d'une sévérité que je jugeois nécessaire. J'espérois que l'absence, les distractions détruiroient bientôt un amour que je regardois plutôt comme une erreur de l'enfance, que comme une véritable

paſſion. Cependant, loin d'avoir rien gagné
depuis mon ſéjour ici, je m'apperçois que
cet enfant ſe livre de plus en plus à une
mélancolie dangereuſe; & je crains tout de
bon que ſa ſanté ne s'altere. Particuliérement
depuis quelques jours, elle change à vue
d'œil. Hier, ſur-tout, elle me frappa, & tout
le monde ici en fut vraiment alarmé.

Ce qui me prouve encore combien elle
eſt affectée vivement, c'eſt que je la vois
prête à ſurmonter la timidité qu'elle a toujours eue avec moi. Hier matin, ſur la ſimple
demande que je lui fis ſi elle étoit malade,
elle ſe précipita dans mes bras, en me diſant
qu'elle étoit bien malheureuſe; & elle pleura
aux ſanglots. Je ne puis vous rendre la peine
qu'elle m'a faite; les larmes me ſont venues
aux yeux tout de ſuite, & je n'ai eu que
le temps de me détourner, pour empêcher
qu'elle ne me vît. Heureuſement j'ai eu la
prudence de ne lui faire aucune queſtion, &
elle n'a pas oſé m'en dire davantage; mais
il n'en eſt pas moins clair que c'eſt cette
malheureuſe paſſion qui la tourmente.

Quel parti prendre pourtant, ſi cela dure?
ferai-je le malheur de ma fille? tournerai-je
contre elle les qualités les plus précieuſes de
l'ame, la ſenſibilité & la conſtance? eſt-ce
pour cela que je ſuis ſa mere? & quand
j'étoufferois ce ſentiment ſi naturel qui nous

fait vouloir le bonheur de nos enfans ; quand
je regarderois comme une foibleſſe, ce que
je crois, au contraire, le premier, le plus
ſacré de nos devoirs ; ſi je force ſon choix,
n'aurai-je pas à répondre des ſuites funeſtes
qu'il peut avoir ? Quel uſage à faire de
l'autorité maternelle, que de placer ſa fille
entre le crime & le malheur !

Mon amie, je n'imiterai pas ce que j'ai
blâmé ſi ſouvent. J'ai pu, ſans doute, tenter
de faire un choix pour ma fille ; je ne faiſois
en cela que l'aider de mon expérience : ce
n'étoit pas un droit que j'exerçois, je rem-
pliſſois un devoir. J'en trahirois un, au contraire, en diſpoſant d'elle au mépris d'un
penchant que je n'ai pas ſu empêcher de
naître, & dont ni elle ni moi ne pouvons
connoître ni l'étendue ni la durée. Non, je
ne ſouffrirai point qu'elle épouſe celui-ci
pour aimer celui-là, & j'aime mieux compromettre mon autorité que ſa vertu.

Je crois donc que je vais prendre le parti
le plus ſage, de retirer la parole que j'ai
donnée à M. de Gercourt. Vous venez d'en
voir les raiſons ; elles me paroiſſent devoir
l'emporter ſur mes promeſſes. Je dis plus :
dans l'état où ſont les choſes, remplir mon
engagement, ce ſeroit véritablement le violer.
Car enfin, ſi je dois à ma fille de ne pas
livrer ſon ſecret à M. de Gercourt, je dois

au moins à celui-ci de ne pas abufer de l'ignorance où je le laiffe, & de faire pour lui tout ce que je crois qu'il feroit lui-même, s'il étoit inftruit. Irai-je, au contraire, le trahir indignement quand il fe livre à ma foi, &, tandis qu'il m'honore en me choififfant pour fa feconde mere, le tromper dans le choix qu'il veut faire de la mere de fes enfans ? Ces réflexions fi vraies & auxquelles je ne peux me refufer, m'alarment plus que je ne puis vous dire.

Aux malheurs qu'elles me font redouter, je compare ma fille heureufe avec l'époux que fon cœur a choifi, ne connoiffant fes devoirs que par la douceur qu'elle trouve à les remplir ; mon gendre également fatisfait, & fe félicitant chaque jour de fon choix ; chacun d'eux ne trouvant de bonheur que dans le bonheur de l'autre, & celui de tous deux fe réuniffant pour augmenter le mien. L'efpoir d'un avenir fi doux doit-il être facrifié à de vaines confidérations ? Et quelles font celles qui me retiennent ? uniquement des vues d'intérêt. De quel avantage fera-t-il donc pour ma fille d'être née riche, fi elle n'en doit pas moins être efclave de la fortune.

Je conviens que M. de Gercourt eft un parti meilleur, peut-être, que je ne devois l'efpérer pour ma fille ; j'avoue même que j'ai été extrêmement flattée du choix qu'il a

fait d'elle. Mais enfin, Danceny eſt d'une
auſſi bonne maiſon que lui ; il ne lui cede
en rien pour les qualités perſonnelles ; il a
ſur M. de Gercourt l'avantage d'aimer &
d'être aimé : il n'eſt pas riche à la vérité ;
mais ma fille ne l'eſt-elle pas aſſez pour eux
deux ? Ah ! pourquoi lui ravir la ſatisfac-
tion ſi douce d'enrichir ce qu'elle aime !

Ces mariages qu'on calcule au lieu de les
aſſortir, qu'on appelle de convenance, &
où tout ſe convient en effet, hors les goûts
& les caractères, ne ſont-ils pas la ſource la
plus féconde de ces éclats ſcandaleux qui
deviennent tous les jours plus fréquens ? J'aime
mieux différer ; au moins j'aurai le temps
d'étudier ma fille que je ne connois pas. Je
me ſens bien le courage de lui cauſer un
chagrin paſſager, ſi elle en doit recueillir
un bonheur plus ſolide ; mais de riſquer de
la livrer à un déſeſpoir éternel, cela n'eſt
pas dans mon cœur.

Voilà, ma chere amie, les idées qui me
tourmentent, & ſur quoi je réclame vos conſeils. Ces objets ſéveres contraſtent beaucoup
avec votre aimable gaieté, & ne paroiſſent
gueres de votre âge ; mais votre raiſon l'a
tant devancé ! Votre amitié d'ailleurs aidera
votre prudence ; & je ne crains point que
l'une ou l'autre ſe refuſent à la ſollicitude
maternelle qui les implore.

Adieu, ma charmante amie; ne doutez jamais de la sincérité de mes sentimens.

Du Château de...., ce 2 Octobre 17**.

LETTRE XCIX.

Le Vicomte DE VALMONT à la Marquise DE MERTEUIL.

ENCORE de petits événemens, ma belle amie; mais des scenes seulement, point d'actions. Ainsi, armez-vous de patience, prenez-en même beaucoup; car tandis que ma Présidente marche à si petits pas, votre pupille recule, & c'est bien pis encore. Hé bien, j'ai le bon esprit de m'amuser de ces miseres-là. Véritablement je m'accoutume fort bien à mon séjour ici; & je puis dire que dans le triste Château de ma vieille tante, je n'ai pas éprouvé un moment d'ennui. Au fait; n'y ai-je pas jouissances, privations, espoir, incertitude! Qu'a-t-on de plus sur un plus grand théâtre? des spectateurs? Hé! laissez faire, ils ne manqueront pas. S'ils ne me voient à l'ouvrage, je leur montrerai ma besogne faite; ils n'auront plus qu'à admirer & applaudir. Oui, ils applaudiront; car je

puis enfin prédire, avec certitude, le moment
de la chûte de mon auftere dévote. J'ai affifté
ce foir à l'agonie de la vertu. La douce foibleffe va régner à fa place. Je n'en fixe pas
l'époque plus tard qu'à notre premiere entrevue ; mais déjà je vous entends crier à l'orgueil. Annoncer fa victoire, fe vanter à
l'avance ! Hé, là, là, calmez-vous ! Pour vous
prouver ma modeftie, je vais commencer
par l'hiftoire de ma défaite.

En vérité, votre pupille eft une petite
perfonne bien ridicule ! C'eft bien un enfant
qu'il faudroit traiter comme tel, & à qui on
feroit grace en ne le mettant qu'en pénitence !
Croiriez-vous, d'après ce qui s'eft paffé
avant-hier entr'elle & moi, après la façon
amicale dont nous nous fommes quittés hier
matin, lorfque j'ai voulu y retourner le
foir, comme elle en étoit convenue, j'ai
trouvé fa porte fermée en dedans. Qu'en
dites-vous ? on éprouve quelquefois de ces
enfantillages-là la veille : mais le lendemain !
cela n'eft-il pas plaifant ?

Je n'en ai pourtant pas ri d'abord ; jamais
je n'avois autant fenti l'empire de mon caractere. Affurément j'allois à ce rendez-vous
fans plaifir, & uniquement par procédé. Mon
lit, dont j'avois grand befoin, me fembloit,
pour le moment, préférable à celui de tout
autre, & je ne m'en étois éloigné qu'à re-

gret. Cependant je n'ai pas eu plutôt trouvé
un obſtacle, que je brûlois de le franchir ;
j'étois humilié, ſur-tout, qu'un enfant m'eût
joué. Je me retirai donc avec beaucoup
d'humeur : & dans le projet de ne plus me
mêler de ce ſot enfant, ni de ſes affaires,
je lui avois écrit, ſur le champ, un billet
que je comptois lui remettre aujourd'hui,
& où je l'évaluois à ſon juſte prix. Mais,
comme on dit, la nuit porte conſeil ; j'ai
trouvé ce matin que, n'ayant pas ici le
choix des diſtractions, il falloit garder celle-là :
j'ai donc ſupprimé le ſévere billet. Depuis
que j'y ai réfléchi, je ne reviens pas d'avoir
eu l'idée de finir une aventure, avant d'avoir
en main de quoi en perdre l'Héroïne. Où
nous mene pourtant un premier mouvement !
Heureux, ma belle amie, qui a ſu, comme
vous, s'accoutumer à n'y jamais céder ! Enfin
j'ai différé ma vengeance ; j'ai fait ce ſacrifice
à vos vues ſur Gercourt.

A préſent que je ne ſuis plus en colere,
je ne vois plus que du ridicule dans la conduite de votre pupille. En effet, je voudrois
bien ſavoir ce qu'elle eſpere gagner par-là !
pour moi je m'y perds : ſi ce n'eſt que pour
ſe défendre, il faut convenir qu'elle s'y prend
un peu tard. Il faudra bien qu'un jour elle
me diſe le mot de cette énigme ! j'ai grande
envie de le ſavoir. C'eſt peut-être ſeulement

qu'elle se trouvoit fatiguée ? franchement cela
se pourroit ; car sans doute elle ignore encore
que les fleches de l'Amour, comme la lance
d'Achille, portent avec elles le remede aux
blessures qu'elles font. Mais non, à sa petite
grimace de toute la journée, je parierois
qu'il entre là-dedans du repentir.... là....
quelque chose.... comme de la vertu....De
la vertu!.... c'est bien à elle qu'il convient
d'en avoir. Ah ! qu'elle la laisse à la femme
véritablement née pour elle, la seule qui
sache l'embellir, qui la feroit aimer !.... Pardon, ma belle amie ; mais c'est ce soir même
que s'est passée, entre Madame de Tourvel
& moi, la scene dont j'ai à vous rendre
compte, & j'en conserve encore quelque
émotion. J'ai besoin de me faire violence
pour me distraire de l'impression qu'elle m'a
faite ; c'est même pour m'y aider, que je
me suis mis à vous écrire. Il faut pardonner
quelque chose à ce premier moment.

Il y a déjà quelques jours que nous
sommes d'accord, Madame de Tourvel &
moi, sur nos sentimens ; nous ne disputons
plus que sur les mots. C'étoit toujours, à
la vérité, *son amitié* qui répondoit *à mon
amour* ; mais ce langage de convention ne
changeoit pas le fond des choses ; & quand
nous serions restés ainsi, j'en aurois peut-être
été moins vîte, mais non pas moins sûre-

ment. Déjà même il n'étoit plus question de
m'éloigner, comme elle le vouloit d'abord,
& pour les entretiens que nous avons jour-
nellement, si je mets mes soins à lui en
offrir l'occasion, elle met les siens à la
saisir.

Comme c'est ordinairement à la prome-
nade que se passent nos petits rendez-vous,
le temps affreux qu'il a fait tout aujourd'hui,
ne me laissoit rien espérer ; j'en étois même
vraiment contrarié ; je ne prévoyois pas
combien je devois gagner à ce contre-temps.

Ne pouvant se promener, on s'est mis à
jouer en sortant de table ; & comme je joue
peu, & que je ne suis plus nécessaire, j'ai
pris ce temps pour monter chez moi, sans
autre projet que d'y attendre, à-peu-près,
la fin de la partie.

Je retournois joindre le cercle, quand j'ai
trouvé la charmante femme qui entroit dans
son appartement, & qui, soit imprudence
ou foiblesse, m'a dit de sa douce voix : « Où
allez-vous donc ? il n'y a personne au sallon ».
Il ne m'en a pas fallu davantage, comme
vous pouvez croire, pour essayer d'entrer
chez elle ; j'y ai trouvé moins de résistance
que je ne m'y attendois. Il est vrai que j'avois
eu la précaution de commencer la conversation à la porte, & de la commencer in-
différente ; mais à peine avons-nous été établis,

que j'ai ramené la véritable, & que j'ai parlé *de mon amour à mon amie.* Sa première réponse, quoique simple, m'a paru assez expressive : « Oh ! tenez, m'a-t-elle dit, ne » parlons pas de cela ici » ; & elle trembloit. La pauvre femme ! elle se voit mourir.

Pourtant elle avoit tort de craindre. Depuis quelque temps, assuré du succès un jour ou l'autre, & la voyant user tant de force dans d'inutiles combats, j'avois résolu de ménager les miennes, & d'attendre sans effort qu'elle se rendît de lassitude. Vous sentez bien qu'ici il faut un triomphe complet, & que je ne veux rien devoir à l'occasion. C'étoit même d'après ce plan formé, & pour pouvoir être pressant, sans m'engager trop, que je suis revenu à ce mot d'amour, si obstinément refusé : sûr qu'on me croyoit assez d'ardeur ; j'ai essayé un ton plus tendre. Ce refus ne me fâchoit plus, il m'affligeoit ; ma sensible amie ne me devoit-elle pas quelques consolations ?

Tout en me consolant, une main étoit restée dans la mienne ; le joli corps étoit appuyé sur mon bras, & nous étions extrêmement rapprochés. Vous avez sûrement remarqué combien, dans cette situation, à mesure que la défense mollit, les demandes & les refus se passent de plus près ; comment la tête se détourne & les regards se baissent, tandis que les discours, toujours prononcés d'une voix foible, deviennent rares & entre-coupés. Ces symptômes précieux annoncent, d'une maniere non équivoque, le consente-ment de l'ame; mais rarement a-t-il encore passé jusqu'aux sens : je crois même qu'il est toujours dangereux de tenter alors quelque entreprise trop marquée, parce que cet état d'abandon n'étant jamais sans un plaisir très-doux, on ne sauroit forcer d'en sortir, sans causer une humeur qui tourne infailliblement au profit de la défense.

Mais, dans le cas présent, la prudence m'étoit d'autant plus nécessaire, que j'avois sur-tout à redouter l'effroi que cet oubli d'elle-même ne manqueroit pas de causer à ma tendre rêveuse. Aussi cet aveu que je demandois, je n'exigeois pas même qu'il fût prononcé; un regard pouvoit suffire : un seul regard, & j'étois heureux.

Ma belle amie, les beaux yeux se font enfin levés sur moi; la bouche céleste a même prononcé: « Eh bien ! oui, je.... » Mais tout-à coup le regard s'est éteint, la voix a man-qué, & cette femme adorable est tombée dans mes bras. A peine avois-je eu le temps de l'y recevoir, que se dégageant avec une force convulsive, la vue égarée, & les mains élevées vers le Ciel.... «Dieu.... ô mon Dieu, » sauvez moi», s'est-elle écriée; & sur le

champ, plus prompte que l'éclair, elle étoit à
genoux à dix pas de moi. Je l'entendois prête à
suffoquer. Je me suis avancé pour la secourir:
mais elle, prenant mes mains qu'elle baignoit
de pleurs, quelquefois même embrassant mes
genoux : « Oui, ce sera vous, disoit-elle,
» ce sera vous qui me sauverez! Vous ne
» voulez pas ma mort; laissez-moi; sauvez-
» moi; laissez-moi; au nom de Dieu, lais-
» sez-moi!» Et ces discours peu suivis, s'é-
chappoient à peine à travers des sanglots
redoublés. Cependant elle me tenoit avec
une force qui ne m'auroit pas permis de
m'éloigner : alors rassemblant les miennes,
je l'ai soulevée dans mes bras. Au même
instant les pleurs ont cessé ; elle ne parloit
plus; tous ses membres se sont roidis, & de
violentes convulsions ont succédé à cet orage.
J'étois, je l'avoue, vivement ému, & je
crois que j'aurois consenti à sa demande,
quand les circonstances ne m'y auroient pas
forcé. Ce qu'il y a de vrai, c'est qu'après
lui avoir donné quelques secours, je l'ai laissée
comme elle m'en prioit, & je m'en félicite.
Déjà j'en ai presque reçu le prix.

Je m'attendois qu'ainsi que le jour de ma
première déclaration, elle ne se montreroit
pas de la soirée. Mais vers les huit heures,
elle est descendue au sallon, & a seulement
annoncé au cercle qu'elle s'étoit trouvée fort
incommodée.

incommodée. Sa figure étoit abattue, ſa voix foible, & ſon maintien compoſé ; mais ſon regard étoit doux, & ſouvent il s'eſt fixé ſur moi. Son refus de jouer m'ayant même obligé de prendre ſa place, elle a pris la ſienne à mes côtés. Pendant le ſouper, elle eſt reſtée ſeule, dans le ſallon. Quand on y eſt revenu, j'ai cru m'appercevoir qu'elle avoit pléuré : pour m'en éclaircir, je lui ai dit qu'il me ſembloit qu'elle s'étoit encore reſſentie de ſon incommodité ; à quoi elle m'a obligeamment répondu : « Ce mal-là ne » s'en va pas ſi vîte qu'il vient » ! Enfin quand on s'eſt retiré, je lui ai donné la main ; & à la porte de ſon appartement elle a ſerré la mienne avec force. Il eſt vrai que ce mouvement m'a paru avoir quelque choſe d'involontaire : mais tant mieux ; c'eſt une preuve de plus de mon empire.

Je parierois qu'à préſent elle eſt enchantée d'en être là : tous les frais ſont faits ; il ne reſte plus qu'à jouir. Peut-être, pendant que je vous écris, s'occupe-t-elle déjà de cette douce idée ! & quand même elle s'occuperoit au contraire d'un nouveau projet de défenſe, ne ſavons-nous pas bien ce que deviennent tous ces projets-là ? Je vous le demande, cela peut-il aller plus loin que notre prochaine entrevue ? Je m'attends bien, par exemple, qu'il y aura quelques façons

*III*ᵐᵉ. *Partie.* C

pour l'accorder ; mais bon! le premier pas
franchi, ces Prudes aufteres favent-elles s'arrêter? leur amour eft une véritable explo-
fion ; la réfiftance y donne plus de force.
Ma farouche Dévote courroit après moi, fi
je ceffois de courir après elle.

Enfin, ma belle amie, inceffamment j'arriverai chez vous, pour vous fommer de
votre parole. Vous n'avez pas oublié, fans
doute ce que vous m'avez promis après le
fuccès ; cette infidélité à votre Chevalier?
êtes-vous prête? pour moi je le defire comme
fi nous ne nous étions jamais connus. Au
refte, vous connoître, eft peut-être une raifon pour le defirer davantage :

Je fuis jufte & ne fuis point galant (1).

Auffi ce fera la premiere infidélité que je
ferai à ma grave conquête ; & je vous promets de profiter du premier prétexte, pour
m'abfenter vingt - quatre heures d'auprès
d'elle. Ce fera fa punition, de m'avoir tenu
fi long-temps éloigné de vous. Savez - vous
que voilà plus de deux mois que cette aventure m'occupe? oui, deux mois & trois
jours ; il eft vrai que je compte demain;

_____

(1) VOLTAIRE, Comédie de Nanine.

puisqu'elle ne sera véritablement consom-
mée qu'alors. Cela me rappelle que Made-
moiselle de B * * * a résisté les trois mois
complets. Je suis bien-aise de voir que la
franche coquetterie a plus de défense que
l'austere vertu.

Adieu, ma belle amie ; il faut vous quitter, car il est fort tard. Cette Lettre m'a
mené plus loin que je ne comptois : mais
comme j'envoie demain matin à Paris, j'ai
voulu en profiter, pour vous faire partager
un jour plutôt la joie de votre ami.

*Du Château de..., ce 2. Octobre 17**. au soir*

LETTRE C.

*Le Vicomte DE VALMONT à la
Marquise de MERTEUIL.*

MON amie, je suis joué, trahi, perdu ;
je suis au désespoir : Mde de Tourvel est
partie. Elle est partie, & je ne l'ai pas su !
& je n'étois pas là pour m'opposer à son
départ, pour lui reprocher son indigne tra-
hison ! Ah ! ne croyez pas que je l'eusse
laissée partir ; elle seroit restée ; oui, elle
seroit restée, eussé-je dû employer la vio-

C 2

lence. Mais quoi ! dans ma crédule fécurité, je dormois, tranquillement ; je dormois, & la foudre eft tombée fur moi. Non, je ne conçois rien à ce départ ; il faut renoncer à connoître les femmes.

Quand je me rappelle la journée d'hier ! que dis-je, la foirée même ! Ce regard fi doux, cette voix fi tendre ! & cette main ferrée ! & pendant ce temps, elle projettoit de me fuir ! O femmes, femmes ! plaignez-vous donc, fi l'on vous trompe ! Mais, oui, toute perfidie qu'on emploie eft un vol qu'on vous fait.

Quel plaifir j'aurai à me venger ! je la retrouverai, cette femme perfide ; je reprendrai mon empire fur elle. Si l'amour m'a fuffi pour en trouver les moyens, que ne fera-t-il pas, aidé de la vengeance ? Je la verrai encore à mes genoux, tremblante & baignée de pleurs, me criant merci de fa trompeufe voix, & moi, je ferai fans pitié.

Que fait-elle à préfent ? que penfe-t-elle ? Peut-être elle s'applaudit de m'avoir trompé ; & fidelle aux goûts de fon fexe, ce plaifir lui paroît le plus doux. Ce que n'a pu la vertu tant vantée, l'efprit de rufe l'a produit fans effort. Infenfé ! je redoutois fa fageffe ; c'étoit fa mauvaife foi que je devois craindre.

Et être obligé de dévorer mon reffenti-

ment ! n'ofer montrer qu'une tendre douleur, quand j'ai le cœur rempli de rage !
me voir réduit à fupp[l]ier encore une femme
rebelle, qui s'eft fouftraite à mon empire !
devois-je donc être humilié à ce point ? &
par qui ? par une femme timide, & qui jamais ne s'eft exercée à combatre. A quoi me
fert de m'être établi dans fon cœur, de
l'avoir embrafé de tous les feux de l'amour,
d'avoir porté jufqu'au délire le trouble de fes
fens ; fi tranquille dans fa retraite, elle peut
aujourd'hui s'énorgueillir de fa fuite plus que
moi de mes victoires ? Et je le fouffrirois !
mon amie, vous ne le croyez pas ; vous
n'avez pas de moi cette humiliante idée !

Mais quelle fatalité m'attache à cette femme ? cent autres ne défirent - elles pas mes
foins ? ne s'empref[f]eront - elles pas d'y
répondre ? Quand même aucune ne vaudroit
celle-ci, l'attrait de la variété, le charme
des nouvelles conquêtes, l'éclat de leur nombre, n'offrent-ils pas des plaifirs affez doux ?
Pourquoi courir après celui qui nous fuit, &
négliger ceux qui fe préfentent ? Ah ! pourquoi ?... Je l'ignore, mais je l'éprouve fortement.

Il n'eft plus pour moi de bonheur, de repos, que par la poffeffion de cette femme
que je hais & que j'aime avec une égale fureur. Je ne fupporterai mon fort que du mo-

C 3

ment où je difposerai du fien. Alors tranquille & fatisfait, je la verrai, à fon tour,
livrée aux orages que j'éprouve en ce moment ; j'en exciterai mille autres encore.
L'efpoir & la crainte, la méfiance & la fécurité, tous les maux inventés par la haine,
tous les biens accordés par l'amour, je veux
qu'ils rempliffent fon cœur, qu'ils s'y fuc-
cédent à ma volonté. Ce temps viendra...
Mais que de travaux encore ! que j'en étois
près hier? & qu'aujourd'hui je m'en vois
éloigné ! Comment m'en rapprocher? je
n'ofe tenter aucune démarche; je fens que
pour prendre un parti il faudroit être plus
calme, & mon fang bout dans mes veines.

Ce qui redouble mon tourment, c'eft le
fang-froid avec lequel chacun répond ici à
mes queftions fur cet événement, fur fa
caufe, fur tout ce qu'il offre d'extraordinaire....Perfonne ne fait rien, perfonne ne
defire de rien favoir : à peine en auroit-on
parlé, fi j'avois confenti qu'on parlât d'autre chofe. Madame de Rofemonde, chez
qui j'ai couru ce matin quand j'ai appris
cette nouvelle, m'a répondu avec le froid
de fon âge, que c'étoit la fuite naturelle de
l'indifpofition que Mde de Tourvel avoit
eue hier; qu'elle avoit craint une maladie,
& qu'elle avoit préféré d'être chez elle : elle
trouve cela tout fimple ; elle en auroit

fait autant, m'a-t-elle dit : comme s'il pouvoit y avoir quelque chofe de commun
entr'elles deux ! entre l'une, qui n'a plus qu'à
mourir ; & l'autre, qui fait le charme & le
tourment de ma vie !

Mde de Volanges, que d'abord j'avois
foupçonnée d'être complice, ne paroît affectée que de n'avoir pas été confultée fur
cette démarche. Je fuis bien aife, je l'a-
voue, qu'elle n'ait pas eu le plaifir de me
nuire. Cela me prouve encore qu'elle n'a
pas, autant que je le craignois, la confiance
de cette femme ; c'eft toujours une ennemie
de moins. Comme elle fe féliciteroit, fi elle
favoit qne c'eft moi qu'on a fui ! comme
elle fe feroit gonflée d'orgueil, fi c'eût été
par fes confeils ! comme fon importance en
auroit redoublé ! Mon Dieu ! que je la hais !
Oh ! je renouerai avec fa fille ; je veux la
travailler à ma fantaifie : auffi bien, je crois
que je refterai ici quelque temps ; au moins,
le peu de réflexions que j'ai pu faire, me
porte à ce parti.

Ne croyez-vous pas, en effet, qu'après
une démarche auffi marquée, mon ingrate
doit redouter ma préfence ? Si donc l'idée
lui eft venue que je pourrois la fuivre, elle
n'aura pas manqué de me fermer fa porte ; &
je ne veux pas plus l'accoutumer à ce moyen,
qu'en fouffrir l'humiliation. J'aime mieux lui

C 4

annoncer au contraire que je reſte ici ; je
lui ferai même des inſtances pour qu'elle y
revienne ; & quand elle fera bien perſuadée
de mon abſcence, j'arriverai chez elle : nous
verrons comment elle ſupportera notre entrevue. Mais il faut la différer pour en augmenter l'effet, & je ne ſais encore ſi j'en aurai la patience : j'ai eu, vingt fois dans la
journée, la bouche ouverte pour demander
mes chevaux. Cependant je prendrai ſur
moi, je m'engage à recevoir votre réponſe
ici ; je vous demande ſeulement, ma belle
amie, de ne pas me la faire attendre.

Ce qui me contrarieroit le plus, ſeroit de
ne pas ſavoir ce qui ſe paſſe : mais mon
Chaſſeur, qui eſt à Paris, a des droits à
quelque accès auprès de la Femme-de-chambre : il pourra me ſervir. Je lui envoie une
inſtruction & de l'argent. Je vous prie de trouver bon que je joigne l'un & l'autre à cette
Lettre, & auſſi d'avoir ſoin de les lui envoyer par un de vos gens, avec ordre de les
lui remettre à lui-même. Je prends cette précaution, parce que le drôle à l'habitude de
n'avoir jamais reçu les Lettres que je lui
écris, quand elles lui preſcrivent quelque choſe qui le gêne ; & que pour le moment, il ne me paroît pas auſſi épris de ſa
conquête, que je voudrois qu'il le fût.

Adieu, ma belle amie ; s'il vous vient

quelque idée heureuse, quelque moyen de hâter ma marche, faites m'en part. J'ai éprouvé plus d'une fois combien votre amitié pouvoit être utile ; je l'éprouve encore en ce moment : car je me sens plus calme depuis que je vous écris ; au moins, je parle à quelqu'un qui m'entend, & non aux Automates près de qui je végete depuis ce matin. En vérité, plus je vais, & plus je suis tenté de croire qu'il n'y a que vous & moi dans le monde, qui valions quelque chose.

Du Château de ... *ce* 3 *Octobre* 17 .

LETTRE CI.

Le Vicomte DE VALMONT *à*

AZOLAN, *son Chasseur.*

(Jointe à la précédente.)

IL faut que vous soyez bien imbécille, vous qui êtes parti d'ici ce matin, de n'avoir pas su que Md^e de Tourvel en partoit aussi ; ou, si vous l'avez su, de n'être pas venu m'en avertir. A quoi sert-il donc que vous dépensiez mon argent à vous enivrer avec les valets ; que le temps que vous devriez em-

ployer à me servir, vous le paſſiez à faire
l'agréable auprès des Femmes-de-chambre, ſi
je n'en ſuis pas mieux informé de ce qui ſe
paſſe? Voilà pourtant de vos négligences!
Mais je vous préviens que s'il vous en arrive
une ſeule dans cette affaire-ci, ce ſera la
derniere que vous aurez à mon ſervice.

Il faut que vous m'inſtruiſiez de tout ce
qui ſe paſſe chez Md^e de Tourvel: de ſa
ſanté; ſi elle dort; ſi elle eſt triſte ou gaie;
ſi elle ſort ſouvent, & chez qui elle va; ſi
elle reçoit du monde chez elle, & qui y
vient; à quoi elle paſſe ſon temps; ſi elle a
de l'humeur avec ſes femmes, particuliérement avec celle qu'elle avoit amenée ici; ce
qu'elle fait, quand elle eſt ſeule; ſi quand
elle lit, elle lit de ſuite, ou ſi elle interrompt
ſa lecture pour rêver; de même quand elle
écrit. Songez auſſi à vous rendre l'ami de celui qui porte ſes Lettres à la Poſte. Offrez-
vous ſouvent à lui pour faire cette commiſ-
ſion à ſa place; & quand il acceptera, ne
faites partir que celles qui vous paroitront
indifférentes, & envoyez-moi les autres ſur
tou celles à Md^e de Volanges, ſi vous en
rencontrez.

Arrangez-vous, pour être encore quelque
temps l'Amant heureux de votre Julie. Si
elle en a un autre, comme vous l'avez cru,
faites-la conſentir à ſe partager; & n'allez

pas vous piquer d'une ridicule délicatesse : vous serez dans le cas de bien d'autres, qui valent mieux que vous. Si pourtant votre second se rendoit trop importun, si vous vous apperceviez, par exemple, qu'il occupât trop Julie pendant la journée, & qu'elle en fût moins souvent auprès de sa Maîtresse, écartez-le par quelques moyens ; ou cherchez-lui querelle : n'en craignez pas les suites, je vous soutiendrai. Sur-tout ne quittez pas cette maison. C'est par l'assiduité qu'on voit tout, & qu'on voit bien. Si même le hazard faisoit renvoyer quelqu'un des gens, présentez-vous pour le remplacer, comme n'étant plus à moi. Dites dans ce cas que vous m'avez quitté pour chercher une maison plus tranquille & plus réglée. Tâchez enfin de vous faire accepter. Je ne vous en garderai pas moins à mon service pendant ce temps : ce sera comme chez la Duchesse de ***, & par la suite, Mde de Tourvel vous en récompensera de même.

Si vous aviez assez d'adresse & de zele, cette instruction devroit suffire ; mais pour suppléer à l'un & à l'autre, je vous envoye de l'argent. Le billet ci-joint vous autorise, comme vous verrez, à toucher vingt-cinq louis chez mon homme d'affaires ; car je ne doute pas que vous ne soyez sans le sou. Vous emploierez de cette somme, ce qui sera néceffaire pour décider Julie à établir une correfpondance avec moi. Le refte fervira à faire boire les gens. Ayez foin, autant que cela fe pourra, que ce foit chez le Suiffe de la maifon, afin qu'il aime à vous y voir venir. Mais n'oubliez pas que ce ne font pas vos plaifirs que je veux payer, mais vos fervices.

Accoutumez Julie à obferver tout, & à tout rapporter, même ce qui lui paroîtroit minutieux. Il vaut mieux qu'elle écrive dix phrafes inutiles, que d'en omettre une intéreffante; & fouvent ce qui paroît indifférent ne l'eft pas. Comme il faut que je puiffe être inftruit fur-le-champ, s'il arrivoit quelque chofe qui vous parût mériter attention, auffi-tôt cette Lettre reçue, vous enverrez Philippe, fur le cheval de commiffion, s'établir à * * * (1); il y reftera jufqu'à nouvel ordre; ce fera un relais en cas de befoin. Pour la correfpondance courante, la Pofte fuffira.

Prenez garde de perdre cette Lettre. Relifez là tous les jours, tant pour vous affurer de ne rien oublier, que pour être sûr de l'avoir encore. Faites enfin tout ce qu'il faut

----

(1) Village à moitié chemin de Paris au Château de Mde de Rofemonde.

faire, quand on eſt honoré de ma confiance.
Vous ſavez que ſi je ſuis content de vous,
vous le ferez de moi.

Du Château de.... ce 3 Octobre 17**.

L E T T R E C I I.

La Préſidente DE TOURVEL à Madame DE
R O S E M O N D E.

Vous ferez bien étonnée, Madame, en
apprenant que je pars de chez vous auſſi
précipitamment. Cette démarche va vous
paroître bien extraordinaire : mais que votre
ſurpriſe va redoubler encore, quand vous
en ſaurez les raiſons ! Peut-être trouverez-
vous qu'en vous les confiant, je ne reſpecte
pas aſſez la tranquillité néceſſaire à votre
âge ; que je m'écarte même des ſentimens
de vénération qui vous ſont dus à tant de
titres ? Ah ! Madame, pardon : mais mon
cœur eſt oppreſſé ; il a beſoin d'épancher ſa
douleur dans le ſein d'une amie également
douce & prudente : quelle autre que vous
pouvoit-il choiſir ? Regardez-moi comme
vôtre enfant. Ayez pour moi les bontés ma-
ternelles ; je les implore. J'y ai peut-être

quelques droits par mes fentimens pour vous.

Où eft le temps où, toute entiere à ces fentimens louables, je ne connoiffois point ceux qui, portant dans l'ame le trouble mortel que j'éprouve, ôtent la force de les combattre en même temps qu'ils en impofent le devoir? Ah! ce fatal voyage m'a pérdue....

Que vous dirai-je enfin? j'aime, oui, j'aime éperdûment. Hélas! ce mot que j'écris pour la premiere fois, ce mot fi fouvent demandé fans être obtenu, je paierois de ma vie la douceur de pouvoir une fois feulement le faire entendre à celui qui l'infpire; & pourtant il faut le refufer fans ceffe! il va douter encore de mes fentimens; il croira avoir à s'en plaindre. Je fuis bien malheureufe! que ne lui eft-il auffi facile de lire dans mon cœur, que d'y régner? Oui, je fouffrirois moins, s'il favoit tout ce que je fouffre; mais vous-même, à qui je le dis, vous n'en aurez encore qu'une foible idée.

Dans peu de momens, je vais le fuir & l'affliger. Tandis qu'il fe croira encore près de moi, je ferai déjà loin de lui : à l'heure où j'avois coutume de le voir chaque jour, je ferai dans des lieux où il n'eft jamais venu, où je ne dois pas permettre qu'il vienne. Déjà tous mes préparatifs font faits; tout eft là; fous mes yeux; je ne puis les repofer fur rien qui ne m'annonce ce cruel départ.

Tout eſt prêt excepté - moi.....! & plus mon cœur s'y refuſe, plus il me prouve la néceſſité de m'y ſoumettre.

Je m'y ſoumettrai, ſans doute, il vaut mieux mourir que de vivre coupable. Déjà, je le ſens, je ne le ſuis que trop ; je n'ai ſauvé que ma ſageſſe, la vertu s'eſt éva-nouie. Faut-il vous l'avouer, ce qui me reſte encore, je le dois à ſa généroſité. Enivrée du plaiſir de le voir, de l'entendre, de la douceur de le ſentir auprès de moi, du bonheur plus grand de pouvoir faire le ſien, j'étois ſans puiſſance & ſans force ; à peine m'en reſtoit-il pour combattre, je n'en avois plus pour réſiſter ; je frémiſſois de mon danger ſans pouvoir le fuir. Hé bien ! il a vu ma peine, & il a eu pitié de moi. Com-ment ne le chérirois-je pas ? je lui dois bien plus que la vie.

Ah ! ſi en reſtant auprès de lui je n'avois à trembler que pour elle, ne croyez pas que jamais je conſentiſſe à m'éloigner ? Que m'eſt-elle ſans lui, ne ferois-je pas trop heureuſe de la perdre ? Condamnée à faire éternellement ſon malheur & le mien ; à n'oſer ni me plaindre, ni le conſoler ; à me défendre chaque jour contre lui, contre moi-même ; à mettre mes ſoins à cauſer ſa peine, quand je voudrois les conſacrer tous à ſon bonheur : vivre ainſi, n'eſt-ce pas mourir mille fois? voilà pourtant qu'elle va être mon fort. Je le fupporterai cependant, j'en aurai le courage. O vous, que je choifis pour ma mere, recevez en le ferment.

Recevez auffi celui que je fais de ne vous dérober aucune de mes actions; recevez-le, je vous en conjure; je vous le demande comme un fecours dont j'ai befoin : ainfi engagée à vous dire tout, je m'accoutume-rai à me croire toujours en votre préfence. Votre vertu remplacera la mienne. Jamais fans doute je ne confentirai à rougir à vos yeux; & retenue par ce frein puiffant, tandis que je chérirai en vous l'indulgente amie confidente de ma foibleffe, j'y honorerai encore l'Ange tutélaire qui me fauvera de la honte.

C'eft bien en éprouver affez que d'avoir à faire cette demande. Fatal effet d'une pré-fomptueufe confiance ! Pourquoi n'ai-je pas redouté plutôt ce penchant que j'ai fenti naî-tre ? Pourquoi me fuis-je flattée de pouvoir à mon gré le maitrifer ou le vaincre ? Infen-fée ! je connoiffois bien peu l'amour ! Ah ! fi je l'avois combattu avec plus de foin, peut-être eût-il pris moins d'empire ! peut-être alors ce départ n'eût pas été néceffaire; ou même, en me foumettant à ce parti dou-loureux, j'aurois pu ne pas rompre entiére-ment une liaifon qu'il eût fuffi de rendre moins fréquente ! Mais tout perdre à la fois ! & pour jamais ! O mon amie.....! Mais quoi ! même en vous écrivant, je m'égare encore dans des vœux criminels ? Ah ! partons, partons, & que du moins ces torts involontaires foient expiés par mes facrifices.

Adieu, ma respectable amie ; aimez-moi comme votre fille, adoptez-moi pour telle ; & foyez sûre que, malgré ma foibleffe, j'aimerois mieux mourir que de me rendre indigne de votre choix.

De ... ce 3 Octobre 17** à une heure du matin

LETTRE CIII.

Madame DE ROSEMONDE à la Préfidente de TOURVEL.

J'AI été, ma chere Belle, plus affligée de votre départ que furprife de fa caufe ; une longue expérience, & l'intérêt que vous infpirez, avoient fuffi pour m'éclairer fur l'état de votre cœur ; & s'il faut tout dire, vous ne m'avez rien ou prefque rien appris par votre Lettre. Si je n'avois été inftruite que

par elle, j'ignorerois encore quel eſt celui
que vous aimez ; car en me parlant de *lui*
tout le temps, vous n'avez pas écrit ſon
nom une ſeule fois. Je n'en avois pas beſoin;
je ſais bien qui c'eſt. Mais je le remarque,
parceque je me ſuis rappellé que c'eſt toujours là le ſtyle de l'amour. Je vois qu'il en
eſt encore comme au temps paſſé.

Je ne croyois gueres être jamais dans le
cas de revenir ſur des ſouvenirs ſi éloignés
de moi, & ſi étrangers à mon âge. Pourtant, depuis hier, je m'en ſuis vraiment
beaucoup occupée, par le deſir que j'avois
d'y trouver quelque choſe qui pût vous être
utile. Mais que puis-je faire, que vous admirer & vous plaindre ? Je loue le parti ſage
que vous avez pris : mais il m'effraie, parce que j'en conclus que vous l'avez jugé néceſſaire ; & quand on en eſt-là, il eſt bien
difficile de ſe tenir toujours éloignée de celui
dont notre cœur nous rapproche ſans ceſſe.

Cependant ne vous découragez pas. Rien ne
doit être impoſſible à votre belle ame ; & quand
vous devriez un jour avoir le malheur de ſuccomber (ce qu'à Dieu ne plaiſe !) croyez-
moi, ma chere Belle, réſervez-vous au
moins la conſolation d'avoir combattu de
toute votre puiſſance. Et puis, ce que ne peut
la ſageſſe humaine, la grace divine l'opere
quand il lui plaît. Peut-être êtes-vous à la

veille de ses secours; & votre vertu éprouvée dans ces combats pénibles, en sortira
plus pure, & plus brillante. La force que
vous n'avez pas aujourd'hui, espérez que
vous la recevrez demain. N'y comptez pas
pour vous en reposer sur elle, mais pour
vous encourager à user de toutes les vôtres.

En laissant à la Providence le soin de vous
secourir dans un danger contre lequel je ne
peux rien, je me réserve de vous soutenir
& vous consoler autant qu'il sera en moi.
Je ne soulagerai pas vos peines, mais je les
partagerai. C'est à ce titre que je recevrai
volontiers vos confidences. Je sens que votre cœur doit avoir besoin de s'épancher. Je
vous ouvre le mien; l'âge ne l'a pas encore
refroidi au point d'être insensible à l'amitié.
Vous le trouverez toujours prêt à vous recevoir. Ce sera un foible soulagement à vos
douleurs, mais au moins vous ne pleurerez
pas seule; & quand ce malheureux amour,
prenant trop d'empire sur vous, vous for-
cera d'en parler, il vaut mieux que ce soit
avec moi qu'avec *lui*. Voilà que je parle
comme vous; & je crois qu'à nous deux
nous ne parviendrons pas à le nommer; au
reste, nous nous entendons.

Je ne sais si je fais bien de vous dire qu'il
m'a paru vivement affecté de votre départ;
il seroit peut-être plus sage de ne vous en

pas parler: mais je n'aime pas cette fageſſe qui afflige ſes amis. Je ſuis pourtant forcée de n'en pas parler plus long-temps. Ma vue débile, & ma main tremblante, ne me permettent pas de longues Lettres, quand il faut les écrire moi-même.

Adieu donc, ma chere Belle; adieu, mon aimable enfant; oui, je vous adopte volontiers pour ma fille, & vous avez bien tout ce qu'il faut pour faire l'orgueil & le plaiſir d'une mere.

Du Château de . . . ce 3 Octobre 17**.

LETTRE CIV.

La Marquiſe DE MERTEUIL à Madame DE VOLANGES.

En vérité, ma chere & bonne amie, j'ai eu peine à me défendre d'un mouvement d'orgueil, en liſant votre Lettre. Quoi! vous m'honorez de votre entiere confiance! vous allez même juſqu'à me demander des conſeils! Ah! je ſuis bien heureuſe, ſi je mérite cette opinion favorable de votre part: ſi je ne la dois pas ſeulement à la prévention de

l'amitié. Au reste, quelqu'en soit le motif,
elle n'en est pas moins précieuse à mon
cœur ; & l'avoir obtenue, n'est à mes yeux
qu'une raison de plus, pour travailler davantage à la mériter. Je vais donc (mais
sans prétendre vous donner un avis) vous
dire librement ma façon de penser. Je m'en
méfie, parce qu'elle diffère de la vôtre : mais
quand je vous aurai exposé mes raisons,
vous les jugerez ? & si vous les condamnez,
je souscris d'avance à votre jugement. J'aurai au moins cette sagesse, de ne pas me
croire plus sage que vous.

Si pourtant, & pour cette seule fois, mon
avis se trouvoit préférable, il faudroit en
chercher la cause dans les illusions de l'a-
mour maternel. Puisque ce sentiment est
louable, il doit se trouver en vous. Qu'il se
reconnoît bien en effet dans le parti que vous
êtes tentée de prendre ! C'est ainsi que, s'il
vous arrive d'errer quelquefois, ce n'est
jamais que dans le choix des vertus.

La prudence est, à ce qu'il me semble,
celle qu'il faut préférer, quand on dispose
du sort des autres ; & sur-tout quand il s'agit
de le fixer par un lien indissoluble & sacré,
tel que celui du mariage. C'est alors qu'une
mere, également sage & tendre, doit, comme vous le dites si bien, *aider sa fille de
son expérience.* Or, je vous le demande,

qu'a-t-elle à faire pour y parvenir? finon de diftinguer, pour elle, entre ce qui plaît & ce qui convient.

Ne feroit-ce donc pas avilir l'autorité maternelle, ne feroit-ce pas l'anéantir, que de la fubordonner à un goût frivole, dont la puiffance illufoire ne fe fait fentir qu'à ceux qui la redoutent, & difparoît fitôt qu'on la méprife? Pour moi, je l'avoue, je n'ai jamais cru à ces paffions entraînantes & irréfiftibles, dont il femble qu'on foit convenu de faire l'excufe générale de nos déréglemens. Je ne conçois point comment un goût, qu'un moment voit naître & qu'un autre voit mourir, peut avoir plus de force que les principes inaltérables de pudeur, d'honnêteté & de modeftie; & je n'entends pas plus qu'une femme qui les trahit puiffe être juftifiée par fa paffion prétendue, qu'un voleur ne le feroit par la paffion de l'argent, ou un affaffin par celle de la vengeance.

Eh! qui peut dire n'avoir jamais eu à combatre? Mais j'ai toujours cherché à me perfuader que, pour réfifter, il fuffifoit de le vouloir; & jufqu'alors, au moins, mon expérience a confirmé mon opinion. Que feroit la vertu, fans les devoirs qu'elle impofe? fon culte eft dans nos facrifices, fa récompenfe dans nos cœurs. Ces vérités ne peuvent être niées que par ceux qui ont intérêt de les méconnoître ; & qui, déjà dépravés, efpèrent faire un moment d'illufion, en effayant de juftifier leur mauvaife conduite par de mauvaifes raifons.

Mais pourroit-on le craindre d'un enfant fimple & timide, d'un enfant né de vous, & dont l'éducation modefte & pure n'a pu que fortifier l'heureux naturel ? C'eft pourtant à cette crainte, que j'ofe dire humiliante pour votre fille, que vous voulez facrifier le mariage avantageux que votre prudence avoit ménagé pour elle ! j'aime beaucoup Danceny ; & depuis long-temps, comme vous favez, je vois peu M. de Gercourt : mais mon amitié pour l'un, mon indifférence pour l'autre, ne m'empêchent point de fentir l'énorme différence qui fe trouve entre ces deux partis.

Leur naiffance eft égale, j'en conviens ; mais l'un eft fans fortune, & celle de l'autre eft telle que, même fans naiffance, elle auroit fuffi pour le mener à tout. J'avoue bien que l'argent ne fait pas le bonheur, mais il faut avouer auffi qu'il le facilite beaucoup. Mlle de Volanges eft, comme vous dites, affez riche pour deux : cependant, foixante mille livres de rente dont elle va jouir, ne font pas déjà tant quand on porte le nom de Danceny, quand il faut monter & foutenir une maifon qui y réponde. Nous ne fommes plus au temps de Md^e de Sévigné. Le luxe abforbe tout : on le blâme, mais il faut l'imiter; & le fuperflu finit par priver du néceffaire.

Quant aux qualités perfonnelles que vous comptez pour beaucoup, & avec beaucoup de raifons, affurément M. de Gercourt eft fans reproche de ce côté; & à lui, fes preuves font faites. J'aime à croire, & je crois qu'en effet Danceny ne lui céde en rien; mais en fommes-nous auffi fûres? Il eft vrai qu'il a paru jufqu'ici exempt des défauts de fon âge, & que malgré le ton du jour, il montre un goût pour la bonne compagnie qui fait augurer favorablement de lui : mais qui fait fi cette fageffe apparente, ne la doit pas à la médiocrité de fa fortune? Pour peu qu'on craigne d'être fripon ou crapuleux, il faut de l'argent pour être joueur ou libertin, & l'on peut encore aimer les défauts dont on redoute les excès. Enfin il ne feroit pas le millieme, qui auroit vu la bonne compagnie, uniquement faute de pouvoir mieux faire.

Je ne dis pas (à Dieu ne plaife!) que je croie tout cela de lui : mais ce feroit toujours un rifque à courir; & quels reproches n'auriez-vous pas à vous faire, fi l'événement n'étoit pas heureux! Que répondriez-vous à votre fille, qui vous diroit : « Ma

» mere

» mere, j'étois jeune & sans expérience;
» j'étois même séduite par une erreur par-
» donnable à mon âge : mais le ciel, qui
» avoit prévu ma foiblesse, m'avoit accordé
» une mere sage, pour y remédier & m'en
» garantir. Pourquoi donc, oubliant votre
« prudence, avez-vous consenti à mon mal-
» heur ? étoit-ce à moi à me choisir un
» époux, quand je ne connoissois rien de
» l'état du mariage ? Quand je l'aurois vou-
» lu, n'étoit-ce pas à vous à vous y oppo-
» ser ? Mais je n'ai jamais eu cette folle vo-
» lonté. Décidée à vous obéir, j'ai attendu
» votre choix avec une respectueuse rési-
» gnation ; jamais je ne me suis écartée de
» la soumission que je vous devois, & ce-
« pendant je porte aujourd'hui la peine qui
» n'est due qu'aux enfans rebelles. Ah ! vo-
» tre foiblesse m'a perdue . . . . ». Peut-être
son respect étoufferoit-il ces plaintes ; mais
l'amour maternel les devineroit : & les larmes de votre fille, pour être dérobées, n'en
couleroient pas moins sur votre cœur. Où
chercherez-vous alors vos consolations ? sera-
ce dans ce fol amour, contre lequel vous
auriez dû l'armer, & par qui au contraire
vous vous serez laissée séduire ?

J'ignore, ma chere amie, si j'ai contre
cette passion une prévention trop forte : mais
je la crois redoutable, même dans le ma-

IIIme. Partie. D

riage. Ce n'eſt pas que je déſapprouve qu'un ſentiment honnête & doux vienne embellir le lien conjugal, & adoucir en quelque ſorte les devoirs qu'il impoſe ; mais ce n'eſt pas à lui qu'il appartient de le former; ce n'eſt pas à l'illuſion d'un moment, à régler le choix de notre vie. En effet, pour choiſir, il faut comparer ; & comment le pouvoir, quand un ſeul objet nous occupe ; quand, celui-là même, on ne peut le connoître, plongé que l'on eſt dans l'ivreſſe & l'aveuglement?

J'ai rencontré, comme vous pouvez croire, pluſieurs femmes atteintes de ce mal dangereux ; j'ai reçu les confidences de quelques-unes. A les entendre, il n'en eſt point dont l'amant ne ſoit un être parfait : mais ces perfections chimériques n'exiſtent que dans leur imagination. Leur tête exaltée ne rêve qu'agrémens & vertus ; elles en parent à plaiſir celui qu'elles préferent : c'eſt la draperie d'un Dieu, portée ſouvent par un modele abject : mais quel qu'il ſoit, à peine l'en ont-elles revêtu, que, dupes de leur propre ouvrage, elles ſe proſternent pour l'adorer.

Ou votre fille n'aime pas Danceny, ou elle éprouve cette même illuſion ; elle eſt commune à tous deux, ſi leur amour eſt réciproque. Ainſi votre raiſon pour les unir à jamais, ſe réduit à la certitude qu'ils ne

se connoissent pas, qu'ils ne peuvent se connoître. Mais, me direz-vous, M. de Gercourt & ma fille se connoissent - ils davantage ? non, sans doute ; mais au moins ne
s'abusent - ils pas, ils s'ignorent seulement.
Qu'arrive-t-il dans ce cas entre deux époux,
que je suppose honnêtes ? c'est que chacun
d'eux étudie l'autre, s'observe vis-à-vis de
lui, cherche & reconnoît bientôt ce qu'il
faut qu'il cede de ses goûts & de ses volontés, pour la tranquillité commune. Ces légers
sacrifices se font sans peine, parce qu'ils sont
réciproques, & qu'on les a prévus : bientôt
ils font naître une bienveillance mutuelle ; &
l'habitude, qui fortifie tous les penchans
qu'elle ne détruit pas, amene peu-à-peu
cette douce amitié, cette tendre confiance,
qui, jointes à l'estime, forment, ce me
semble, le véritable, le solide bonheur des
mariages.

Les illusions de l'amour peuvent être plus
douces ; mais qui ne sait aussi qu'elles sont
moins durables ? & quels dangers n'amene
pas le moment qui les détruit ! c'est alors
que les moindres défauts paroissent choquans
& insupportables, par le contraste qu'ils
forment avec l'idée de perfection qui nous
avoit séduits. Chacun des deux époux croit
cependant que l'autre seul a changé, & que
lui vaut toujours ce qu'un moment d'erreur

D 2

l'avoit fait apprécier. Le charme qu'il n'éprouve plus, il s'étonne de ne le plus faire naître;
il en eſt humilié : la vanité bleſſée aigrit les
eſprits, augmente les torts, produit l'humeur, enfante la haine ; & de frivoles
plaiſirs ſont payés enfin par de longues infortunes.

Voilà, ma chere amie, ma façon de
penſer ſur l'objet qui nous occupe ; je ne
la défends pas, je l'expoſe ſeulement ; c'eſt
à vous à décider. Mais ſi vous perſiſtez dans
votre avis, je vous demande de me faire
connoître les raiſons qui auront combattu
les miennes : je ferai bien aiſe de m'éclairer
auprès de vous, & ſur-tout d'être raſſurée
ſur le ſort de votre aimable enfant, dont je
deſire bien ardemment le bonheur, & par
mon amitié pour elle, & par celle qui m'unit
à vous pour la vie.

*Paris, ce 4 Octobre 17**.*

LETTRE CV.

La Marquiſe DE MERTEUIL à
CÉCILE VOLANGES.

HÉ BIEN ! Petite, vous voilà donc bien
fâchée, bien honteuſe ! & ce M. de Valmont

eſt un méchant homme, n'eſt-ce pas ? comment ! il oſe vous traiter comme la femme
qu'il aimeroit le mieux ! Il vous apprend ce
que vous mouriez d'envie de ſavoir ! En
vérité, ces procédés là ſont impardonnables.
Et vous, de votre côté, vous voulez garder
votre ſageſſe pour votre amant (qui n'en
abuſe pas); vous ne chériſſez de l'amour
que les peines, & non les plaiſirs ! Rien de
mieux, & vous figurerez à merveille dans
un Roman. De la paſſion, de l'infortune,
de la vertu par - deſſus tout, que de belles
choſes ! Au milieu de ce brillant cortege,
on s'ennuie quelquefois à la vérité, mais on
le rend bien.

Voyez donc, la pauvre enfant, comme
elle eſt à plaindre ! Elle avoit les yeux battus le lendemain ! Et que direz-vous donc,
quand ce ſeront ceux de votre amant? Allez,
mon bel Ange, vous ne les aurez pas toujours ainſi; tous les hommes ne ſont pas des
Valmont. Et puis, ne plus oſer lever ces
yeux là ! oh ! par exemple, vous avez eu
bien raiſon; tout le monde y auroit lu votre
aventure. Croyez - moi cependant, s'il en
étoit ainſi, nos femmes & même nos demoi-
ſelles auroient le regard plus modeſte.

Malgré les louanges que je ſuis forcée de
vous donner, comme vous voyez, il faut
convenir pourtant que vous avez manqué

D 3

votre chef-d'œuvre; c'étoit de tout dire à
votre maman. Vous ayiez si bien commencé!
déjà vous vous étiez jettée dans ses bras,
vous sanglotiez, elle pleuroit aussi : quelle
scene pathétique! & quel dommage de ne
l'avoir pas achevée! Votre tendre mere,
toute ravie d'aise, & pour aider à votre
vertu, vous auroit cloîtrée pour toute votre
vie; & là vous auriez aimé Danceny tant
que vous auriez voulu, sans rivaux & sans
péché : vous vous seriez désolée tout à votre
aise; & Valmont, à coup sûr, n'auroit pas
été troubler votre douleur par de contrarians
plaisirs.

Sérieusement peut-on, à quinze ans passés,
être enfant comme vous l'êtes? Vous avez
bien raison de dire que vous ne méritez pas
mes bontés. Je voulois pourtant être votre
amie : vous en avez besoin peut-être avec la
mere que vous avez, & le mari qu'elle veut
vous donner! Mais si vous ne vous formez
pas davantage, que voulez-vous qu'on fasse
de vous? Que peut-on espérer, si ce qui fait
venir l'esprit aux filles, semble au contraire
vous l'ôter.

Si vous pouviez prendre sur vous de raisonner un moment, vous trouveriez bientôt
que vous devez vous féliciter au lieu de vous
plaindre. Mais vous êtes honteuse, & cela
vous gêne! Hé! tranquillisez-vous; la honte

que cause l'amour, est comme sa douleur :
on ne l'éprouve qu'une fois. On peut encore
la feindre après, mais on ne la sent plus. Cependant le plaisir reste, & c'est bien quelque
chose. Je crois même avoir démêlé, à travers votre petit bavardage, que vous pourriez le compter pour beaucoup. Allons, un
peu de bonne-foi. Là, ce trouble qui vous
empêchoit *de faire comme vous disiez*, qui
vous faisoit trouver *si difficile de se défendre*,
qui vous rendoit *comme fâchée* quand Valmont s'en est allé, étoit-ce bien la honte qui
le causoit, ou si c'étoit le plaisir ? & *ses
façons de dire auxquelles on ne sait comment
répondre*, cela ne viendroit - il pas de *ses
façons de faire* ? Ah ! petite fille, vous mentez, & vous mentez à votre amie ! Cela n'est
pas bien. Mais brisons-là.

Ce qui pour tout le monde seroit un plaisir, & pourroit n'être que cela, devient dans
votre situation un véritable bonheur. En
effet, placée entre une mere dont il vous
importe d'être aimée, & un amant dont
vous desirez de l'être toujours, comment ne
voyez-vous pas que le seul moyen d'obtenir
ces succès opposés, est de vous occuper
d'un tiers ? Distraite par cette nouvelle aventure, tandis que, vis-à-vis de votre maman,
vous aurez l'air de sacrifier à votre soumission pour elle un goût qui lui déplaît, vous

D 4

acquérrez vis-à-vis de votre amant l'honneur
d'une belle défense. En l'assurant sans cesse
de votre amour, vous ne lui en accorderez
pas les dernieres preuves. Ces refus, si peu
pénibles dans le cas où vous serez, il ne
manquera pas de les mettre sur le compte
de votre vertu; il s'en plaindra peut-être,
mais il vous en aimera davantage; & pour
avoir le double mérite, aux yeux de l'un
de sacrifier l'amour, à ceux de l'autre d'y
résister, il ne vous en coûtera que d'en goûter
les plaisirs. O! combien de femmes ont perdu
leur réputation, qui l'eussent conservée avec
soin, si elles avoient pu la soutenir par de
pareils moyens !

Ce parti que je vous propose, ne vous
paroît-il pas le plus raisonnable, comme le
plus doux? Savez-vous ce que vous avez
gagné à celui que vous avez pris? c'est que
votre maman a attribué votre redoublement
de tristesse à un redoublement d'amour,
qu'elle en est outrée, & que pour vous en
punir elle n'attend que d'en être plus sûre.
Elle vient de m'en écrire; elle tentera tout
pour obtenir cet aveu de vous-même. Elle
ira peut-être, me dit-elle, jusqu'à vous pro-
poser Danceny pour époux; & cela, pour
vous engager à parler. Et si, vous laissant
séduire par cette trompeuse tendresse, vous
répondiez selon votre cœur, bientôt ren-

fermée pour long - temps, peut - être pour toujours, vous pleureriez à loisir votre aveugle crédulité.

Cette ruse qu'elle veut employer contre vous, il faut la combattre par une autre. Commencez donc, en lui montrant moins de tristesse, à lui faire croire que vous songez moins à Danceny. Elle se le persuadera d'autant plus facilement, que c'est l'effet ordinaire de l'absence ; & elle vous en saura d'autant plus de gré, qu'elle y trouvera une occasion de s'applaudir de sa prudence, qui lui a suggéré ce moyen. Mais, si conservant quelque doute, elle persistoit pourtant à vous éprouver, & qu'elle vînt à vous parler de mariage, renfermez - vous, en fille bien née, dans une parfaite soumission. Au fait, qu'y risquez-vous ? Pour ce qu'on fait d'un mari, l'un vaut toujours bien l'autre ; & le plus incommode est encore moins gênant qu'une mere.

Une fois plus contente de vous, votre Maman vous mariera enfin ; & alors, plus libre dans vos démarches, vous pourrez, à votre choix quitter Valmont pour prendre Danceny, ou même les garder tous deux. Car, prenez-y garde, votre Danceny est gentil : mais c'est un de ces hommes qu'on a quand on veut & tant qu'on veut ; on peut donc se mettre à l'aise avec lui. Il n'en est

pas de même de Valmont : on le garde difficilement ; & il eſt dangereux de le quitter.
Il faut avec lui beaucoup d'adreſſe, ou,
quand on n'en a pas, beaucoup de docilité.
Mais, auſſi, ſi vous pouviez parvenir à vous
l'attacher comme ami, ce ſeroit-là un bonheur ! il vous mettroit tout de ſuite au premier rang de nos femmes à la mode. C'eſt
comme cela qu'on acquiert une conſiſtance
dans le monde, & non pas à rougir & à
pleurer, comme quand vos Religieuſes vous
faiſoient dîner à genoux.

Vous tâcherez donc, ſi vous êtes ſage,
de vous raccommoder avec Valmont, qui
doit être très-en colere contre vous ; & comme
il faut ſavoir réparer ſes ſottiſes, ne craignez pas de lui faire quelques avances ; auſſi-
bien apprendrez - vous bientôt, que ſi les
hommes nous font les premieres, nous ſommes preſque toujours obligées de faire les
ſecondes. Vous avez un prétexte pour celles-
ci : car il ne faut pas que vous gardiez cette
lettre ; & j'exige de vous de la remettre à
Valmont auſſi-tôt que vous l'aurez lue. N'oubliez pas pourtant de la recacheter auparavant. D'abord, c'eſt qu'il faut vous laiſſer
le mérite de la démarche que vous ferez
vis - à - vis de lui, & qu'elle n'ait pas
l'air de vous avoir été conſeillée ; & puis,
c'eſt qu'il n'y a que vous au monde, dont

je fois affez l'amie pour vous parler comme je fais.

Adieu, bel Ange; fuivez mes confeils, & vous me manderez fi vous vous en trouvez bien.

P. S. A propos, j'oubliois .... un mot encore. Voyez donc à foigner davantage votre ftyle. Vous écrivez toujours comme un enfant. Je vois bien d'où cela vient; c'eft que vous dites tout ce que vous penfez, & rien de ce que vous ne penfez pas. Cela peut paffer ainfi de vous à moi, qui devons n'avoir rien de caché l'une pour l'autre : mais avec tout le monde! avec votre Amant furtout! vous auriez toujours l'air d'une petite fotte. Vous voyez bien que quand vous écrivez à quelqu'un, c'eft pour lui & non pas pour vous : vous devez donc moins chercher à lui dire ce que vous penfez, que ce qui lui plaît davantage.

Adieu, mon cœur : je vous embraffe au lieu de vous gronder; dans l'efpérance que vous ferez plus raifonnable.

Paris, ce 4 Octobre 17**.

LETTRE CVI.

La Marquise DE MERTEUIL au Vicomte DE VALMONT.

A MERVEILLE, Vicomte, & pour le coup, je vous aime à la fureur ! Au reste, après la premiere de vos deux Lettres, on pouvoit s'attendre a la seconde : aussi ne m'a-t-elle point étonnée ; & tandis que déjà fier de vos succès à venir, vous en sollicitiez la récompense, & que vous me demandiez si j'étois prête, je voyois bien que je n'avois pas tant besoin de me presser. Oui, d'honneur ; en lisant le beau récit de cette scene tendre, & qui vous avoit si *vivement ému* ; en voyant votre retenue, digne des plus beaux temps de notre Chevalerie, j'ai dit vingt fois : Voilà une affaire manquée !

Mais c'est que cela ne pouvoit pas être autrement. Que voulez-vous que fasse une pauvre femme qui se rend, & qu'on ne prend pas ? Ma foi, dans ce cas-là, il faut au moins sauver l'honneur ; & c'est ce qu'a fait votre Présidente. Je sais bien que pour moi, qui ai senti que la marche qu'elle a prise n'est

vraiment pas fans quelqu'effet, je me pro-
pofe d'en faire ufage, pour mon compte,
à la premiere occafion un peu férieufe qui fe
préfentera : mais je promets bien que fi celui
pour qui j'en ferai les frais n'en profite pas
mieux que vous, il peut affurément renou-
cer à moi pour toujours.

    Vous voilà donc abfolument réduit à rien!
& cela entre deux femmes, dont l'une étoit
déjà au lendemain, & l'autre ne demandoit
pas mieux que d'y être ! Hé bien ! vous
allez croire que je me vante, & dire qu'il
eft facile de prophétifer après l'événement ;
mais je peux vous jurer que je m'y attendois. C'eft que réellement vous n'avez pas
le génie de votre état ; vous n'en favez que
ce que vous en avez appris, & vous n'inven-
tez rien. Auffi, dès que les circonftances ne
fe prêtent plus à vos formules d'ufage, &
qu'il vous faut fortir de la route ordinaire,
vous reftez court comme un Ecolier. Enfin
un enfantillage d'une part, de l'autre un retour de pruderie, parce qu'on ne les eprou-
ve pas tous les jours, fuffifent pour vous
déconcerter ; & vous ne favez ni les prévenir, ni y remédier. Ah Vicomte ! Vicomte !
vous m'apprenez à ne pas juger les hommes
par leurs fuccès ; & bientôt, il faudra dire
de vous : il fut brave un tel jour. Et quand
vous avez fait fottifes fur fottifes, vous re-

courez à moi ! il femble que je n'aie rien autre chofe à faire que de les réparer. Il eft
vrai que ce feroit bien affez d'ouvrage.

Quoiqu'il en foit, de ces deux aventures,
l'une eft entreprife contre mon gré, & je ne
m'en mêle point ; pour l'autre. comme vous
y avez mis quelque complaifance pour moi,
j'en fais mon affaire. La Lettre que je joins
ici, que vous lirez d'abord, & que vous re-
mettrez enfuite à la petite Volanges, eft plus
que fuffifante pour vous la ramener : mais,
je vous en prie, donnez quelques foins à cet
enfant, & faifons-en, de concert, le défefpoir de fa mere & de Gercourt. Il n'y a pas
à craindre de forcer les dofes. Je vois clairement que la petite perfonne n'en fera point
effrayée ; & nos vues fur elle une fois rem-
plies, elle deviendra ce qu'elle pourra.

Je me défintéreffe entiérement fur fon
compte. J'avois eu quelqu'envie d'en faire
au moins une intrigante fubalterne, & de la
prendre pour jouer *les feconds* fous moi :
mais je vois qu'il n'y a pas d'étoffe ; elle a
une fotte ingénuité qui n'a pas cédé même
au fpécifique que vous avez employé, lequel
pourtant n'en manque gueres ; & c'eft, felon
moi, la maladie la plus dangereufe que
femme puiffe avoir. Elle dénote, fur-tout,
une foibleffe de caractere prefque toujours

incurable, & qui s'oppose à tout ; de sorte
que, tandis que nous nous occuperions à
former cette petite fille pour l'intrigue, nous
n'en ferions qu'une femme facile. Or, je ne
connois rien de si plat que cette facilité de
bêtise, qui se rend sans savoir ni comment
ni pourquoi, uniquement parce qu'on l'attaque & qu'elle ne sait pas résister. Ces sortes
de femmes ne sont absolument que des ma-
chines à plaisir.

Vous me direz qu'il n'y a qu'à n'en faire
que cela, & que c'est assez pour nos projets. A la bonne heure ! mais n'oublions pas
que de ces machines-là, tout le monde par-
vient bientôt à en connoître les ressorts &
les moteurs ; ainsi, que pour se servir de
celle-ci sans danger, il faut se dépêcher,
s'arrêter de bonne - heure, & la briser ensuite. A la vérité les moyens ne nous manqueront pas pour nous en défaire, & Gercourt la fera toujours bien enfermer quand
nous voudrons. Au fait, quand il ne pourra
plus douter de sa déconvenue, quand elle
sera bien publique & bien notoire, que nous
importe qu'il se venge, pourvu qu'il ne se
console pas ? Ce que je dis du mari, vous
le pensez sans doute de la mere ; ainsi cela
vaut fait.

Ce parti que je crois le meilleur, & auquel je me suis arrêtée, m'a décidée à mener

la jeune perfonne un peu vîte, comme vous
verrez par ma Lettre ; cela rend auffi très-
important de ne rien laiffer entre fes mains
qui puiffe nous compromettre, & je vous
prie d'y avoir attention. Cette précaution
une fois prife, je me charge du moral ; le
refte vous regarde. Si pourtant nous voyons
par la fuite que l'ingénuité fe corrige, nous
ferons toujours à temps de changer de projet. Il n'en auroit pas moins fallu, un jour
ou l'autre, nous occuper de ce que nous
allons faire : dans aucun cas, nos foins ne
feront perdus.

Savez-vous que les miens ont rifqué de
l'être, & que l'étoile de Gercourt a penfé
l'emporter fur ma prudence ? Mde de Volanges n'a-t-elle pas eu un moment de foibleffe maternelle ? ne vouloit-elle pas donner
fa fille à Danceny ? C'étoit-là ce qu'annon-
çoit cet intérêt plus tendre, que vous aviez
remarqué *le lendemain.* C'eft encore vous
qui auriez été caufe de ce beau chef-d'œuvre ! Heureufement la tendre mere m'en a
écrit, & j'efpere que ma réponfe l'en dégoû-
tera. J'y parle tant vertu, & fur-tout je
la cajole tant, qu'elle doit trouver que j'ai
raifon.

Je fuis fâchée de n'avoir pas eu le temps
de prendre copie de ma Lettre, pour vous
édifier fur l'auftérité de ma morale. Vous

verriez comme je méprife les femmes affez
dépravées pour avoir un Amant! Il eft fi
commode d'être rigorifte dans fes difcours !
cela ne nuit jamais qu'aux autres; & ne nous
gêne aucunement.... Et puis je n'ignore pas
que la bonne Dame a eu fes petites foibleffes comme une autre, dans fon jeune temps,
& je n'étois pas fâchée de l'humilier au moins
dans fa confcience; cela me confoloit un
peu des louanges que je lui donnois contre la
mienne. C'eft ainfi que dans la même Lettre,
l'idée de nuire à Gercourt m'a donné le
courage d'en dire du bien.

Adieu, Vicomte ; j'approuve beaucoup
le parti que vous prenez de refter quelque
temps où vous êtes. Je n'ai point de moyen
pour hâter votre marche : mais je vous invite à vous défennuyer avec notre commune
Pupille. Pour ce qui eft de moi, malgré votre citation polie, vous voyez bien qu'il faut
encore attendre ; & vous conviendrez, fans
doute, que ce n'eft pas ma faute.

Paris, ce 4 Octobre 17**.

LETTRE CVII.

AZOLAN au Vicomte DE VALMONT.

MONSIEUR,

Conformément à vos ordres, j'ai été, aussi-tôt la réception de votre Lettre, chez M. Bertrand, qui m'a remis les vingt-cinq louis, comme vous lui aviez ordonné. Je lui en avois demandé deux de plus pour Philippe, à qui j'avois dit de partir sur le champ, comme Monsieur me l'avoit mandé, & qui n'avoit pas d'argent; mais M. votre homme d'affaires n'a pas voulu, en disant qu'il n'avoit pas d'ordre de ça de vous. J'ai donc été obligé de les donner de moi, & Monsieur m'en tiendra compte, si c'est sa bonté.

Philippe est parti hier au soir. Je lui ai bien recommandé de ne pas quitter le cabaret, afin qu'on puisse être sûr de le trouver si on en a besoin.

J'ai été tout de suite après chez Mde la Présidente pour voir Mlle Julie : mais elle étoit sortie, & je n'ai parlé qu'à La Fleur, de qui je n'ai pu rien favoir, parce que depuis ſon arrivée il n'avoit été à l'hôtel qu'à l'heure des repas. C'eſt le ſecond qui a fait tout le ſervice, & Monſieur ſait bien que je ne con-noiſſois pas celui-là. Mais j'ai commencé aujourd'hui.

Je ſuis retourné ce matin chez Mlle Julie, & elle a paru bien aiſe de me voir. Je l'ai interrogée ſur la cauſe du retour de ſa maîtreſſe; mais elle m'a dit n'en rien ſavoir, & je crois qu'elle a dit vrai. Je lui ai repro-ché de ne pas m'avoir averti de ſon départ, & elle m'a aſſuré qu'elle ne l'avoit ſu que le ſoir même en allant coucher madame; ſi bien qu'elle a paſſé toute la nuit à ranger, & que la pauvre fille n'a pas dormi deux heures. Elle n'eſt ſortie ce ſoir-là de la cham-bre de ſa maîtreſſe qu'à une heure paſſée, & elle l'a laiſſée qui ſe mettoit ſeulement à écrire.

Le matin, Mde de Tourvel, en partant, a remis une lettre au Concierge du Château. Mlle Julie ne ſait pas pour qui : elle dit que c'étoit peut-être pour Monſieur ; mais Mon-ſieur ne m'en parle pas.

Pendant tout le voyage, Madame a eu un grand capuchon ſur ſa figure, ce qui faiſoit qu'on ne pouvoit la voir : mais Mlle Julie croit être ſûre qu'elle a pleuré ſouvent. Elle n'a pas dit une parole pendant la route,

& elle n'a pas voulu s'arrêter à *** (1), comme elle avoit fait en allant; ce qui n'a pas fait trop de plaisir à Mlle Julie, qui n'avoit pas déjeûné. Mais, comme je lui ai dit, les maîtres sont les maîtres.

En arrivant, Madame s'est couchée: mais elle n'est restée au lit que deux heures. En se levant, elle a fait venir son Suisse, & lui a donné ordre de ne laisser entrer personne. Elle n'a point fait de toilette du tout. Elle s'est mise à table pour dîner; mais elle n'a mangé qu'un peu de potage, & elle en est sortie tout de suite. On lui a porté son café chez elle, & Mlle Julie est entrée en même temps. Elle a trouvé sa maîtresse qui rangeoit des papiers dans son secrétaire, & elle a vû que c'étoit des Lettres. Je parierois bien que ce sont celles de Monsieur; & des trois qui lui sont arrivées dans l'après-midi, il y en a une qu'elle avoit encore devant elle tout au soir! Je suis bien sûr que c'est encore une de Monsieur. Mais pourquoi donc est-ce qu'elle s'en est allée comme ça? ça m'étonne moi! au reste, sûrement que Monsieur le fait bien? & ce ne sont pas mes affaires.

---

(1) Toujours le même Village à moitié chemin de la route.

Madame la Préfidente eſt allée l'après-midi dans la bibliotheque, & elle y a pris deux livres qu'elle a emportés dans ſon bou-doir : mais Mlle Julie aſſure qu'elle n'a pas lu dedans un quart-d'heure dans toute la jour-née, & qu'elle n'a fait que lire cette lettre, rêver & être appuyée ſur ſa main. Comme j'ai imaginé que Monſieur ſeroit bien aiſe de ſavoir quels ſont ces livres-là, & que Mlle Julie ne le ſavoit pas, je me ſuis fait mener aujourd'hui dans la Bibliotheque, ſous pré-texte de la voir. Il n'y a de vuide que pour deux livres : l'un eſt le ſecond volume des *Penſées Chrétiennes* ; & l'autre, le premier d'un livre qui a pour titre *Clariſſe*. J'écris bien comme il y a : Monſieur ſaura peut-être ce que c'eſt.

Hier au ſoir Madame n'a pas ſoupé ; elle n'a pris que du thé.

Elle a ſonné de bonne-heure ce matin ; elle a demandé ſes chevaux tout de ſuite, & elle a été, avant néuf heures, aux Feuil-lans, où elle a entendu la Meſſe. Elle a voulu ſe confeſſer ; mais ſon confeſſeur étoit abſent, & il ne reviendra pas de huit à dix jours. J'ai cru qu'il étoit bon de mander cela à Monſieur.

Elle eſt rentrée enſuite, elle a déjeûné, & puis s'eſt miſe à écrire, & elle y eſt reſtée juſqu'à près d'une heure. J'ai trouvé occaſion

de faire bientôt ce que Monfieur defiroit le
plus : car c'eft moi qui ai porté les lettres à
la pofte. Il n'y en avoit pas pour Mde de
Volanges : mais j'en envoie une à Monfieur,
qui étoit pour M. le Préfident : il m'a paru
que ça devoit être la plus intéreffante. Il y
en avoit une auffi pour Mde de Rofemonde;
mais j'ai imaginé que Monfieur la verroi
toujours bien quand il voudroit, & je l'ai
laiffée partir. Au refte, Monfieur faura
bien tout, puifque Mde la Préfidente lui
écrit auffi. J'aurai par la fuite toutes celles
qu'il voudra ; car c'eft prefque toujours Mlle
Julie qui les remet aux gens, & elle m'a affuré
que, par amitié pour moi, & puis auffi pour
Monfieur, elle feroit volontiers ce que je
voudrois.

Elle n'a pas même voulu de l'argent que
je lui ai offert : mais je penfe bien que Monfieur voudra lui faire quelque petit préfent;
& fi c'eft fa volonté, & qu'il veuille m'en
charger; je faurai aifément ce qui lui fera
plaifir.

J'efpere que Monfieur ne trouvera pas
que j'aie mis de la négligence à le fervir,
& j'ai bien à cœur de me juftifier des reproches qu'il me fait. Si je n'ai pas fu le départ
de Mde la Préfidente, c'eft au contraire mon
zele pour le fervice de Monfieur qui en eft
caufe, puifque c'eft lui qui m'a fait partir à

trois heures du matin ; ce qui fait que je n'ai pas vu Mlle Julie la veille, au soir, comme de coutume, ayant été coucher au Tournebride, pour ne pas réveiller dans le Château.

Quant à ce que Monsieur me reproche d'être souvent sans argent, d'abord c'est que j'aime à me tenir proprement, comme Monsieur peut voir ; & puis, il faut bien soutenir l'honneur de l'habit qu'on porte : je sais bien que je devrois peut-être un peu épargner pour la suite ; mais je me confie entièrement dans la générosité de Monsieur, qui est si bon Maître.

Pour ce qui est d'entrer au service de Mde de Tourvel, en restant à celui de Monsieur, j'espere que Monsieur ne l'exigera pas de moi. C'étoit bien différent chez Mde la Duchesse ; mais assurément je n'irai pas porter la livrée, & encore une livrée de Robe, après avoir eu l'honneur d'être Chasseur de Monsieur. Pour tout ce qui est du reste, Monsieur peut disposer de celui qui a l'honneur d'être, avec autant de respect que d'affection, son très-humble serviteur.

ROUX AZOLAN, *Chasseur.*

*Paris, ce 5 Octobre 17**, à onze heures du soir.*

LETTRE CVIII.

La Préſidente de TOURVEL à Madame
DE ROSEMONDE.

O MON iudulgente mere ! que j'ai de
graces à vous rendre, & que j'avois beſoin
de votre Lettre ! Je l'ai lue & relue ſans
ceſſe ; je ne pouvois pas m'en détacher. Je
lui dois les ſeuls momens moins pénibles que
j'ai paſſés depuis mon départ. Comme vous
êtes bonne ! la ſageſſe, la vertu, ſavent
donc compatir à la foibleſſe ! vous avez
pitié de mes maux ! Ah ! ſi vous les connoiſ-
ſiez !.... ils ſont affreux. Je croyois avoir
éprouvé les peines de l'amour ; mais le tourment inexprimable, celui qu'il faut avoir
ſenti pour en avoir l'idée, c'eſt de ſe ſéparer
de ce qu'on aime, de s'en ſéparer pour
toujours !....Oui, la peine qui m'accable
aujourd'hui reviendra demain, après-demain, toute ma vie ! Mon Dieu, que je ſuis
jeune encore, & qu'il me reſte de temps à
ſouffrir !

Etre ſoi-même l'artiſan de ſon malheur ;
ſe déchirer le cœur de ſes propres mains ;

&

& tandis qu'on fouffre ces douleurs infupportables, fentir à chaque inftant qu'on peut
les faire ceffer d'un mot, & que ce mot foit
un crime! ah! mon amie!....

Quand j'ai pris ce parti fi pénible de m'é-
loigner de lui, j'efpérois que l'abfence aug-
menteroit mon courage & mes forces : combien je me fuis trompée! il femble au contraire qu'elle ait achevé de les détruire. J'a-
vois plus à combattre, il eft vrai : mais
même en réfiftant, tout n'étoit pas privation; au moins je le voyois quelquefois;
fouvent même, fans ofer porter mes regards
fur lui, je fentois les fiens fixés fur moi :
oui, mon amie, je les fentois, il fembloit
qu'ils réchauffaffent mon ame; & fans paffer
par mes yeux, ils n'en arrivoient pas moins
à mon cœur. A préfent, dans ma pénible
folitude, ifolée de tout ce qui m'eft cher,
tête-à-tête avec mon infortune, tous les mo-
ments de ma trifte exiftence font marqués
par mes larmes, & rien n'en adoucit l'amertume, nulle confolation ne fe mêle à mes
facrifices; & ceux que j'ai faits jufqu'à préfent, n'ont fervi qu'à me rendre plus dou-
loureux ceux qui me reftent à faire.

Hier encore, je l'ai bien vivement fenti.
Dans les Lettres qu'on m'a remifes, il y en
avoit une de lui; on étoit encore à deux pas
de moi, que je l'avois reconnue entre les

IIIme. Partie,   E

autres. Je me fuis levée involontairement ; je tremblois, j'avois peine à cacher mon émotion ; & cet état n'étoit pas fans plaifir. Reftée feule le moment d'après, cette trompeufe douceur s'eft bientôt évanouie, & ne m'a laiffé qu'un facrifice de plus à faire. En effet, pouvois-je ouvrir cette Lettre, que pourtant je brûlois de lire ? Par la fatalité qui me pourfuit, les confolations qui paroiffent fe préfenter à moi, ne font au contraire que m'impofer de nouvelles privations ; & celles-ci deviennent plus cruelles encore, par l'idée que M. de Valmont les partage.

Le voilà enfin, ce nom qui m'occupe fans ceffe, & que j'ai eu tant de peine à écrire ; l'efpece de reproche que vous m'en faites, m'a véritablement alarmée. Je vous fupplie de croire qu'une fauffe honte n'a point altéré ma confiance en vous ; & pourquoi craindrois-je de le nommer ? ah ! je rougis de mes fentimens, & non de l'objet qui les caufe. Quel autre que lui eft plus digne de les infpirer ! Cependant, je ne fais pourquoi ce nom ne fe préfente point naturellement fous ma plume ; & cette fois encore, j'ai eu befoin de réflexion pour le placer. Je reviens à lui.

Vous me mandez qu'il vous a paru *vivement affecté de mon départ*. Qu'a-t-il donc fait ? qu'a-t-il dit ? a-t-il parlé de revenir à

Paris? Je vous prie de l'en détourner autant que vous pourrez. S'il m'a bien jugée, il ne doit pas m'en vouloir de cette démarche : mais il doit sentir aussi que c'est un parti pris sans retour. Un de mes plus grands tourmens, est de ne pas savoir ce qu'il pense. J'ai bien encore là sa Lettre...; mais vous êtes sûrement de mon avis, je ne dois pas l'ouvrir.

Ce n'est que par vous, mon indulgente amie, que je puis ne pas être entièrement séparée de lui. Je ne veux pas abuser de vos bontés; je sens à merveille que vos Lettres ne peuvent pas être longues : mais vous ne refuserez pas deux mots à votre enfant; un pour soutenir son courage, & l'autre pour l'en consoler. Adieu, ma respectable amie.

*Paris, ce 5 Octobre 17**.*

LETTRE CIX.

CÉCILE VOLANGES à la Marquise DE MERTEUIL.

CE n'est que d'aujourd'hui, Madame, que j'ai remis à M. de Valmont la Lettre que vous m'avez fait l'honneur de m'écrire.

E 2

Je l'ai gardée quatre jours , malgré les frayeurs que j'avois souvent qu'on ne la trouvât, mais je la cachois avec bien du foin ; & quand le chagrin me reprenoit , je m'enfermois pour la relire.

Je vois bien que ce que je croyois un si grand malheur, n'en est presque pas un ; & il faut avouer qu'il y a bien du plaisir : de façon que je ne m'afflige presque plus. Il n'y a que l'idée de Danceny qui me tourmente toujours quelquefois. Mais il y a déjà tout plein de momens où je n'y songe pas du tout ! aussi c'est que M. de Valmont est bien aimable !

Je me suis raccommodée avec lui depuis deux jours : ça m'a été bien facile ; car je ne lui avois encore dit que deux paroles, qu'il m'a dit que si j'avois quelque chose à lui dire, il viendroit le soir dans ma chambre, & je n'ai eu qu'à répondre que je le voulois bien. Et puis, dès qu'il y a été, il n'a pas paru plus fâché que si je ne lui avois jamais rien fait. Il ne m'a grondée qu'après, & encore bien doucement, & c'étoit d'une maniere…. Tout comme vous ; ce qui m'a prouvé qu'il avoit aussi bien de l'amitié pour moi.

Je ne saurois vous dire combien il m'a raconté de drôles de choses, & que je n'aurois jamais crues ; particuliérement sur Ma-

man. Vous me feriez bien plaifir de me mander fi tout ça eft vrai. Ce qui eft bien fûr,
c'eft que je ne pouvois pas me retenir de
rire; fi bien qu'une fois j'ai ri aux éclats, ce
qui nous a fait bien peur : car Maman auroit pu entendre; & fi elle étoit venue voir,
qu'eft-ce que je ferois devenue ? C'eft bien
pour le coup qu'elle m'auroit remife au
Couvent!

Comme il faut être prudent, & que,
comme M. de Valmont m'a dit lui-même,
pour rien au monde il ne voudroit rifquer
de me compromettre, nous fommes convenus que dorénavant il viendroit feulement
ouvrir la porte, & que nous irions dans fa
chambre. Pour là, il n'y a rien à craindre;
j'y ai déjà été hier, & actuellement que je
vous écris, j'attends encore qu'il vienne. A
préfent, Madame, j'efpere que vous ne me
gronderez plus.

Il y a pourtant une chofe qui m'a bien
furprife dans votre Lettre; c'eft ce que vous
me mandez pour quand je ferai mariée, au
fujet de Danceny & de M. de Valmont. Il
me femble qu'un jour à l'Opéra, vous me
difiez au contraire qu'une fois mariée, je ne
pourrois plus aimer que mon mari, & qu'il
me faudroit même oublier Danceny : au
refte, peut-être que j'avois mal entendu, &
j'aime bien mieux que cela foit autrement,

parce qu'à préfent, je ne craindrai plus tant le moment de mon mariage. Je le defire même, puifque j'aurai plus de liberté; & j'efpere qu'alors je pourrai m'arranger de façon à ne plus fonger qu'à Danceny. Je fens bien que je ne ferai véritablement heureufe qu'avec lui : car à préfent fon idée me tourmente toujours, & je n'ai de bonheur que quand je peux ne pas penfer à lui, ce qui eft bien difficile; & dès que j'y penfe, je redeviens chagrine tout de fuite.

Ce qui me confole un peu, c'eft que vous m'affurez que Danceny m'en aimera davantage : mais en êtes-vous bien fûre?.... Oh! oui, vous ne voudriez pas me tromper. C'eft pourtant plaifant que ce foit Danceny que j'aime, & que M. de Valmont... Mais, comme vous dites, c'eft peut être un bonheur. Enfin, nous verrons.

Je n'ai pas trop entendu ce que vous me marquez au fujet de ma façon d'écrire. Il me femble que Danceny trouve mes Lettres bien comme elles font. Je fens pourtant bien que je ne dois rien lui dire de tout ce qui fe paffe avec M. de Valmont; ainfi vous n'avez que faire de craindre.

Maman ne m'a point encore parlé de mon mariage : mais laiffez faire; quand elle m'en parlera, puifque c'eft pour m'attraper, je vous promets que je faurai mentir.

Adieu, ma bien bonne amie; je vous remercie bien, & je vous promets que je n'oublierai jamais toutes vos bontés pour moi. Il faut que je finisse, car il est près d'une heure; ainsi M. de Valmont ne doit pas tarder.

*Du Château de... ce 10 Octobre 17**.*

LETTRE CX.

Le Vicomte DE VALMONT à la Marquise de MERTEUIL.

PUISSANCES du Ciel, j'avois une ame pour la douleur; donnez-m'en une pour la félicité (1)! C'est, je crois, le tendre Saint-Preux qui s'exprime ainsi. Mieux partagé que lui, je possede à-la-fois les deux existences. Oui, mon amie, je suis, en même-temps, très-heureux & très-malheureux; & puisque vous avez mon entiere confiance, je vous dois le double récit de mes peines & de mes plaisirs.

(1) Nouvelle Héloïse.

E 4

Sachez donc que mon ingrate Dévote me tient toujours rigueur. J'en fuis à ma quatrieme lettre renvoyée. J'ai peut-être tort de dire la quatrieme ; car ayant bien deviné dès le premier renvoi, qu'il feroit fuivi de beaucoup d'autres, & ne voulant pas perdre ainfi mon temps, j'ai pris le parti de mettre mes doléances en lieux communs, & de ne point dater : & depuis le fecond Courier, c'eft toujours la même lettre qui va & vient ; je ne fais que changer d'enveloppe. Si ma belle finit comme finiffent ordinairement les belles, & s'attendrit un jour au moins de laffitude ; elle gardera enfin la miffive, & il fera temps alors de me remettre au courant. Vous voyez qu'avec ce nouveau genre de correfpondance, je ne peux pas être parfaitement inftruit.

J'ai découvert pourtant que la légere perfonne a changé de confidente : au moins me fuis-je affuré que, depuis fon départ du Château, il n'eft venu aucune lettre d'elle pour madame de Volanges, tandis qu'il en eft venu deux pour la vieille Rofemonde ; & comme celle-ci ne nous en a rien dit, comme elle n'ouvre plus la bouche de *fa chere belle*, dont auparavant elle parloit fans ceffe, j'en ai conclu que c'étoit elle qui avoit la confidence. Je préfume que d'une part, le befoin de parler de moi, & de l'autre la petite honte de revenir vis-à-vis de madame de Volanges sur un sentiment si long-temps désavoué, ont produit cette grande révolution. Je crains encore d'avoir perdu au change : car plus les femmes vieillissent, & plus elles deviennent rêches & séveres. La premiere lui auroit bien dit plus de mal de moi ; mais celle-ci lui en dira plus de l'amour ; & la sensible Prude a bien plus de frayeur du sentiment que de la personne.

Le seul moyen de me mettre au fait, est, comme vous voyez, d'intercepter le commerce clandestin. J'en ai déjà envoyé l'ordre à mon chasseur ; & j'en attends l'exécution de jour en jour. Jusques-là, je ne puis rien faire qu'au hasard : aussi, depuis huit jours, je repasse inutilement tous les moyens connus, tous ceux des romans & de mes mémoires secrets ; je n'en trouve aucun qui convienne, ni aux circonstances de l'aventure, ni au caractere de l'Héroïne. La difficulté ne seroit pas de m'introduire chez elle, même la nuit, même encore de l'endormir, & d'en faire une nouvelle Clarisse : mais après plus de deux mois de soins & de peines, recourir à des moyens qui me soient étrangers ! me traîner servilement sur la trace des autres, & triompher sans gloire !... Non, elle n'aura pas *les plaisirs du vice* &

les honneurs de la vertu (1). Ce n'eſt pas aſſez
pour moi de la poſſéder, je veux qu'elle ſe
livre. Or, il faut pour cela non-ſeulement
pénétrer juſqu'à elle, mais y arriver de ſon
aveu; la trouver ſeule & dans l'intention de
m'écouter; ſur-tout, lui fermer les yeux ſur
le danger, car ſi elle le voit, elle ſaura le
ſurmonter ou mourir. Mais mieux je ſais ce
qu'il faut faire, plus j'en trouve l'exécution
difficile; & duſſiez-vous encore vous moquer
de moi, je vous avouerai que mon embarras redouble à meſure que je m'en occupe
davantage.

   La tête m'en tourneroit, je crois, ſans
les heureuſes diſtractions que me donne notre
commune Pupille; c'eſt à elle que je dois
d'avoir encore à faire autre choſe que des
Elégies.

   Croiriez-vous que cette petite fille étoit
tellement effarouchée, qu'il s'eſt paſſé trois
grands jours avant que votre lettre ait
produit tout ſon effet? voilà comme une
ſeule idée fauſſe peut gâter le plus heureux
naturel!

   Enfin, ce n'eſt que Samedi qu'on eſt venu
tourner autour de moi, & me balbutier quelques mots; encore prononcés ſi bas & telle-

_____

(a) Nouvelle Héloïſe.

ment étouffés par la honte, qu'il étoit impoffible de les entendre. Mais la rougeur qu'ils cauferent, m'en fit deviner le fens. Jufques-là, je m'étois tenu fier : mais fléchi par un fi plaifant repentir, je voulus bien promettre d'aller trouver le foir même la jolie Pénitente ; & cette grace de ma part, fut reçue avec toute la reconnoiffance due à un fi grand bienfait.

Comme je ne perds jamais de vue ni vos projets ni les miens, j'ai réfolu de profiter de cette occafion pour connoître au jufte la valeur de cet enfant, & auffi pour accélérer fon éducation. Mais pour fuivre ce travail avec plus de liberté, j'avois befoin de changer le lieu de nos rendez-vous ; car un fimple cabinet, qui fépare la chambre de votre Pupille de celle de fa mere, ne pouvoit lui infpirer affez de fécurité, pour la laiffer fe déployer à l'aife. Je m'étois donc promis de faire *innocemment* quelque bruit, qui pût lui caufer affez de crainte pour la décider à prendre, à l'avenir, un afyle plus fûr ; elle m'a encore épargné ce foin.

La petite perfonne eft rieufe ; &, pour favorifer fa gaieté, je m'avifai, dans nos entr'actes, de lui raconter toutes les aventures fcandaleufes qui me paffoient par la tête ; & pour les rendre plus piquantes & fixer

E 6

davantage son attention, je les mettois toutes sur le compte de sa maman, que je me
plaisois à chamarrer ainsi de vices & de
ridicules.

Ce n'étoit pas sans motif que j'avois fait
ce choix ; il encourageoit mieux que tout
autre ma timide écoliere, & je lui inspirois
en même-temps le plus profond mépris pour
sa mere. J'ai remarqué depuis long-temps,
que si ce moyen n'est pas toujours nécessaire
à employer pour séduire une jeune fille,
il est indispensable, & souvent même le
plus efficace, quand on veut la dépraver ;
car celle qui ne respecte pas sa mere, ne
se respectera pas elle - même : vérité morale, que je crois si utile, que j'ai été
bien-aise de fournir un exemple à l'appui du
précepte.

Cependant votre Pupille, qui ne songeoit
pas à la morale, étouffoit de rire à chaque
instant ; & enfin, une fois, elle pensa éclater. Je n'eus pas de peine à lui faire croire
qu'elle avoit fait *un bruit affreux*. Je feignis
une grande frayeur, qu'elle partagea facilement. Pour qu'elle s'en ressouvînt mieux,
je ne permis plus au plaisir de reparoître,
& la laissai seule trois heures plutôt que de
coutume : aussi convînmes - nous, en nous
séparant, que dès le lendemain ce seroit dans
ma chambre que nous nous rassemblerions.

Je l'y ai déjà reçue deux fois ; & dans ce court intervalle l'écoliere eſt devenue preſqu'auſſi ſavante que le maître. Oui, en vérité, je lui ai tout appris, juſqu'aux complaiſances ! je n'ai excepté que les précautions.

Ainſi occupé toute la nuit, j'y gagne de dormir une grande partie du jour ; & comme la ſociété actuelle du Château n'a rien qui m'attire, à peine parois-je une heure au ſallon dans la journée. J'ai même, d'aujourd'hui, pris le parti de manger dans ma chambre, & je ne compte plus la quitter que pour de courtes promenades. Ces bizarreries paſſent ſur le compte de ma ſanté. J'ai déclaré que j'étois *perdu de vapeurs* ; j'ai annoncé auſſi un peu de fievre. Il ne m'en coûte que de parler d'une voix lente & éteinte. Quant au changement de ma figure, fiez-vous-en à votre Pupille. *L'amour y pourvoira* (1).

J'occupe mon loiſir, en rêvant aux moyens de reprendre ſur mon ingrate, les avantages que j'ai perdus, & auſſi à compoſer une eſpece de catéchiſme de débauche, à l'uſage de mon écoliere. Je m'amuſe à n'y rien nommer que par le mot technique ; & je ris

_____

(1) REGNARD, *Folies amoureuſes.*

d'avance de l'intéreſſante converſation que cela doit fournir entr'elle & Gercourt, la premiere nuit de leur mariage. Rien n'eſt plus plaiſant que l'ingénuité avec laquelle elle ſe ſert déjà du peu qu'elle ſait de cette langue ! elle n'imagine pas qu'on puiſſe parler autrement. Cette enfant eſt réellement ſéduiſante ! Ce contraſte de la candeur naïve avec le langage de l'effronterie, ne laiſſe pas de faire de l'effet ; &, je ne ſais pourquoi, il n'y a plus que les choſes bizarres qui me plaiſent.

Peut-être je me livre trop à celle-ci, puiſque j'y compromets mon temps & ma ſanté : mais j'eſpere que ma feinte maladie, outre qu'elle me ſauvera l'ennui du ſallon, pourra m'être encore de quelqu'utilité auprès de l'auſtere Dévote, dont la vertu tigreſſe s'allie pourtant avec la douce ſenſibilité ! Je ne doute pas qu'elle ne ſoit déjà inſtruite de ce grand événement, & j'ai beaucoup d'envie de ſavoir ce qu'elle en penſe ; d'autant plus que je parierois bien qu'elle ne manquera pas de s'en attribuer l'honneur. Je réglerai l'état de ma ſanté, ſur l'impreſſion qu'il fera ſur elle.

Vous voilà, ma belle amie, au courant de mes affaires comme moi-même. Je deſire avoir bientôt des nouvelles plus intéreſſantes à vous apprendre, & je vous prie de croire que, dans le plaisir que je m'en promets, je compte pour beaucoup la récompense que j'attends de vous.

*Du Château de... ce 11 Octobre 17**.*

LETTRE CXI.

Le Comte DE GERCOURT à Madame DE VOLANGES.

TOUT paroît, Madame, devoir être tranquille dans ce pays; & nous attendons, de jour en jour, la permission de rentrer en France. J'espère que vous ne douterez pas que je n'aie toujours le même empressement à m'y rendre, & à y former les nœuds qui doivent m'unir à vous & à Mlle de Volanges. Cependant M. le Duc de... mon cousin, & à qui vous savez que j'ai tant d'obligations, vient de me faire part de son rappel de Naples. Il me mande qu'il compte passer par Rome, & voir, dans sa route, la partie d'Italie qui lui reste à connoître. Il m'engage à l'accompagner dans ce voyage, qui sera environ de six semaines ou deux mois. Je ne vous cache pas qu'il me seroit agréable de profiter de cette occasion ; sentant bien qu'une fois marié, je prendrai difficilement le temps de faire d'autres absences que celles que mon service exigera. Peut-être aussi seroit-il plus convenable d'attendre l'hiver pour ce mariage ; puisque ce ne peut être qu'alors, que tous mes parens seront rassemblés à Paris ; & nommément M. le Marquis de... à qui je dois l'espoir de vous appartenir. Malgré ces considérations, mes projets à cet égard seront absolument subordonnés aux vôtres ; & pour peu que vous préfériez vos premiers arrangemens, je suis prêt à renoncer aux miens. Je vous prie seulement de me faire savoir le plutôt possible vos intentions à ce sujet. J'attendrai votre réponse ici, & elle seule réglera ma conduite.

Je suis avec respect, Madame, & avec tous les sentimens qui conviennent à un fils, votre très-humble, &c.

Le Comte DE GERCOURT.

Bastia, ce 10 Octobre 17**.

LETTRE CXII.

Madame DE ROSEMONDE *à la* *Présidente* DE TOURVEL.

(*Dictée seulement.*)

JE ne reçois qu'à l'instant même, ma chere belle, votre lettre du 11 (1), & les doux reproches qu'elle contient. Convenez que vous aviez bien envie de m'en faire davantage; & que si vous ne vous étiez pas ressouvenue que vous étiez *ma fille*, vous m'auriez réellement grondée. Vous auriez été pourtant bien injuste! C'étoit le desir & l'espoir de pouvoir vous répondre moi-même, qui me faisoit différer chaque jour; & vous voyez qu'encore aujourd'hui, je suis obligée d'emprunter la main de ma Femme-de-chambre. Mon malheureux rhumatisme m'a repris, il s'est niché cette fois sur le bras droit, & je suis absolument manchotte. Voilà

_____

(1) Cette Lettre ne s'est pas retrouvée.

ce que c'eſt, jeune & fraîche comme vous êtes, d'avoir une ſi vieille amie! on ſouffre de ſes incommodités.

Auſſi-tôt que mes douleurs me donneront un peu de relâche, je me promets bien de cauſer longuement avec vous. En attendant, ſachez ſeulement que j'ai reçu vos deux lettres; qu'elles auroient redoublé, s'il étoit poſſible, ma tendre amitié pour vous; & que je ne ceſſerai jamais de prendre part, bien vivement, à tout ce qui vous intéreſſe.

Mon neveu eſt auſſi un peu indiſpoſé, mais ſans aucun danger, & ſans qu'il faille en prendre aucune inquiétude; c'eſt une incommodité légere, qui, à ce qu'il me ſemble, affecte plus ſon humeur que ſa ſanté. Nous ne le voyons preſque plus.

Sa retraite & votre départ ne rendent pas notre petit cercle plus gai. La petite Volanges, ſur-tout, vous trouve furieuſement à dire, & bâille, tant que la journée dure, à avaler ſes poings. Particuliérement depuis quelques jours, elle nous fait l'honneur de s'endormir profondément toutes les après dînées.

Adieu, ma chere belle; je ſuis pour toujours votre bien bonne amie, votre maman, votre ſœur même, ſi mon grand âge me permettoit ce titre. Enfin je vous fuis attachée par tous les plus tendres fen-timens.

Signé *ADÉLAIDE*, *pour Madame* DE ROSEMONDE.

Du Château de.... ce 14 Octobre 17**.

LETTRE CXIII.

La Marquife DE MERTEUIL *au Vicomte* DE VALMONT.

JE crois devoir vous prévenir, Vicomte, qu'on commence à s'occuper de vous à Paris, qu'on y remarque votre abfence, & que déjà on en devine la caufe. J'étois hier à un fouper fort nombreux; il y fut dit pofitive-ment que vous étiez retenu au Village par un amour romanefque & malheureux : auffi-tôt la joie fe peignit fur le vifage de tous les envieux de vos fuccès, & de toutes les femmes que vous avez négligées. Si vous m'en croyez, vous ne laifferez pas prendre confiftance à ces bruits dangereux, & vous viendrez fur-le-champ les détruire par votre préfence.

Songez que fi une fois vous laiffez perdre l'idée qu'on ne vous refifte pas, vous éprouverez bientôt qu'on vous réfiftera en effet plus facilement; que vos rivaux vont auffi perdre leur refpect pour vous, & ofer vous combattre: car lequel d'entr'eux ne fe croit pas plus fort que la vertu? Songez furtout que dans la multitude des femmes que vous avez affichées, toutes celles que vous n'avez pas eues vont tenter de détromper le Public, tandis que les autres s'efforceront de l'abufer. Enfin, il faut vous attendre à être apprécié peut-être autant au-deffous de votre valeur, que vous l'avez été au-deffus jufqu'à préfent.

Revenez donc, Vicomte, & ne facrifiez pas votre réputation à un caprice puéril. Vous avez fait tout ce que nous voulions de la petite Volanges; & pour votre Préfidente, ce ne fera pas apparemment en reftant à dix lieues d'elle, que vous vous en pafferez la fantaifie. Croyez-vous qu'elle ira vous chercher? Peut-être ne fonge-t-elle déjà plus à vous, ou ne s'en occupe-t-elle encore que pour fe féliciter de vous avoir humilié. Au moins ici, pourrez-vous trouver quelque occafion de reparoître avec éclat, & vous en avez befoin; & quand vous vous obftineriez à votre ridicule aventure, je ne vois pas que votre retour y puisse nuire en rien ; au contraire.

En effet, si votre Présidente *vous adore* ; comme vous me l'avez tant dit & si peu prouvé, son unique consolation, son seul plaisir, doivent être à présent de parler de vous, & de savoir ce que vous faites, ce que vous dites, ce que vous pensez, & jusqu'à la moindre des choses qui vous intéressent. Ces miseres-là prennent du prix, en raison des privations qu'on éprouve. Ce sont les miettes de pain tombantes de la table du riche : celui-ci les dédaigne ; mais le pauvre les recueille avidement & s'en nourrit. Or, la pauvre Présidente reçoit à présent toutes ces miettes-là ; & plus elle en aura, moins elle sera pressée de se livrer à l'appétit du reste.

De plus, depuis que vous connoissez sa Confidente, vous ne doutez pas que chaque lettre d'elle ne contienne au moins un petit sermon, & tout ce qu'elle croit propre *à corroborer sa sagesse & fortifier sa vertu* (1). Pourquoi donc laisser à l'une des ressources pour se défendre, & à l'autre pour vous nuire ?

----

(1) *On ne s'avise jamais de tout !* Comédie.

Ce n'eſt pas que je ſois du tout de votre avis ſur la perte que vous croyez avoir faite au changement de Confidente. D'abord, Madame de Volanges vous hait, & la haine eſt toujours plus clairvoyante & plus ingénieuſe que l'amitié. Toute la vertu de votre vieille tante ne l'engagera pas à médire un ſeul inſtant de ſon cher neveu; car la vertu a auſſi ſes foibleſſes. Enſuite vos craintes portent ſur une remarque abſolument fauſſe.

Il n'eſt pas vrai que *plus les femmes vieilliſſent, & plus elles deviennent rêches & ſéveres.* C'eſt de quarante à cinquante ans que le déſeſpoir de voir leur figure ſe flétrir, la rage de ſe ſentir obligées d'abandonner des prétentions & des plaiſirs auxquels elles tiennent encore, rendent preſque toutes les femmes bégueules & acariâtres. Il leur faut ce long intervalle pour faire en entier ce grand ſacrifice: mais dès qu'il eſt conſommé, toutes ſe partagent en deux claſſes.

La plus nombreuſe, celle des femmes qui n'ont eu pour elles que leur figure & leur jeuneſſe, tombe dans une imbécille apathie, & n'en ſort plus que pour le jeu & pour quelques pratiques de dévotion; celle-là eſt toujours ennuyeuſe, ſouvent grondeuſe, quelquefois un peu tracaſſiere, mais rarement méchante. On ne peut pas dire non plus que

ces femmes foient ou ne foient pas féveres :
fans idées & fans exiftence , elles répetent ,
fans le comprendre & indifféremment , tout
ce qu'elles entendent dire , & reftent par elles-
mêmes abfolument nulles.

L'autre claffe beaucoup plus rare , mais
véritablement précieufe , eft celle des femmes
qui , ayant eu un caractere & n'ayant pas
négligé de nourrir leur raifon , favent fe
créer une exiftence , quand celle de la nature
leur manque ; & prennent le parti de mettre
à leur efprit, les parures qu'elles employoient
avant pour leur figure. Celles-ci ont pour
l'ordinaire le jugement très-fain , & l'efprit
à-la-fois folide , gai & gracieux. Elles rem-
placent les charmes féduifans par l'attachante
bonté , & encore par l'enjouement, dont le
charme augmente en proportion de l'âge :
c'eft ainfi qu'elles parviennent en quelque
forte à fe rapprocher de la jeuneffe en
s'en faifant aimer. Mais alors , loin d'être ,
comme vous le dites, *rêches & féveres* ; l'habitude de l'indulgence , leurs longues réflexions
fur la foibleffe humaine , & fur-tout les
fouvenirs de leur jeuneffe , par lefquels
feuls elles tiennent encore à la vie , les pla-
ceroient plutôt , peut-être , trop près de la
facilité.

Ce que je peux vous dire enfin , c'eft
qu'ayant toujours recherché les vieilles fem-

mes , dont j'ai reconnu de bonne-heure l'utilité des fuffrages , j'ai rencontré plufieurs
d'entr'elles auprès de qui l'inclination me
ramenoit autant que l'intérêt. Je m'arrête-
là ; car à préfent que vous vous enflammez
fi vîte & fi moralement, j'aurois peur que
vous ne devinffiez fubitement amoureux de
votre vieille tante , & que vous ne vous
enterraffiez avec elle dans le tombeau où
vous vivez déjà depuis fi long - temps. Je
reviens donc.

Malgré l'enchantement où vous me paroiffez être de votre petite écoliere , je ne peux
pas croire qu'elle entre pour quelque chofe
dans vos projets. Vous l'avez trouvée fous
la main, vous l'avez prife : à la bonne-heure!
mais ce ne peut pas être là un goût. Ce n'eft
même pas, à vrai dire, une entiere jouiffance : vous ne poffédez abfolument que fa
perfonne! je ne parle pas de fon cœur, dont
je me doute bien que vous ne vous fouciez
gueres : mais vous n'occupez feulement pas
fa tête. Je ne fais pas fi vous vous en êtes
apperçu, mais moi j'en ai la preuve dans
la derniere lettre qu'elle m'a écrite (1) ; je
vous l'envoie pour que vous en jugiez. Voyez
donc que quand elle y parle de vous , c'eft
toujours *M. de Valmont ;* que toutes ces idées,

_____

(1) Voyez la Lettre C I X.

même

même celles que vous lui faites naître, n'abou-
tissent jamais qu'à Danceny ; & lui, elle ne
l'appelle pas Monsieur, c'est bien toujours
Danceny seulement. Par-là, elle le distingue
de tous les autres ; & même en se livrant à
vous, elle ne se familiarise qu'avec lui. Si
une telle conquête vous paroît *séduisante*, si
les plaisirs qu'elle donne *vous attachent*, assurément vous êtes modeste & peu difficile !
Que vous la gardiez, j'y consens ; cela entre
même dans mes projets. Mais il me semble
que cela ne vaut pas de se déranger un quart-
d'heure ; qu'il faudroit aussi avoir quelqu'empire, & ne lui permettre, par exemple, de
se rapprocher de Danceny, qu'après le lui
avoir fait un peu plus oublier.

Avant de cesser de m'occuper de vous,
pour venir à moi, je veux encore vous dire
que ce moyen de maladie que vous m'annoncez vouloir prendre, est bien connu &
bien usé. En vérité, Vicomte, vous n'êtes
pas inventif ! Moi, je me répete aussi quelquefois, comme vous allez voir ; mais je
tâche de me sauver par les détails, & sur-
tout le succès me justifie. Je vais encore en
tenter un, & courir une nouvelle aventure.
Je conviens qu'elle n'aura pas le mérite de
la difficulté ; mais au moins sera - ce une
distraction, & je m'ennuie à périr.

Je ne sais pourquoi, depuis l'aventure de

F.

Prévan, Belleroche m'eſt devenu inſupportable. Il a tellement redoublé d'attention, de
tendreſſe, de *vénération*, que je n'y peux
plus tenir. Sa colere, dans le premier moment, m'avoit paru plaiſante; il a pourtant
bien fallu la calmer, car c'eût été me compromettre que de le laiſſer faire: & il n'y
avoit pas moyen de lui faire entendre raiſon. J'ai donc pris le parti de lui montrer
plus d'amour, pour en venir à bout plus
facilement: mais lui, a pris cela au ſérieux;
& depuis ce temps il m'excede par ſon enchantement éternel. Je remarque ſur-tout
l'inſultante confiance qu'il prend en moi, &
la ſécurité avec laquelle il me regarde comme
à lui pour toujours. J'en ſuis vraiment humi-
liée. Il me priſe donc bien peu, s'il croit valoir aſſez pour me fixer! Ne me diſoit-il
pas derniérement que je n'aurois jamais aimé
un autre que lui? Oh! pour le coup, j'ai
eu beſoin de toute ma prudence, pour ne pas
le détromper ſur-le-champ, en lui diſant ce
qui en étoit. Voilà, certes, un plaiſant Monſieur, pour avoir un droit excluſif! Je conviens qu'il eſt bien fait & d'une aſſez belle
figure: mais, à tout prendre, ce n'eſt, au
fait, qu'un manœuvre d'amour. Enfin le
moment eſt venu, il faut nous ſéparer.

J'eſſaie déjà depuis quinze jours, & j'ai
employé tour-à-tour, la froideur, le ca-

price, l'humeur, les querelles ; mais le tenace perſonnage ne quitte pas priſe ainſi : il faut donc prendre un parti plus violent ; en conſéquence je l'emmene à ma campagne. Nous partons après-demain. Il n'y aura avec nous que quelques perſonnes déſintéreſſées & peu clair - voyantes , & nous y aurons preſque autant de liberté que ſi nous y étions ſeuls. Là, je le ſurchargerai à tel point, d'amour & de careſſes, nous y vivrons ſi bien l'un pour l'autre uniquement, que je parie bien qu'il deſirera plus que moi la fin de ce voya- ge, dont il ſe fait un ſi grand bonheur ; & s'il n'en revient pas plus ennuyé de moi que je ne le ſuis de lui, dites, j'y conſens, que je n'en fais pas plus que vous.

Le prétexte de cette eſpece de retraite , eſt de m'occuper ſérieuſement de mon grand procès, qui en effet ſe jugera enfin au com- mencement de l'hiver. J'en ſuis bien - aiſe ; car il eſt vraiment déſagréable d'avoir ainſi toute ſa fortune en l'air. Ce n'eſt pas que je ſois inquiete de l'événement ; d'abord j'ai raiſon, tous mes Avocats me l'aſſurent : & quand je ne l'aurois pas, je ſerois donc bien mal-adroite, ſi je ne ſavois pas gagner un procès, où je n'ai pour adverſaires que des mineurs encore en bas-âge , & leur vieux tuteur ! Comme il ne faut pourtant rien négliger dans une affaire ſi importante ,

F 2

j'aurai effectivement avec moi deux Avocats. Ce voyage ne vous paroît-il pas gai ?
cependant s'il me fait gagner mon procès
& perdre Belleroche , je ne regretterai pas
mon temps.

A préfent, Vicomte, devinez le fucceſ-
feur ; je vous le donne en cent. Mais bon !
ne fais-je pas que vous ne devinez jamais
rien ? hé bien, c'eſt Danceny. Vous êtes
étonné, n'eſt-ce pas ? car enfin je ne fuis
pas encore réduite à l'éducation des enfans !
Mais celui-ci mérite d'être excepté ; il n'a
que les graces de la jeuneſſe, & non la fri-
volité. Sa grande réferve dans le cercle eſt
très-propre à éloigner tous les foupçons, &
on ne l'en trouve que plus aimable, quand
il fe livre, dans le tête-à-tête. Ce n'eſt pas
que j'en aie déjà eu avec lui pour mon compte,
je ne fuis encore que fa confidente ; mais fous
ce voile de l'amitié, je crois lui voir un goût
très-vif pour moi, & je fens que j'en prends
beaucoup pour lui. Ce feroit bien dommage
que tant d'efprit & de délicateſſe allaſſent le
facrifier & s'abrutir auprès de cette petite
imbécille de Volanges ! J'efpere qu'il fe
trompe en croyant l'aimer : elle eſt fi loin
de le mériter ! Ce n'eſt pas que je fois jaloufe
d'elle ; mais c'eſt que ce feroit un meurtre,
& je veux en fauver Danceny. Je vous prie
donc, Vicomte, de mettre vos foins à ce

qu'il ne puiſſe ſe rapprocher de *ſa Cécile*
(comme il a encore la mauvaiſe habitude
de la nommer.) Un premier goût a toujours plus d'empire qu'on ne croit , & je
ne ſerois ſûre de rien, s'il la revoyoit à
préſent ; ſur-tout pendant mon abſence. A
mon retour, je me charge de tout & j'en
réponds.

J'ai bien ſongé à emmener le jeune homme
avec moi : mais j'en ai fait le ſacrifice à ma
prudence ordinaire ; & puis, j'aurois craint
qu'il ne s'apperçût de quelque choſe entre
Belleroche & moi, & je ſerois au déſeſpoir
qu'il eût la moindre idée de ce qui ſe paſſe.
Je veux au moins m'offrir à ſon imagination , pure & ſans tache ; telle enfin
qu'il faudroit être, pour être vraiment digne
de lui.

Paris , ce 15 *Octobre* 17**.

F 3

LETTRE CXIV.

La Présidente DE TOURVEL à Madame DE ROSEMONDE.

MA chere amie, je cede à ma vive inquiétude; & sans savoir si vous serez en état
de me répondre, je ne puis m'empêcher de
vous interroger. L'état de M. de Valmont,
que vous me dites *sans danger*, ne me laisse
pas autant de sécurité que vous paroissez en
avoir. Il n'est pas rare que la mélancolie
& le dégoût du monde soient des symptômes avant-coureurs de quelque maladie
grave; les souffrances du corps, comme
celles de l'esprit, font desirer la solitude;
& souvent on reproche de l'humeur, à
celui dont on devroit seulement plaindre
les maux.

Il me semble qu'il devroit au moins con-
sulter quelqu'un. Comment, étant malade
vous-même, n'avez-vous pas un Médecin
auprès de vous? Le mien que j'ai vu ce
matin, & que je ne vous cache pas que j'ai
consulté indirectement, est d'avis que, dans

les perfonnes naturellement actives, cette efpece d'apathie fubite n'eft jamais à né-gliger; &, comme il me difoit encore, les maladies ne cedent plus au traitement, quand elles n'ont pas été prifes à temps. Pourquoi faire courir ce rifque à quelqu'un qui vous eft fi cher?

Ce qui redouble mon inquiétude, c'eft que, depuis quatre jours, je ne reçois plus de nouvelles de lui. Mon Dieu! ne me trom-pez-vous point fur fon état? Pourquoi auroit-il ceffé de m'écrire tout-à-coup? Si c'étoit feulement l'effet de mon obftination à lui renvoyer fes lettres, je crois qu'il auroit pris ce parti plutôt. Enfin, fans croire aux preffentimens, je fuis depuis quelques jours d'une trifteffe qui m'effraie. Ah! peut-être fuis-je à la veille du plus grand des malheurs!

Vous ne fauriez croire, & j'ai honte de vous dire, combien je fuis peinée de ne plus recevoir ces mêmes lettres, que pourtant je refuferois encore de lire. J'étois fûre au moins qu'il s'étoit occupé de moi! & je voyois quelque chofe qui venoit de lui. Je ne les ouvrois pas, ces lettres, mais je pleurois en les regardant : mes larmes étoient plus douces & plus faciles; & celles-là feules diffipoient en partie l'oppreffion habituelle que j'éprouve depuis mon retour. Je vous

F 4

en conjure, mon indulgente amie, écrivez-
moi, vous-même, auffi-tôt que vous
le pourrez ; & en attendant, faites-moi
donner chaque jour de vos nouvelles & des
fiennes.

Je m'apperçois qu'à peine je vous ai dit
un mot pour vous : mais vous connoiffez
mes fentimens, mon attachement fans réferve, ma tendre reconnoiffance pour votre
fenfible amitié ; vous pardonnerez au trouble où je fuis, à mes peines mortelles, au
tourment affreux d'avoir à redouter des
maux, dont peut-être je fuis la caufe. Grand
Dieu ! cette idée défefpérante me pourfuit
& déchire mon cœur ; ce malheur me manquoit, & je fens que je fuis née pour les
éprouver tous.

Adieu, ma chere amie ; aimez-moi,
plaignez-moi. Aurai-je une lettre de vous
aujourd'hui ?

*Paris, ce 16 Octobre 17**.*

LETTRE CXV.

Le Vicomte DE VALMONT à la Marquise DE MERTEUIL.

C'EST une chose inconcevable, ma belle amie, comme aussi-tôt qu'on s'éloigne, on cesse facilement de s'entendre. Tant que j'étois auprès de vous, nous n'avions jamais qu'un même sentiment, une même façon de voir ; & parce que, depuis près de trois mois, je ne vous vois plus, nous ne sommes plus de même avis sur rien. Qui de nous deux a tort ? sûrement vous n'hésiteriez pas sur la réponse : mais moi, plus sage, ou plus poli, je ne décide pas. Je vais seulement répondre à votre lettre, & continuer de vous exposer ma conduite.

D'abord, je vous remercie de l'avis que vous me donnez des bruits qui courent sur mon compte ; mais je ne m'en inquiete pas encore : je me crois sûr d'avoir bientôt de quoi les faire cesser. Soyez tranquille : je ne reparoîtrai dans le monde que plus célebre que jamais, & toujours plus digne de vous.

F 5

J'efpere qu'on me comptera même pour
quelque chofe, l'aventure de la petite Volanges, dont vous paroiffez faire fi peu de
cas ; comme fi ce n'étoit rien, que d'enlever, en une foirée, une jeune fille à fon
amant aimé ; d'en ufer enfuite tant qu'on le
veut, & abfolument comme de fon bien,
& fans plus d'embarras ; d'en obtenir ce
qu'on n'ofe pas même exiger de toutes les
filles dont c'eft le métier ; & cela, fans la
déranger en rien de fon tendre amour, fans
la rendre inconftante, pas même infidelle :
car, en effet, je n'occupe feulement pas fa
tête ! en forte qu'après ma fantaifie paffée,
je la remettrai entre les bras de fon amant,
pour ainfi dire, fans qu'elle fe foit apperçue
de rien. Eft-ce donc là une marche fi ordinaire ? & puis, croyez-moi, une fois
fortie de mes mains, les principes que je lui
donne, ne s'en développeront pas moins ;
& je prédis que la timide écoliere prendra
bientôt un effor propre à faire honneur à fon
maître.

Si pourtant on aime mieux le genre hé-
roïque, je montrerai la Préfidente, ce modele cité de toutes les vertus ! refpectée même
de nos plus libertins ! telle enfin qu'on avoit
perdu jufqu'à l'idée de l'attaquer ! je la montrerai, dis-je, oubliant fes devoirs & fa
vertu, facrifiant fa réputation & deux ans

de fageſſe, pour courir après le bonheur
de me plaire, pour s'enivrer de celui de
m'aimer; ſe trouvant ſuffiſamment dédom-
magée de tant de ſacrifices, par un mot,
par un regard, qu'encore elle n'obtiendra
pas toujours. Je ferai plus, je la quitterai;
& je ne connois pas cette femme, ou je
n'aurai point de ſucceſſeur. Elle réſiſtera
au beſoin de conſolation, à l'habitude du
plaiſir, au deſir même de la vengeance.
Enfin, elle n'aura exiſté que pour moi; &
que ſa carriere ſoit plus ou moins longue,
j'en aurai ſeul ouvert & fermé la barriere.
Une fois parvenue à ce triomphe, je dirai
à mes rivaux : « Voyez mon ouvrage,
» & cherchez-en dans le ſiecle un ſecond
» exemple » !

Vous allez me demander d'où vient aujourd'hui cet excès de confiance ? c'eſt que
depuis huit jours je ſuis dans la confidence
de ma belle; elle ne me dit pas ſes ſecrets,
mais je les ſurprends. Deux lettres d'elle à
Mde de Roſemonde, m'ont ſuffiſamment
inſtruit, & je ne lirai plus les autres que
par curioſité. Je n'ai abſolument beſoin, pour
réuſſir, que de me rapprocher d'elle, & mes
moyens ſont trouvés. Je vais inceſſamment
les mettre en uſage.

Vous êtes curieuſe, je crois....? Mais
non, pour vous punir de ne pas croire à

F 6

mes inventions, vous ne les saurez pas. Tout
de bon, vous mériteriez que je vous reti-
raffe ma confiance, au moins pour cette
aventure ; en effet, sans le doux prix attaché
par vous à ce succès, je ne vous en par-
lerois plus. Vous voyez que je suis fâché.
Cependant, dans l'espoir que vous vous
corrigerez, je veux bien m'en tenir à
cette punition légere ; & revenant à l'indulgence, j'oublie un moment mes grands
projets, pour raisonner des vôtres avec
vous.

    Vous voilà donc à la campagne, en-
nuyeuse comme le sentiment, & triste comme
la fidélité ! Et ce pauvre Belleroche ! vous
ne vous contentez pas de lui faire boire l'eau
d'oubli, vous lui en donnez la question ! Comment s'en trouve-t-il ? supporte-t-il bien les
nausées de l'amour ? Je voudrois pour beaucoup qu'il ne vous en devînt que plus attaché ; je suis curieux de voir quel remede
plus efficace vous parviendriez à employer.
Je vous plains, en vérité, d'avoir été obligée
de recourir à celui-là. Je n'ai fait qu'une
fois, dans ma vie, l'amour par procédé.
J'avois certainement un grand motif, puisque c'étoit à la Comtesse de . . . . . ; &
vingt fois, entre ses bras, j'ai été tenté
de lui dire : « Madame, je renonce à la
» place que je sollicite, & permettez-moi

», de quitter celle que j'occupe ». Aussi, de toutes les femmes que j'ai eues, c'est la seule dont j'aie vraiment plaisir à dire du mal.

Pour votre motif à vous, je le trouve, à vrai dire, d'un ridicule rare ; & vous aviez raison de croire que je ne devinerois pas le successeur. Quoi ! c'est pour Danceny que vous vous donnez toute cette peine-là ! Eh ! ma chere amie, laissez-le adorer *sa vertueuse Cécile*, & ne vous compromettez pas dans ces jeux d'enfans. Laissez les écoliers se for-mer auprès des *Bonnes*, ou jouer avec les pensionnaires *à de petits jeux innocens*. Com-ment allez-vous vous charger d'un novice qui ne saura ni vous prendre ni vous quit-ter, & avec qui il vous faudra tout faire ? Je vous le dis sérieusement, je désapprouve ce choix, & quelque secret qu'il restât, il vous humilieroit au moins à mes yeux & dans votre conscience.

Vous prenez, dites-vous, beaucoup de goût pour lui : allons donc, vous vous trom-pez sûrement, & je crois même avoir trouvé la cause de votre erreur. Ce beau dégoût de Belleroche vous est venu dans un temps de disette, & Paris ne vous offrant pas de choix, vos idées, toujours trop vives, se sont portées sur le premier objet que vous avez rencontré. Mais songez qu'à votre

retour, vous pourrez choifir entre mille ;
& fi enfin vous redoutez l'inaction dans
laquelle vous rifquez de tomber en diffé-
rant, je m'offre à vous pour amufer vos
loifirs.

D'ici à votre arrivée, mes grandes affaires
feront terminées de maniere ou d'autre ; &
fûrement, ni la petite Volanges, ni la Préfidente elle-même, ne m'occuperont pas affez
alors, pour que je ne fois pas à vous
autant que vous le defirerez. Peut-être même,
d'ici-là, aurai-je déjà remis la petite fille aux
mains de fon difcret amant. Sans convenir,
quoique vous en difiez, que ce ne foit pas
une jouiffance *attachante*, comme j'ai le
projet qu'elle garde de moi toute fa vie une
idée fupérieure à celle de tous les autres
hommes, je me fuis mis, avec elle, fur un
ton que je ne pourrois foutenir long-temps
fans altérer ma fanté ; & dès ce moment,
je ne tiens plus à elle, que par le foin qu'on
doit aux affaires de famille....

Vous ne m'entendez pas ?... C'eft que
j'attends une feconde époque pour confirmer mon efpoir, & m'affurer que j'ai plei-
nement réuffi dans mes projets. Oui, ma
belle amie, j'ai déjà un premier indice que
le mari de mon écoliere ne courra pas le
rifque de mourir fans poftérité ; & que le
Chef de la maifon de Gercourt ne fera à

l'avenir qu'un cadet de celle de Valmont.
Mais laiſſez-moi finir à ma fantaiſie cette
aventure que je n'ai entrepriſe qu'à votre
priere. Songez que, ſi vous rendez Danceny
inconſtant, vous ôtez tout le piquant de
cette hiſtoire. Conſidérez enfin, que m'offrant pour le repréſenter auprès de vous,
j'ai, ce me ſemble, quelques droits à la
préférence.

J'y compte ſi bien, que je n'ai pas craint
de contrarier vos vues, en concourant moi-
même à augmenter la tendre paſſion du diſ-
cret amoureux, pour le premier & digne
objet de ſon choix. Ayant donc trouvé hier
votre Pupille occupée à lui écrire, & l'ayant
dérangée d'abord de cette douce occupation
pour une autre plus douce encore, je lui
ai demandé, après, de voir ſa lettre; &
comme je l'ai trouvée froide & contrainte,
je lui ai fait ſentir que ce n'étoit pas ainſi
qu'elle conſoleroit ſon amant; & je l'ai décidée à en écrire une autre ſous ma dictée;
où, en imitant du mieux que j'ai pu ſon
petit radotage, j'ai tâché de nourrir l'amour
du jeune homme, par un eſpoir plus certain. La petite perſonne étoit toute ravie,
me diſoit-elle, de ſe trouver parler ſi bien;
& dorénavant, je ſerai chargé de la correſ-
pondance. Que n'aurai-je pas fait pour ce
Danceny ? J'aurai été à-la-fois ſon ami,

fon confident, fon rival & fa maîtreffe !
Encore, en ce moment, je lui rends le
fervice de le fauver de vos liens dangereux. Oui, fans doute, dangereux ; car
vous poffeder & vous perdre, c'eft acheter un moment de bonheur par une éternité de regrets.

Adieu, ma belle amie ; ayez le courage de dépêcher Belleroche le plus que
vous pourrez. Laiffez - là Danceny, &
préparez - vous à retrouver, & à me rendre les délicieux plaifirs de notre première
liaifon.

P. S. Je vous fais compliment fur le
jugement prochain du grand procès. Je ferai
fort aife que cet heureux événement arrive
fous mon regne.

*Du Château de... ce 19 Octobre 17***

LETTRE CXVI.

Le Chevalier D A N C E N Y *à* C É C I L E
V O L A N G E S.

MADAME de Merteuil eſt partie ce matin
pour la campagne ; ainſi, ma charmante
Cécile, me voilà privé du ſeul plaiſir qui
me reſtoit en votre abſence, celui de parler de vous à votre amie & à la mienne.
Depuis quelque temps, elle m'a permis de
lui donner ce titre ; & j'en ai profité avec
d'autant plus d'empreſſement, qu'il me ſembloit par-là me rapprocher de vous davantage. Mon Dieu ! que cette femme eſt aimable ! & quel charme flatteur elle ſait donner
à l'amitié ! Il ſemble que ce doux ſentiment
s'embelliſſe & ſe fortifie chez elle, de tout
ce qu'elle refuſe à l'amour. Si vous ſaviez
comme elle vous aime, comme elle ſe plaît
à m'entendre lui parler de vous !... C'eſt
là ſans doute ce qui m'attache autant à elle.
Quel bonheur de pouvoir vivre uniquement
pour vous deux, de paſſer ſans ceſſe des
délices de l'amour aux douceurs de l'amitié,
d'y conſacrer toute mon exiſtence, d'être

en quelque forte le point de réunion de votre
attachement réciproque ; & de fentir toujours
que m'occupant du bonheur de l'une, je
travaillerois également à celui de l'autre !
Aimez , aimez beaucoup, ma charmante
amie, cette femme adorable. L'attachement
que j'ai pour elle , donnez-y plus de prix
encore , en le partageant. Depuis que j'ai
goûté le charme de l'amitié , je defire que
vous l'éprouviez à votre tour. Les plaifirs
que je ne partage pas avec vous, il me femble n'en jouir qu'à moitié. Oui , ma Cécile,
je voudrois entourer votre cœur de tous les
fentimens les plus doux ; que chacun de fes
mouvemens vous fît éprouver une fenfation
de bonheur ; & je croirois encore ne pouvoir jamais vous rendre qu'une partie de la
félicité que je tiendrois de vous.

Pourquoi faut-il que ces projets charmans
ne foient qu'une chimere de mon imagination, & que la réalité ne m'offre au contraire que des privations douloureufes & in-
définies ? L'efpoir que vous m'aviez donné
de vous voir à cette campagne , je m'apperçois bien qu'il faut y renoncer. Je n'ai
plus de confolation que celle de me perfuader qu'en effet cela ne vous eft pas pofli-
ble. Et vous négligez de me le dire, de
vous en affliger avec moi ! Déjà , deux
fois, mes plaintes à ce fujet font reftées fans

réponse. Ah Cécile ! Cécile , je crois bien que vous m'aimez de toutes les facultés de votre ame , mais votre ame n'eſt pas brûlante comme la mienne ! Que n'eſt - ce à moi à lever les obſtacles ? pourquoi ne ſont-ce pas mes intérêts qu'il me faille ménager, au lieu des vôtres ? je ſaurois bientôt vous prouver que rien n'eſt impoſſible à l'amour ?

Vous ne me mandez pas non plus quand doit finir cette abſence cruelle : au moins, ici, peut-être vous verrois-je. Vos charmans regards ranimeroient mon ame abattue ; leur touchante expreſſion raſſureroit mon cœur, qui quelquefois en a beſoin. Pardon, ma Cécile ; cette crainte n'eſt pas un ſoupçon. Je crois à votre amour, à votre conſtance. Ah ! Je ferois trop malheureux, ſi j'en doutois. Mais tant d'obſtacles ! & toujours renouvellés ! Mon amie, je ſuis triſte, bien triſte. Il ſemble que ce départ de Mde de Merteuil ait renouvellé en moi le ſentiment de tous mes malheurs.

Adieu, ma Cécile ; adieu, ma bien-aimée. Songez que votre amant s'afflige , & que vous pouvez ſeule lui rendre le bonheur.

*Paris , ce 17 Octobre 17** .*

LETTRE CXVII.

CÉCILE VOLANGES au Chevalier DANCENY.

(Dictée par Valmot.)

CROYEZ-VOUS donc, mon bon ami, que j'aie besoin d'être grondée pour être triste, quand je sais que vous vous affligez? & doutez-vous que je ne souffre autant que vous de toutes vos peines? Je partage même celles que je vous cause volontairement; & j'ai de plus que vous, de voir que vous ne me rendez pas justice. Oh! cela n'est pas bien. Je vois bien ce qui vous fâche, c'est que les deux dernieres fois que vous m'avez demandé de venir ici, je ne vous ai pas répondu à cela : mais cette réponse est-elle donc si aisée à faire? Croyez-vous que je ne sache pas que ce que vous voulez est bien mal? Et pourtant, si j'ai déjà tant de peine à vous refuser de loin, que seroit-ce donc si vous étiez-là? Et puis, pour avoir voulu vous consoler un moment, je resterois affligée toute ma vie.

Tenez, je n'ai rien de caché pour vous,
moi ; voilà mes raisons, jugez vous-même.
J'aurois peut-être fait ce que vous voulez,
sans ce que je vous ai mandé, que ce M.
de Gercourt, qui cause tout notre chagrin,
n'arrivera pas encore de sitôt ; & comme,
depuis quelque temps, maman me témoigne
beaucoup plus d'amitié ; comme, de mon
côté, je la caresse le plus que je peux ; qui
sait ce que je pourrai obtenir d'elle ? Et si
nous pouvions être heureux sans que j'aie
rien à me reprocher, est-ce que cela ne
vaudroit pas bien mieux. Si j'en crois ce
qu'on m'a dit souvent, les hommes même
n'aiment plus tant leurs femmes, quand
elles les ont trop aimés, avant de l'être.
Cette crainte-là me retient encore plus que
tout le reste. Mon ami, n'êtes-vous pas
sûr de mon cœur, & ne sera-t-il pas toujours
temps ?

Ecoutez, je vous promets que, si je ne
peux pas éviter le malheur d'épouser M. de
Gercourt, que je hais déjà tant avant de le
connoître, rien ne me retiendra plus pour
être à vous autant que je pourrai, & même
avant tout. Comme je ne me soucie d'être
aimée que de vous, & que vous verrez bien
que si je fais mal, il n'y aura pas de ma
faute, le reste me sera bien égal ; pourvu
que vous me promettiez de m'aimer tou-

jours autant que vous faites. Mais, mon ami, jufques-là, laiffez-moi continuer comme je fais ; & ne me demandez plus une chofe que j'ai de bonnes raifons pour ne pas faire , & que pourtant il me fâche de vous refufer.

Je voudrois bien auffi que M. de Valmont ne fût pas fi preffant pour vous ; cela ne fert qu'à me rendre plus chagrine encore. Oh ! vous avez là un bien bon ami, je vous affure ! Il fait tout comme vous feriez vous - même. Mais adieu, mon cher ami ; j'ai commencé bien tard à vous écrire, & j'y ai paffé une partie de la nuit. Je vas me coucher & réparer le temps perdu. Je vous embraffe , mais ne me grondez plus.

Du Château de.... ce 18 Octobre 17**.

LETTRE CXVIII.

Le Chevalier DANCENY à la Marquise
DE MERTEUIL.

Si j'en crois mon Almanach, il n'y a , mon adorable amie , que deux jours que vous êtes abfente ; mais, fi j'en crois mon cœur, il y a deux fiecles. Or, je le tiens de vous même, c'eft toujours fon cœur qu'il faut croire ; il eft donc bien temps que vous reveniez , & toutes vos affaires doivent être plus que finies. Comment voulez - vous que je m'intéreffe à votre procès, fi, perte ou gain, j'en dois également payer les frais par l'ennui de votre abfence ? Oh ! que j'aurois envie de quereller ! & qu'il eft trifte, avec un fi beau fujet d'avoir de l'humeur, de n'avoir pas le droit d'en montrer !

N'eft-ce pas cependant une véritable infidélité, une noire trahifon, que de laiffer votre ami loin de vous, après l'avoir accoutumé à ne pouvoir plus fe paffer de votre préfence ? Vous aurez beau confulter vos Avocats, ils ne vous trouveront pas de juftification pour ce mauvais procédé ; & puis, ces gens-là ne difent que des raifons, & des raifons ne fuffifent pas pour répondre à des fentimens.

Pour moi, vous m'avez tant dit que c'étoit par raifon que vous faifiez ce voyage, que vous m'avez tout-à-fait brouillé avec elle. Je ne veux plus du tout l'entendre ; pas même quand elle me dit de vous oublier. Cette raifon-là eft pourtant bien raifonnable ; & au fait, cela ne feroit pas fi difficile que vous pourriez le croire. Il fuffiroit feulement de perdre l'habitude de penfer toujours à vous : & rien ici, je vous affure, ne vous rappelleroit à moi.

Nos plus jolies femmes, celles qu'on dit les plus aimables, font encore fi loin de vous, qu'elles ne pourroient en donner qu'une bien foible idée. Je crois même qu'avec des yeux exercés, plus on a cru d'abord qu'elles vous reffembloient, plus on y trouve après de différence, elles ont beau faire, beau y mettre tout ce qu'elles favent, il leur manque toujours d'être vous, & c'eft pofitivement là qu'eft le charme. Malheureufement, quand les journées font fi longues, & qu'on eft défoccupé, on rêve, on fait des châteaux en Efpagne, on fe crée fa chimere ; peu-à-peu l'imagination s'exalte ; on veut embellir fon ouvrage, on raffem-
ble

ble tout ce qui peut plaire , on arrive enfin à la perfection ; & dès qu'on en eſt là ,
le portrait ramene au modele , & on eſt tout
étonné de voir qu'on n'a fait que ſonger à
vous.

Dans ce moment même , je ſuis encore
la dupe d'une erreur à-peu-près ſemblable.
Vous croyez peut-être que c'étoit pour
m'occuper de vous , que je me ſuis mis à
vous écrire ? point du tout : c'étoit pour
m'en diſtraire. J'avois cent choſes à vous
dire , dont vous n'étiez pas l'objet , qui ,
comme vous ſavez , m'intéreſſent bien vivement ; & ce ſont celles-là pourtant dont
j'ai été diſtrait. Et depuis quand le charme
de l'amitié diſtrait-il donc de celui de
l'amour ? Ah ! ſi j'y regardois de bien près ,
peut-être aurois-je un petit reproche à me
faire ! Mais chut ! oublions cette légere faute
de peur d'y retomber ; & que mon amie
elle-même l'ignore.

Auſſi pourquoi n'êtes-vous pas là pour me
répondre , pour me ramener ſi je m'égare ,
pour me parler de ma Gécile , pour augmenter , s'il eſt poſſible , le bonheur que je
goûte à l'aimer , par l'idée ſi douce que c'eſt
votre amie que j'aime ? Oui , je l'avoue ,
l'amour qu'elle m'inſpire m'eſt devenu plus
précieux encore , depuis que vous avez bien
voulu en recevoir la confidence. J'aime tant

IIIme. Partie.   G

à vous ouvrir mon cœur, à occuper le vôtre de mes sentimens, à les y déposer sans réserve ! il me semble que je les chéris davantage, à mesure que vous daignez les recueillir ; & puis, je vous regarde & je me dis : c'est en elle qu'est renfermé tout mon bonheur.

Je n'ai rien de nouveau à vous apprendre sur ma situation. La derniere lettre que j'ai reçue *d'elle* augmente & assure mon espoir, mais le retarde encore. Cependant ses motifs sont si tendres & si honnêtes, que je ne puis l'en blâmer ni m'en plaindre. Peut-être n'entendez-vous pas trop bien ce que je vous dis-là ; mais pourquoi n'êtes-vous pas ici? Quoiqu'on dise tout à son amie, on n'ose pas tout écrire. Les secrets de l'amour, surtout, sont si délicats, qu'on ne peut les laisser aller ainsi sur leur bonne-foi. Si quelquefois on leur permet de sortir, il ne faut pas au moins les perdre de vue ; il faut en quelque sorte les voir entrer dans leur nouvel asyle. Ah ! revenez donc, mon adorable amie ; vous voyez bien que votre retour est nécessaire. Oubliez enfin les *mille raisons* qui vous retiennent où vous êtes, ou apprenez-moi à vivre où vous n'êtes pas.

J'ai l'honneur d'être, &c.

*Paris, ce 16 Octobre 17**.*

LETTRE CXIX.

Madame DE ROSEMONDE *à la*
Préfidente DE TOURVEL.

QUOIQUE je fouffre encore beaucoup,
ma chere belle, j'effaie de vous écrire moi-
même, afin de pouvoir vous parler de ce
qui vous intéreffe. Mon neveu garde toujours fa mifanthropie. Il envoie fort régu-
liérement favoir de mes nouvelles tous les
jours ; mais il n'eft pas venu une fois s'en
informer lui-même, quoique je l'en aie fait
prier : en forte que je ne le vois pas plus
que s'il étoit à Paris. Je l'ai pourtant rencontré ce matin, où je ne l'attendois gueres.
C'eft dans ma Chapelle, où je fuis defcen-
due pour la premiere fois depuis ma douloureufe incommodité. J'ai appris aujourd'hui,
que depuis quatre jours il y va réguliére-
ment entendre la meffe. Dieu veuille que
cela dure !

Quand je fuis entrée, il eft venu à moi,
& m'a félicitée fort affectueufement fur
le meilleur état de ma fanté. Comme la meffe
commençoit, j'ai abrégé la converfation ;

que je comptois bien reprendre après ; mais
il a difparu avant que j'aie pu le joindre.
Je ne vous cacherai pas que je l'ai trouvé
un peu changé. Mais, ma chere belle, ne
me faites pas repentir de ma confiance
en votre raifon, par des inquiétudes trop
vives ; & fur - tout foyez sûre que j'aimerois encore mieux vous affliger que vous
tromper.

Si mon neveu continue à me tenir rigueur,
je prendrai le parti, auffi-tôt que je ferai
mieux, de l'aller voir dans fa chambre ; &
je tâcherai de pénétrer la caufe de cette finguliere manie, dans laquelle je crois bien
que vous êtes pour quelque chofe. Je vous
manderai ce que j'aurai appris. Je vous
quitte, ne pouvant plus remuer les doigts ;
& puis, fi Adélaïde favoit que j'ai écrit,
elle me gronderoit toute la foirée. Adieu,
ma chere belle.

*Du Château de ... ce 20 Octobre 17**.*

LETTRE CXX.

Le Vicomte DE VALMONT *au*
Pere ANSELME.

(*Feuillant du Couvent de la rue Saint - Honoré.*)

JE n'ai pas l'honneur d'être connu de vous,
Monsieur : mais je sais la confiance entiere qu'à
en vous Mde la Présidente de Tourvel, &
je sais de plus, combien cette confiance est
dignement placée. Je crois donc pouvoir sans
indiscrétion m'adresser à vous, pour en
obtenir un service bien essentiel, vraiment
digne de votre saint ministere, & où l'intérêt de Mde de Tourvel se trouve joint au
mien.

J'ai entre les mains des papiers importans
qui la concernent, qui ne peuvent être con-
fiés à personne, & que je ne dois ni ne
veux remettre qu'entre ses mains. Je n'ai
aucun moyen de l'en instruire, parce que
des raisons, que peut-être vous aurez sues
d'elle, mais dont je ne crois pas qu'il me
soit permis de vous instruire, lui ont fait

G 3

prendre le parti de refufer toute correfpondance avec moi : parti que j'avoue volontiers
aujourd'hui ne pouvoir blâmer, puifqu'elle
ne pouvoit prévoir des événemens auxquels j'étois moi-même bien loin de m'attendre, & qui n'étoient poffibles qu'à la
force plus qu'humaine qu'on eft forcé d'y
reconnoître.

Je vous prie donc, Monfieur, de vouloir bien l'informer de mes nouvelles réfolutions, & de lui demander pour moi, une
entrevue particuliere, où je puiffe au moins
réparer, en partie, mes torts par mes excufes ; &, pour dernier facrifice, anéantir à
fes yeux les feules traces exiftantes d'une
erreur ou d'une faute qui m'avoit rendu coupable envers elle.

Ce ne fera qu'après cette expiation pré-
liminaire, que j'oferai dépofer à vos pieds
l'humiliant aveu de mes longs égaremens ;
& implorer votre médiation pour une réconciliation bien plus importante encore, &
malheureufement plus difficile. Puis-je efpérer, Monfieur, que vous ne me refuferez
pas des foins fi néceffaires & fi précieux ?
& que vous daignerez foutenir ma foibleffe,
& guider mes pas dans un fentier nouveau,
que je defire bien ardemment de fuivre,
mais que j'avoue, en rougiffant, ne pas
connoître encore.

J'attends votre réponse avec l'impatience du repentir qui desire de réparer, & je vous prie de me croire avec autant de reconnoissance que de vénération,

Votre très-humble, &c.

P. S. Je vous autorise, Monsieur, au cas que vous le jugiez convenable, à communiquer cette lettre en entier à Mde. de Tourvel, que je me ferai toute ma vie un devoir de respecter, & en qui je ne cesserai jamais d'honorer celle dont le Ciel s'est servi pour ramener mon ame à la vertu, par le touchant spectacle de la sienne.

*Du Château de ... ce 22 Octobre 17**.*

LETTRE CXXI.

La Marquise DE MERTEUIL *au Chevalier* DANCENY.

J'AI reçu votre lettre, mon trop jeune ami; mais avant de vous remercier, il faut que je vous gronde, & je vous préviens que si vous ne vous corrigez pas, vous n'aurez

G 4

plus de réponse de moi. Quittez donc, si vous m'en croyez, ce ton de cajolerie, qui n'est plus que du jargon, dès qu'il n'est pas l'expression de l'amour. Est-ce donc là le style de l'amitié? non, mon ami : chaque sentiment a son langage qui lui convient, & se servir d'un autre, c'est déguiser la pensée qu'on exprime. Je sais bien que nos petites femmes n'entendent rien de ce qu'on peut leur dire, s'il n'est traduit, en quelque sorte, dans ce jargon d'usage; mais je croyois mériter, je l'avoue, que vous me distinguassiez d'elles. Je suis vraiment fâchée, & peut-être plus que je ne devrois l'être, que vous m'ayez si mal jugée.

Vous ne trouverez donc dans ma lettre que ce qui manque à la vôtre, franchise & simplesse. Je vous dirai bien, par exemple, que j'aurois grand plaisir à vous voir, & que je suis contrariée de n'avoir auprès de moi que des gens qui m'ennuient, au lieu de gens qui me plaisent; mais vous, cette même phrase, vous la traduisez ainsi : *Apprenez-moi à vivre où vous n'êtes pas*; en sorte que quand vous serez, je suppose, auprès de votre Maîtresse, vous ne sauriez pas y vivre que je n'y sois en tiers. Quelle pitié! & ces femmes, *à qui il manque toujours d'être moi*, vous trouvez peut-être aussi que cela manque à votre Cécile? voilà pourtant où conduit un langage qui, par l'abus qu'on en fait aujourd'hui, eft encore au-deffous du jargon des complimens, & ne devient plus qu'un fimple protocole, auquel on ne croit pas davantage qu'au *très - humble ferviteur* !

Mon ami, quand vous m'écrivez, que ce foit pour me dire votre façon de penfer & de fentir, & non pour m'envoyer des phrafes que je trouverai, fans vous, plus ou moins bien dites dans le premier roman du jour. J'efpere que vous ne vous fâcherez pas de ce que je vous dis-là, quand même vous y verriez un peu d'humeur; car je ne nie pas d'en avoir : mais pour éviter jufqu'à l'air du défaut que je vous reproche, je ne vous dirai pas que cette humeur eft peut-être un peu augmentée par l'éloignement où je fuis de vous. Il me femble qu'à tout prendre, vous valez mieux qu'un procès & deux Avocats, & peut-être même encore que *l'attentif* Belleroche.

Vous voyez qu'au lieu de vous défoler de mon abfence, vous devriez vous en féliciter; car jamais je ne vous avois fait un fi beau compliment. Je crois que l'exemple me gagne, & que je veux vous dire auffi des cajoleries : mais non, j'aime mieux m'en tenir à ma franchife ; c'eft donc elle feule qui vous affure de ma tendre amitié, &

G 5

de l'intérêt qu'elle m'infpire. Il eſt fort doux
d'avoir un jeune ami, dont le cœur eſt
occupé ailleurs. Ce n'eſt pas là le fyſtême
de toutes les femmes; mais c'eſt le mien.
Il me femble qu'on fe livre, avec plus de
plaifir, à un fentiment dont on ne peut rien
avoir à craindre : auſſi j'ai paſſé pour vous,
d'aſſez bonne heure peut-être, au rôle de
confidente. Mais vous choififfez vos maîtreſ-
fes fi jeunes, que vous m'avez fait appercevoir pour la première fois, que je commence à être vieille ! C'eſt bien fait à vous
de vous préparer ainfi une longue carrière
de conſtance, & je vous fouhaite de tout
mon cœur qu'elle foit réciproque.

　Vous avez raifon de vous rendre *aux
motifs tendres & honnêtes* qui, à ce que vous
me mandez, *retardent votre bonheur.* La longue défenfe eſt le feul mérite qui reſte à
celles qui ne réfiſtent pas toujours ; & ce
que je trouverois impardonnable à toute autre qu'à un enfant comme la petite Volanges, feroit de ne pas favoir fuir un danger,
dont elle a été fuffifamment avertie par
l'aveu qu'elle a fait de fon amour. Vous
autres hommes, vous n'avez pas d'idée de
ce qu'eſt la vertu, & de ce qu'il en coûte
pour la facrifier ! Mais pour peu qu'une
femme raifonne, elle doit favoir qu'indé-
pendamment de la faute qu'elle commet,

une foiblesse est pour elle le plus grand des malheurs ; & je ne conçois pas qu'aucune s'y laisse jamais prendre, quand elle peut avoir un moment pour y réfléchir.

N'allez pas combattre cette idée, car c'est elle qui m'attache principalement à vous. Vous me sauverez des dangers de l'amour ; & quoique j'aie bien su sans vous m'en défendre jusqu'à présent, je consens à en avoir de la reconnoissance, & je vous en aimerai mieux & davantage.

Sur ce, mon cher Chevalier, je prie Dieu qu'il vous ait en sa sainte & digne garde.

*Du Château de... ce 22 Octobre 17**.*

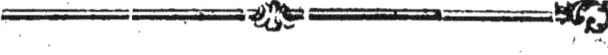

LETTRE CXXII.

Madame DE ROSEMONDE *à la Présidente de* TOURVEL.

J'ESPÉROIS, mon aimable fille, pouvoir enfin calmer vos inquiétudes ; & je vois au contraire avec chagrin, que je vais les augmenter encore. Calmez-vous cependant ;

G 6

mon neveu n'eſt pas en danger : on ne peut
pas même dire qu'il ſoit réellement malade.
Mais il ſe paſſe ſûrement en lui quelque
choſe d'extraordinaire. Je n'y comprends
rien ; mais je ſuis ſortie de ſa chambre avec
un ſentiment de triſteſſe , peut - être même
d'effroi , que je me reproche de vous faire
partager , & dont cependant je ne puis
m'empêcher de cauſer avec vous. Voici
le récit de ce qui s'eſt paſſé : vous pouvez être ſûre qu'il eſt fidele ; car je vivrois
quatre - vingt autres années , que je n'ou-
blierois-pas l'impreſſion que m'a faite cette
triſte ſcene.

J'ai donc été ce matin chez mon neveu ;
je l'ai trouvé écrivant , & entouré de différens tas de papiers , qui avoient l'air d'être
l'objet de ſon travail. Il s'en occupoit au
point, que j'étois déjà au milieu de ſa chambre , qu'il n'avoit pas encore tourné la tête
pour ſavoir qui entroit. Auſſi-tôt qu'il m'a
apperçue , j'ai très-bien remarqué qu'en ſe
levant , il s'efforçoit de compoſer ſa figure,
& peut-être même eſt-ce là ce qui m'y a
fait faire plus d'attention. Il étoit , à la vérité , ſans toilette & ſans poudre ; mais je l'ai
trouvé pâle & défait , & ayant ſur-tout la
phyſionomie altérée. Son regard que nous
avons vu ſi vif & ſi gai , étoit triſte & abattu ;
enfin , ſoit dit entre nous , je n'aurois pas

voulu que vous le viſſiez ainſi : car il avoit l'air très-touchant , & très-propre , à ce que je crois , à inſpirer cette tendre pitié , qui eſt un des plus dangereux pieges de l'amour.

Quoique frappée de mes remarques, j'ai pourtant commencé la converſation comme ſi je ne m'étois apperçue de rien. Je lui ai d'abord parlé de ſa ſanté , & ſans me dire qu'elle ſoit bonne , il ne m'a point articulé pourtant qu'elle fût mauvaiſe. Alors je me ſuis plainte de ſa retraite , qui avoit un peu l'air d'une manie , & je tâchois de mêler un peu de gaieté à ma petite réprimande ; mais lui ma répondu ſeulement , & d'un ton pé-nétré : « C'eſt un tort de plus , je l'avoue ; » mais il ſera réparé avec les autres ». Son air , plus encore que ſes diſcours , a un peu dérangé mon enjouement , & je me ſuis hâtée de lui dire qu'il mettoit trop d'impor-tance à un ſimple reproche de l'amitié.

Nous nous ſommes donc remis à cauſer tranquillement. Il m'a dit , peu de temps après , que peut-être une affaire , *la plus grande affaire de ſa vie* , le rappelleroit bien-tôt à Paris : mais comme j'avois peur de la deviner , ma chere belle , & que ce debut ne me menât à une confidence dont je ne voulois pas , je ne lui ai fait aucune queſ-tion , & je me ſuis contentée de lui répondre

que plus de diffipation feroit utile à fa fanté.
J'ai ajouté que pour cette fois je ne luï ferois
aucune inftance, aimant mes amis pour eux-
mêmes ; c'eft à cette phrafe fi fimple, que
ferrant mes mains, & parlant avec une véhé-
mence que je ne puis vous rendre : « Oui,
» ma tante, m'a-t-il dit, aimez, aimez beau-
» coup un neveu qui vous refpecte & vous
» chérit ; &, comme vous dites, aimez-
» le pour lui-même. Ne vous affligez pas de
» fon bonheur, & ne troublez, par aucun
» regret, l'éternelle tranquillité dont il efpere
» jouir bientôt. Répétez-moi que vous m'ai-
» mez, que vous me pardonnez ; oui, vous
» me pardonnerez, je connois votre bonté :
» mais comment efpérer la même indulgence
» de ceux que j'ai tant offenfés « ? Alors il
s'eft baiffé fur moi, pour me cacher, je
crois, des marques de douleur, que le fon
de fa voix me déceloit malgré lui.

Emue plus que je ne puis vous dire,
je me fuis levée précipitamment ; & fans
doute il a remarqué mon effroi, car fur le
champ, fe compofant davantage : « Par-
» don, a-t-il repris, pardon, Madame ;
» je fens que je m'égare malgré moi. Je
» vous prie d'oublier mes difcours, & de
» vous fouvenir feulement de mon profond
» refpect. Je ne manquerai pas, a-t-il ajouté,
» d'aller vous en renouveller l'hommage

» avant mon départ ». Il m'a femblé que cette derniere phrafe m'engageoit à terminer ma vifite ; & je me fuis en allée en effet.

Mais plus j'y réfléchis , & moins je devine ce qu'il a voulu dire. Quelle eft cette affaire , *la plus grande de fa vie ?* à quel fujet me demande-t-il pardon ? d'où lui eft venu cet attendriffement involontaire en me parlant ? Je me fuis déjà fait ces queftions mille fois , fans pouvoir y répondre. Je ne vois même rien là qui ait rapport à vous : cependant, comme les yeux de l'amour font plus clairvoyans que ceux de l'amitié , je n'ai voulu vous laiffer rien ignorer de ce qui s'eft paffé entre mon neveu & moi.

Je me fuis reprife à quatre fois pour écrire cette longue lettre , que je ferois plus longue encore , fans la fatigue que je reffens. Adieu , ma chere belle.

Du Château de ... *ce* 25 *Octobre* 17**.

LETTRE CXXIII.

Le Pere ANSELME au Vicomte DE VALMONT.

J'AI reçu, Monſieur le Vicomte, la lettre dont vous m'avez honoré ; & dès hier, je me ſuis tranſporté, ſuivant vos déſirs, chez la perſonne en queſtion. Je lui ai expoſé l'objet & les motifs de la démarche que vous demandiez de faire auprès d'elle. Quelque attachée que je l'aie trouvée au parti ſage qu'elle avoit pris d'abord ; ſur ce que je lui ai remontré qu'elle riſquoit peut-être, par ſon refus, de mettre obſtacle à votre heureux retour, & de s'oppoſer ainſi, en quelque ſorte, aux vues miſéricordieuſes de la Providence, elle a conſenti à recevoir votre viſite, à condition toutefois, que ce ſera la derniere, & m'a chargé de vous annoncer qu'elle ſeroit chez elle Jeudi prochain, 28. Si ce jour ne pouvoit pas vous convenir, vous voudrez bien l'en informer & lui en indiquer un autre. Votre lettre ſera reçue.

Cependant, Monſieur le Vicomte, permettez-moi de vous inviter à ne pas différer,

fans de fortes raifons, afin de pouvoir vous
livrer plutôt & plus entiérement aux difpo-
fitions louables que vous me témoignez. Songez que celui qui tarde à profiter du moment
de la grace, s'expofe à ce qu'elle lui foit
retirée; que fi la bonté divine eft infinie,
l'ufage en eft pourtant réglé par la juftice;
& qu'il peut venir un moment où le Dieu
de miféricorde fe change en un Dieu de vengeance.

Si vous continuez à m'honorer de votre
confiance, je vous prie de croire que tous
mes foins vous feront acquis, auffi-tôt que
vous le defirerez: quelques grandes que foient
mes occupations, mon affaire la plus importante fera toujours de remplir les devoirs du
faint miniftere, auquel je me fuis particuliérement dévoué; & le moment le plus
beau de ma vie, celui où je verrai mes
efforts profpérer par la bénédiction du Tout-
puiffant. Foibles pécheurs que nous fommes,
nous ne pouvons rien par nous-mêmes!
Mais le Dieu qui vous rappelle peut tout; &
nous devrons également à fa bonté, vous,
le defir conftant de vous rejoindre à lui, &
moi, les moyens de vous y conduire. C'eft
avec fon fecours, que j'efpere vous convaincre bientôt, que la Religion fainte peut
donner feule, même en ce monde, le bonheur folide & durable qu'on cherche vai-

nement dans l'aveuglement des paffions hu-
maines.

J'ai l'honneur d'être, avec une refpectueufe
confidération ;

Paris , ce 25 *Octobre* 17**.

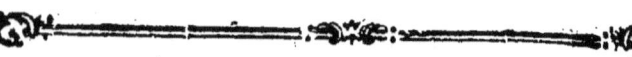

LETTRE CXXIV.

La Préfidente DE TOURVEL *à Madame*
DE ROSEMONDE.

AU milieu de l'étonnement où m'a jetée,
Madame, la nouvelle que j'ai apprife hier,
je n'oublie pas la fatisfaction qu'elle doit vous
caufer, & je me hâte de vous en faire part.
M. de Valmont ne s'occupe plus ni de moi
ni de fon amour; & ne veut plus que réparer, par une vie plus édifiante, les fautes,
ou plutôt les erreurs de fa jeuneffe. J'ai été
informée de ce grand événement par le Pere
Anfelme, auquel il s'eft adreffé pour le diri-
ger à l'avenir ; & auffi pour lui ménager une
entrevue avec moi, dont je juge que l'objet
principal eft de me rendre mes lettres qu'il
avoit gardées jufqu'ici, malgré la demande
contraire que je lui avois faite.

Je ne puis, fans doute, qu'applaudir à cet heureux changement, & m'en féliciter, fi, comme il le dit, j'ai pu y concourir en quelque chofe. Mais pourquoi falloit-il que j'en fuffe l'inftrument, & qu'il m'en coûtât le repos de ma vie ? Le bonheur de M. de Valmont ne pouvoit-il arriver jamais que par mon infortune ? Oh ! mon indulgente amie, pardonnez-moi cette plainte. Je fais qu'il ne m'appartient pas de fonder les dé-crets de Dieu : mais tandis que je lui demande fans ceffe, & toujours vainement, la force de vaincre mon malheureux amour, il la prodigue à celui qui ne la lui demandoit pas, & me laiffe, fans fecours, entiérement livrée à ma foibleffe.

Mais étouffons ce coupable murmure. Ne fais-je pas que l'Enfant prodigue, à fon re-tour, obtint plus de graces de fon pere, que le fils qui ne s'étoit jamais abfenté ? Quel compte avons-nous à demander à celui qui ne nous doit rien ? Et quand il feroit poffible que nous euffions quelques droits auprès de lui, quels pourroient être les miens ? Me van-terois-je d'une fageffe, que déjà je ne dois qu'à Valmont. Il m'a fauvée, & j'oferois me plaindre en fouffrant pour lui ! Non : mes fouffrances me feront cheres, fi fon bonheur en eft le prix. Sans doute il falloit qu'il revînt à fon tour au Pere commun. Le Dieu qui l'a formé devoit chérir fon ouvrage. Il n'avoit point créé cet Etre charmant, pour n'en faire qu'un réprouvé. C'eft à moi de porter la peine de mon audacieufe imprudence ; ne devois-je pas fentir que , puifqu'il m'étoit défendu de l'aimer, je ne devois pas me permettre de le voir ?

Ma faute ou mon malheur eft de m'être refufée trop long-temps à cette vérité. Vous m'êtes témoin, ma chere & digne amie, que je me fuis foumife à ce facrifice, auffi-tôt que j'en ai reconnu la néceffité : mais, pour qu'il fût entier, il y manquoit que M. de Valmont ne le partageât point. Vous avouerai-je que cette idée eft à préfent ce qui me tourmente le plus ? Infupportable orgueil, qui adoucit les maux que nous éprouvons, par ceux que nous faifons fouffrir ! Ah ! je vaincrai ce cœur rebelle, je l'accoutumerai aux humiliations.

C'eft fur-tout pour y parvenir que j'ai enfin confenti à recevoir Jeudi prochain, la pénible vifite de M. de Valmont. Là, je l'entendrai me dire lui-même que je ne lui fuis plus rien , que l'impreffion foible & paffagere que j'avois faite fur lui eft entiérement effacée ! Je verrai fes regards fe porter fur moi, fans émotion, tandis que la crainte de déceler la mienne me fera baiffer les yeux. Ces mêmes lettres qu'il refufa fi long-temps à mes demandes réitérées, je les recevrai de fon indifférence ; il me les remettra comme des objets inutiles, & qui ne l'intéreffent plus ; & mes mains tremblantes, en recevant ce dépôt honteux, fentiront qu'il leur eft remis d'une main ferme & tranquille ! Enfin, je le verrai s'éloigner.... s'éloigner pour jamais, & mes regards qui le fuivront, ne verront pas les fiens fe retourner fur moi !

Et j'étois réfervée à tant d'humiliation ! Ah ! que du moins je me la rende utile, en me pénétrant par elle du fentiment de ma foibleffe... Oui, ces lettres qu'il ne fe foucie plus de garder, je les conferverai précieufement. Je m'impoferai la honte de les relire chaque jour, jufqu'à ce que mes larmes en aient effacé les dernieres traces ; & les fiennes, je les brûlerai comme infectées du poifon dangereux qui a corrompu mon ame. Oh ! qu'eft-ce donc que l'amour, s'il nous fait regretter jufqu'aux dangers auxquels il nous expofe ; fi, fur-tout, on peut craindre de le reffentir encore, même alors qu'on ne l'infpire plus ! Fuyons cette paffion funefte, qui ne laiffe de choix qu'entre la honte & le malheur, & fouvent même les réunit tous deux ; & qu'au moins la prudence remplace la vertu.

Que ce Jeudi eft encore loin ! que ne puis-je confommer à l'inftant ce douleureux facrifice, & en oublier à la fois & la caufe &

l'objet ! Cette visite m'importune ; je me repens d'avoir promis. Hé ! qu'a-t-il besoin de me revoir encore ? que sommes-nous à présent l'un à l'autre ? S'il m'a offensée ; je le lui pardonne. Je le félicite même de vouloir réparer ses torts ; je l'en loue. Je ferai plus, je l'imiterai ; & séduite par les mêmes erreurs, son exemple me ramenera. Mais quand son projet est de me fuir, pourquoi commencer par me chercher ? Le plus pressé pour chacun de nous, n'est-il pas d'oublier l'autre ? Ah ! sans doute & ce sera dorénavant mon unique soin.

Si vous le permettez, mon aimable amie, ce sera auprès de vous que j'irai m'occuper de ce travail difficile. Si j'ai besoin de secours, peut-être même de consolation, je n'en veux recevoir que de vous. Vous seule savez m'entendre & parler à mon cœur. Votre précieuse amitié remplira toute mon existence. Rien ne me paroîtra difficile pour seconder les soins que vous voudrez bien vous donner. Je vous devrai ma tranquillité, mon bonheur, ma vertu ; & le fruit de vos bontés pour moi, sera de m'en avoir enfin rendue digne.

Je me suis, je crois, beaucoup égarée dans cette lettre ; je le présume au moins par le trouble où je n'ai pas cessé d'être en vous écrivant. S'il s'y trouvoit quelques sentimens dont j'aie à rougir, couvrez-les de votre indulgente amitié ; je m'en remets en-tiérement à elle. Ce n'eſt pas à vous que je veux dérober aucun des mouvemens de mon cœur.

Adieu, ma reſpeƈtable amie. J'eſpere, ſous peu de jours, vous annoncer celui de mon arrivée.

Paris, ce 25 Oƈtobre 17**,

Fin de la troiſieme Partie,

LES LIAISONS

DANGEREUSES.

LES LIAISONS DANGEREUSES,

OU

LETTRES

Recueillies dans une Société, & publiées pour l'instruction de quelques autres.

Par M. C.... DE L...

Nouvelle Édition, augmentée d'une Correspondance de l'Auteur avec Mde. Riccoboni, & de ses Pièces Fugitives.

TOME QUATRIEME.

M. DCC. LXXXVII.

LES LIAISONS DANGEREUSES.

LETTRE CXXV.

Le Vicomte DE VALMONT *à la Marquise* DE
MERTEUIL

LA voilà donc vaincue cette femme superbe,
qui avoit osé croire qu'elle pourroit me résister ! Oui, mon amie, elle est à moi, entiérement à moi ; & depuis hier, elle n'a plus
rien à m'accorder.

Je suis encore trop plein de mon bonheur,
pour pouvoir l'apprécier : mais je m'étonne
du charme inconnu que j'ai ressenti. Seroit-il
donc vrai que la vertu augmentât le prix
d'une femme, jusques dans le moment même
de sa foiblesse ? Mais reléguons cette idée pué-
rile avec les contes de bonnes-femmes. Ne
rencontre-t-on pas, presque par-tout, une ré-

IVme. Partie.   A

fiftance plus ou moins bien feinte au premier triomphe ? & ai-je trouvé nulle part le charme dont je parle ? ce n'eft pourtant pas non plus celui de l'amour; car enfin, fi j'ai eu quelquefois, auprès de cette femme étonnante, des momens de foibleffe, qui reffembloient à cette paffion pufillanime, j'ai toujours fu les vaincre, & revenir à mes principes. Quand même la fcene d'hier m'auroit, comme je le crois, emporté un peu plus loin que je ne comptois ; quand j'aurois un moment partagé le trouble & l'ivreffe que je faifois naître, cette illufion paffagere feroit diffipée à préfent ; & cependant le même charme fubfifte. J'aurois même, je l'avoue, un plaifir affez doux à m'y livrer, s'il ne me caufoit quelqu'inquiétude. Serai-je donc, à mon âge, maîtrifé comme un écolier, par un fentiment involontaire & inconnu ? Non ; il faut avant tout le combattre & l'approfondir.

Peut-être, au refte, en ai-je déjà entrevu la caufe ! je me plais au moins dans cette idée, & je voudrois qu'elle fut vraie.

Dans la foule des femmes auprès defquelles j'ai rempli, jufqu'à ce jour, le rôle & les fonctions d'Amant, je n'en avois encore rencontré aucune qui n'eût au moins autant d'envie de fe rendre, que j'en avois de l'y déterminer ; je m'étois même accoutumé à appeller prudes celles qui ne faifoient que la moitté du chemin, par oppofition à tant d'autres, dont la défenfe provocante ne couvre jamais qu'imparfaitement les premieres avances qu'elles ont faites.

Ici, au contraire, j'ai trouvé une premiere prévention défavorable, & fondée depuis fur les confeils & les rapports d'une femme haineufe, mais clairvoyante ; une timidité naturelle & extrême, que fortifioit une pudeur éclairée ; un attachement à la vertu, que la Religion dirigeoit, & qui comptoit déjà deux années de triomphe ; enfin, des démarches éclatantes, infpirées par ces différens motifs, & qui toutes n'avoient pour but que de fe fouftraire à mes pourfuites.

Ce n'eft donc pas, comme dans mes autres aventures, une fimple capitulation plus ou moins avantageufe, & dont il eft plus facile de profiter que de s'énorgueillir ; c'eft une victoire complette, achetée par une campagne pénible, & décidée par de favantes manœuvres. Il n'eft donc pas furprenant que ce fuccès, dû à moi feul, m'en devienne plus précieux ; & le furcroît de plaifir que j'ai éprouvé dans mon triomphe, & que je reffens encore, n'eft que la douce impreffion du fentiment de la gloire. Je chéris cette façon de voir, qui me fauve l'humiliation de penfer que je puiffe dépendre, en quelque maniere, de l'efclave même que je me ferois affervie ;

que je n'aie pas en moi seul la plénitude de mon bonheur ; & que la faculté de m'en faire jouir, dans toute son énergie, soit réservée à telle ou telle femme, exclusivement à toute autre.

Ces réflexions sensées régleront ma conduite dans cette importante occasion, & vous pouvez être sûre que je ne me laisserai pas tellement enchaîner, que je ne puisse toujours briser ces nouveaux liens, en me jouant & à ma volonté. Mais déjà je vous parle de ma rupture, & vous ignorez encore par quels moyens j'en ai acquis le droit ; lisez donc, & voyez à quoi s'expose la sagesse, en essayant de secourir la folie. J'étudiois si attentivement mes discours & les réponses que j'obtenois, que j'espere vous rendre les uns & les autres avec une exactitude dont vous serez contente.

Vous verrez, par les deux copies des Lettres ci-jointes (1), quel médiateur j'avois choisi pour me rapprocher de ma Belle, & avec quel zele le saint personnage s'est employé pour nous réunir. Ce qu'il faut vous dire encore, & que j'avois appris par une Lettre, interceptée suivant l'usage, c'est que la crainte & la petite humiliation d'être qui

_____

(1) Lettres CXX & CXXII.

tée, avoient un peu dérangé la prudence de
l'auftere dévote, & avoient rempli fon cœur
& fa tête de fentimens & d'idées qui, pour
n'avoir pas le fens commun, n'en étoient pas
moins intéreffans. C'eft après ces prélimi-
naires, néceffaires à favoir, qu'hier Jeudi
28, jour préfix & donné par l'ingrate, je
me fuis préfenté chez elle en efclave timide
& répentant, pour en fortir en vainqueur couronné.

Il étoit fix heures du foir quand j'arrivai
chez la belle recluse; car, depuis fon retour,
fa porte étoit reftée fermée à tout le monde.
Elle effaya de fe lever quand on m'annonça;
mais fes genoux tremblans ne lui permirent
pas de refter dans cette fituation : elle fe raffit
fur le champ. Comme le Domeftique qui
m'avoit introduit, eut quelque fervice à faire
dans l'appartement, elle en parut impatien-
tée. Nous remplîmes cet intervalle par les
complimens d'ufage. Mais pour ne rien perdre d'un temps dont tous les momens étoient
précieux, j'examinois foigneufement le local;
& dès-lors, je marquai de l'œil le théatre de
ma victoire. J'aurois pu en choifir un plus
commode; car, dans cette même chambre,
il fe trouvoit une ottomane. Mais je remarquai qu'en face d'elle étoit un portrait du
mari, & j'eus peur, je l'avoue, qu'avec une
femme fi finguliere, un feul regard, que le

A 3

haſard dirigeroit de ce côté, ne détruisît en un moment l'ouvrage de tant de ſoins. Enfin nous reſtâmes ſeuls, & j'entrai en matiere.

Après avoir expoſé, en peu de mots, que le Pere Anſelme avoit dû informer des motifs de ma viſite, je me ſuis plaint du traitement rigoureux que j'avois éprouvé; & j'ai particuliérement appuyé ſur *le mépris* qu'on m'avoit témoigné. On s'en eſt défendue, comme je m'y attendois, &, comme vous vous y attendez bien auſſi, j'en ai fondé la preuve ſur la méfiance & l'effroi que j'avois inſpirés; ſur la fuite ſcandaleuſe qui s'en étoit ſuivie, le refus de répondre à mes Lettres, celui même de les recevoir, &c., &c. Comme on commençoit une juſtification qui auroit été bien facile, j'ai cru devoir l'interrompre; & pour me faire pardonner cette maniere bruſque, je l'ai couverte auſſi-tôt par une cajolerie. « — Si tant de charmes, ai-je donc » repris, ont fait ſur mon cœur une impreſ- » ſion ſi profonde, tant de vertus n'en ont pas » moins fait ſur mon ame. Séduit ſans doute » par le deſir de m'en rapprocher, j'avois oſé » m'en croire digne. Je ne vous reproche point » d'en avoir jugé autrement; mais je me pu- » nis de mon erreur — ». Comme on gardoit le ſilence de l'embarras, j'ai continué: » — J'ai deſiré, Madame, ou de me juſtifier » à vos yeux, ou d'obtenir de vous le par-

» don des torts que vous me suppofez, afin
» de pouvoir au moins terminer, avec quel-
» que tranquillité, des jours auxquels je n'at-
» tache plus de prix, depuis que vous avez
» refufez de les embellir — ».

Ici on a pourtant effayé de répondre :
« — Mon devoir ne me permettoit pas... — ».
Et là difficulté d'achever le menfonge que le
devoir exigeoit, n'a pas permis de finir la
phrafe. J'ai donc repris, du ton le plus tendre : « — Il eft donc vrai que c'eft moi que
» vous avez fui ? — Ce départ étoit nécef-
» faire. — Et que vous m'éloignez de vous ?
» — Il le faut. — Et pour toujours ? — Je le
» dois — ». Je n'ai pas befoin de vous dire
que pendant ce court dialogue, la voix de la
tendre prude étoit oppreffée, & que fes yeux
ne s'élevoient pas jufqu'à moi.

Je jugeai devoir animer un peu cette fcene
languiffante ; ainfi, me levant avec l'air du
dépit : « — Votre fermeté, dis-je alors, me
» rend toute la mienne. Hé bien ! oui, Ma-
» dame, nous ferons féparés ; féparés même
» plus que vous ne penfez ; & vous vous fé-
» liciterez à loifir de votre ouvrage — ». Un
peu furprife de ce ton de reproche, elle voulut repliquer. « — La réfolution que vous
» avez prife, dit-elle.... — n'eft que l'effet
» de mon défefpoir, repris-je avec emporte-
» ment. Vous avez voulu que je fois malheu-

A 4

» reux ; je vous prouverai que vous avez
» réuffi au-delà même de vos fouhaits. —«Je
» defire votre bonheur, répondit-elle —».
Et le fon de fa voix commençoit à annoncer
une émotion affez forte. Auffi me précipitant
à fes genoux, & du ton dramatique que vous
me connoiffez : — « Ah ! cruelle, me fuis-
» je écrié, peut-il exifter pour moi un bon-
» heur que vous ne partagiez pas ? Où donc
» le trouver loin de vous ? Ah ! jamais ! ja-
» mais — » ! J'avoue qu'en me livrant à ce
point, j'avois beaucoup compté fur le fecours
des larmes : mais foit mauvaife difpofition,
foit peut-être feulement l'effet de l'attention
pénible & continuelle que je mettois à tout,
il me fut impoffible de pleurer.

Par bonheur je me reffouvins que pour
fubjuguer une femme, tout moyen étoit également bon ; & qu'il fuffifoit de l'étonner,
par un grand mouvement, pour que l'impreffion en reftât profonde & favorable. Je fup-
pléai donc, par la terreur, à la fenfibilité qui
fe trouvoit en défaut ; & pour cela, changeant
feulement l'inflexion de ma voix, & gardant
la même pofture : « — Oui, continuai-je, j'en
» fais le ferment à vos pieds, vous poff`eder
» ou mourir — ». En prononçant ces dernieres paroles, nos regards fe rencontrerent.
Je ne fais ce que la timide perfonne vit ou crut
voir dans les miens ; mais elle fe leva d'un air

effrayé, & s'échappa dè mes bras dont je l'avois entourée. Il eft vrai que je ne fis rien pour la retenir : car j'avois remarqué plufieurs fois que les fcenes de défefpoir, menées trop vivement, tomboient dans le ridicule dès qu'elles devenoient longues, où ne laiffoient que des reffources vraiment tragiques, & que j'étois fort éloigné de vouloir prendre. Cependant, tandis qu'elle fe déroboit à moi; j'ajoutai, d'un ton bas & finiftre, mais de façon qu'elle pût m'entendre : « — Hé bien ! la mort — » !

Je me relevai alors ; & gardant un moment le filence, je jetois fur elle, comme au hafard, des regards farouches, qui, pour avoir l'air d'être égarés, n'en étoient pas moins clairvoyans & obfervateurs. Le maintien mal affuré, la refpiration haute, la contraction de tous les mufcles, les bras tremblans & à demi-élevés, tout me prouvoit affez que l'effet étoit tel que j'avois voulu le produire : mais, comme en amour, rien ne fe finit que de très-près, & que nous étions alors affez loin l'un de l'autre, il falloit avant tout fe rapprocher. Ce fut pour y parvenir, que je paffai le plutôt poffible à une apparente tranquillité, propre à calmer les effets de cet état violent, fans en affoiblir l'impreffion.

Ma tranfition fut : « — Je fuis bien malheureux. J'ai voulu vivre pour votre bon-

» heur , & je l'ai troublé. Je me dévoue
» pour votre tranquillité , & je la trouble en-
» core — ». Ensuite, d'un air composé mais
contraint : « — Pardon, Madame ; peu ac-
» coutumé aux orages des passions, je fais mal
» en réprimer les mouvemens. Si j'ai eu tort
» de m'y livrer, songez au moins que c'est
» pour la derniere fois. Ah! calmez vous, cal-
» mez vous, je vous en conjure — ». Et
pendant ce long discours, je me rapprochois
insensiblement. — « Si vous voulez que je
» me calme, répondit la belle effarouchée,
» vous-même soyez donc plus tranquille.
» — Hé bien ! oui, je vous le promets, lui
» dis-je — ». J'ajoutai, d'une voix plus foible : « — Si l'effort est grand, au moins ne
» doit-il pas être long. Mais, repris-je aussi-
» tôt, d'un air égaré, je suis venu, n'est-il pas
» vrai, pour vous rendre vos Lettres ? De
» grace , daignez les reprendre. Ce doulou-
» reux sacrifice me reste à faire ; ne me laissez
» rien qui puisse affoiblir mon courage — ».
Et tirant de ma poche le précieux recueil :
« — Le voilà, dis-je, ce dépôt trompeur des
» assurances de votre amitié ! Il m'attachoit à
» la vie ; reprenez-le. Donnez ainsi vous-
» même le signal qui doit me séparer de vous
» pour jamais — ».

Ici l'Amante craintive céda entiérement à
sa tendre inquiétude. « — Mais, M. de Val-

» mont, qu'avez-vous, & que voulez-vous
» dire ? La démarche que vous faites aujour-
» d'hui n'est-elle pas volontaire ? n'est-ce pas
» le fruit de vos propres réflexions ? & ne
» font-ce pas elles qui vous ont fait approuver,
» vous-même, le parti néceſſaire que j'ai ſuivi
» par devoir ? — Hé bien ! ai-je repris, ce parti
» a décidé le mien. — Et quel eſt-il ? — Le ſeul
» qui puiſſe, en me ſéparant de vous, mettre
» un terme à mes peines. — Mais répondez
» moi, quel eſt-il — » ? Là je la preſſai de
mes bras, ſans qu'elle ſe défendît aucunement ;
& jugeant, par cet oubli des bienſéances,
combien l'émotion étoit forte & puiſſante :
« — Femme adorable, lui dis-je en riſquant
» l'enthouſiaſme, vous n'avez pas d'idée de
» l'amour que vous inſpirez ; vous ne ſaurez
» jamais juſqu'à quel point vous fûtes adorée,
» & de combien ce ſentiment m'étoit plus cher
» que mon exiſtence ! Puiſſent tous vos jours
» être fortunés & tranquilles ; puiſſent-ils s'em-
» bellir de tout le bonheur dont vous m'avez
» privé ! Payez au moins ce vœu ſincere par
» un regret, par une larme ; & croyez que le
» dernier de mes ſacrifices, ne ſera pas le plus
» pénible à mon cœur. Adieu — ».

Tandis que je parlois ainſi, je ſentois ſon
cœur palpiter avec violence ; j'obſervois l'al-
tération de ſa figure ; je voyois, ſur-tout, les
larmes la ſuffoquer, & ne couler cependant

A 6

que rares & pénibles. Ce ne fut qu'alors que
je pris le parti de feindre de m'éloigner : aussi,
me retenant avec force : « —— Non, écoutez-
» moi, dit-elle vivement. —— Laissez-moi,
« répondis-je. —— Vous m'écouterez, je le
» veux. —— Il faut vous fuir, il le faut ! ——
» Non, s'écria-t-elle .... —— ». A ce dernier
mot, elle se précipita, ou plutôt tomba éva-
nouie entre mes bras. Comme je doutois encore d'un si heureux succès, je feignis un grand
effroi ; mais tout en m'effrayant, je la con-
duisois, ou la portois, vers le lieu précédemment désigné pour le champ de ma gloire ;
& en effet elle ne revint à elle que soumise &
déjà livrée à son heureux vainqueur.

Jusques-là, ma belle amie, vous me trouverez, je crois, une pureté de méthode qui
vous fera plaisir ; & vous verrez que je ne me
suis écarté en rien des vrais principes de cette
guerre, que nous avons remarqué souvent
être si semblable à l'autre. Jugez-moi donc
comme Turenne ou Frédéric. J'ai forcé à
combattre, l'ennemi qui ne vouloit que tem-
poriser ; je me suis donné, par de savantes
manœuvres, le choix du terrein & celui des
dispositions ; j'ai su inspirer la sécurité à l'ennemi, pour le joindre plus facilement dans sa
retraite ; j'ai su y faire succéder la terreur,
avant d'en venir au combat ; je n'ai rien mis
au hasard, que par la considération d'un grand

avantage en cas de fuccès, & la certitude des
reffources en cas de défaite ; enfin, je n'ai
engagé l'action qu'avec une retraite affurée,
par où je puffe couvrir & conferver tout ce
que j'avois conquis précédemment. C'eft, je
crois, tout ce qu'on peut faire ; mais je crains
à préfent, de m'être amolli comme Annibal
dans les délices de Capoue. Voilà ce qui s'eft
paffé depuis.

Je m'attendois bien qu'un fi grand événement ne fe pafferoit pas fans les larmes & le
défefpoir d'ufage ; & fi je remarquai d'abord
un peu plus de confufion, & une forte de
recueillement, j'attribuai l'un & l'autre à l'état
de Prude : auffi, fans m'occuper de ces légeres différences, que je croyois purement
locales, je fuivois fimplement la grande route
des confolations, bien perfuadé que, comme
il arrive d'ordinaire, les fenfations aideroient
le fentiment, & qu'une feule action feroit
plus que tous les difcours, que pourtant je ne
négligeois pas. Mais, je trouvai une réfiftance
vraiment effrayante, moins encore par fon
excès, que par la forme fous laquelle elle fe
montroit.

Figurez-vous une femme affife, d'une roi-
deur immobile, & d'une figure invariable ;
n'ayant l'air, ni de penfer, ni d'écouter, ni
d'entendre ; dont les yeux fixes laiffent échapper des larmes affez continues, mais qui cou-

lent fans effort. Telle étoit M^de. de Tourvel
pendant mes difcours ; mais, fi j'effayois de
ramener fon attention vers moi par une ca-
reffe, par le gefte même le plus innocent,
à cette apparente apathie fuccédoient auffi-tôt
la terreur, la fuffocation, les convulfions,
les fanglots, & quelques cris par intervalle,
mais fans un mot articulé.

　　Ces crifes revinrent plufieurs fois, & toujours plus fortes ; la derniere même fut fi
violente, que j'en fus entiérement découragé,
& craignis un moment d'avoir remporté une
victoire inutile. Je me rebattis fur les lieux
communs d'ufage, & dans le nombre fe trouva
celui-ci : « —— Et vous êtes dans le défefpoir,
» parce que vous avez fait mon bonheur —— »?
A ce mot, l'adorable femme fe tourna vers
moi, & fa figure, quoique encore un peu
égarée, avoit pourtant déjà repris fon expreffion célefte. « —— Votre bonheur, me dit-
» elle —— »! Vous devinez ma réponfe. »
Vous êtes donc heureux —— « ? Je redoublai
les proteftations.» —— Et heureux par moi —— »!
J'ajoutai les louanges & les tendres propos.
Tandis que je parlois, tous fes membres s'af-
fouplirent ; elle retomba avec moleffe, appuyée fur fon fauteuil, & m'abandonnant
une main que j'avois ofé prendre : » —— Je
» fens, dit-elle, que cette idée me confole &
« me foulage —— ».

Vous jugez qu'ainsi remis sur la voie, je
ne la quittai plus ; c'étoit réellement la bonne,
& peut - être la seule. Aussi, quand je voulus
tenter un second succès, j'éprouvai d'abord
quelque résistance, & ce qui s'étoit passé auparavant, me rendoit circonspect ; mais,
ayant appellé à mon secours cette même idée
de mon bonheur, j'en ressentis bientôt les favorables effets : « — Vous avez raison, me
» dit la tendre personne ; je ne puis plus sup-
» porter mon existence, qu'autant qu'elle ser-
» vira à vous rendre heureux. Je m'y con-
» sacre toute entiere : dès ce moment je me
» donne à vous, & vous n'éprouverez de ma
» part ni refus, ni regret — ». Ce fut avec
cette candeur, naïve ou sublime, qu'elle me
livra sa personne & ses charmes, & qu'elle
augmenta mon bonheur en le partageant. L'i-
vresse fut complette & réciproque ; &, pour
la premiere fois, la mienne survécut au plaisir. Je ne sortis de ses bras que pour tomber
à ses genoux, pour lui jurer un amour éternel ; &, il faut tout avouer, je pensois ce
que je disois. Enfin, même après nous être
séparés, son idée ne me quittoit point, &
j'ai eu besoin de me travailler pour m'en distraire.

Ah ! pourquoi n'êtes-vous pas ici, pour ba-
lancer au moins le charme de l'action par celui
de la récompense ? Mais je ne perdrai rien

pour attendre , n'eft-il pas vrai ? & j'efpere
pouvoir regarder , comme convenu entre
nous , l'heureux arrangement que je vous ai
propofé dans ma derniere Lettre. Vous voyez
que je m'exécute , & que , comme je vous
l'ai promis , mes affaires feront affez avancées
pour pouvoir vous donner une partie de mon
temps. Dépêchez - vous donc de renvoyer
votre pefant Belleroche , & laiffez-là le dou-
cereux Danceny , pour ne vous occuper que
de moi. Mais que faites-vous donc tant à cette
campagne , que vous ne me répondez feulement pas ? Savez-vous que je vous gronderois
volontiers ? Mais le bonheur porte à l'indulgence. Et puis , je n'oublie pas qu'en me re-
plaçant au nombre de vos foupirans , je dois
me foumettre de nouveau à vos petites fan-
taifies. Souvenez-vous cependant que le nouvel
Amant ne veut rien perdre des anciens droits
de l'ami.

Adieu comme autrefois . . . . Oui , *adieu,
mon Ange, je t'envoie tous les baifers de l'amour.*

P. S. Savez-vous que Prévan , au bout de
fon mois de prifon , a été obligé de quitter
fon Corps ? C'eft aujourd'hui la nouvelle de
tout Paris. En vérité , le voilà cruellement
puni d'un tort qu'il n'a pas eu , & votre fuccès
eft complet !

*Paris , ce 29 Octobre 17** .*

LETTRE CXXVI.

Madame DE ROSEMONDE *à la Préfidente* DE TOURVEL.

JE vous aurois répondu plutôt, mon aimable enfant, fi la fatigue de ma derniere Lettre ne m'avoit rendu mes douleurs, ce qui m'a encore privée tous ces jours-ci de l'ufage de mon bras. J'étois bien preffée de vous remercier des bonnes nouvelles que vous m'avez données de mon neveu, & je ne l'étois pas moins de vous en faire, pour votre compte, de finceres félicitations. On eft forcé de reconnoître véritablement là un coup de la Providence, qui, en touchant l'un, a auffi fauvé l'autre. Oui, ma chere Belle, Dieu qui ne vouloit que vous éprouver, vous a fecourue au moment où vos forces étoient épuifées; & malgré votre petit murmure, vous avez, je crois, quelques actions de graces à lui rendre. Ce n'eft pas que je ne fente fort bien qu'il vous eût été plus agréable que cette réfolution vous fût venue la premiere, & que celle de Valmont n'en eût été que la fuite; il femble même, humainement parlant, que les droits de notre fexe en euffent été mieux

confervés, & nous ne voulons en perdre aucun! Mais qu'eft - ce que ces confidérations
légeres, auprès des objets importans qui fe
trouvent remplis? Voit-on celui qui fe fauve
du naufrage, fe plaindre de n'avoir pas eu
le choix des moyens?

Vous éprouverez bientôt, ma chere fille,
que les peines que vous redoutez, s'allégeront
d'elles-mêmes ; & quand elles devroient fub-
fifter toujours & dans leur entier, vous n'en
fentiriez pas moins qu'elles feroient encore
plus faciles à fupporter, que les remords du
crime & le mépris de foi-même. Inutilement
vous aurois-je parlé plutôt avec cette apparente févérité: l'amour eft un fentiment indé-
pendant, que la prudence peut faire éviter,
mais qu'elle ne fauroit vaincre ; & qui, une
fois né, ne meurt que de fa belle mort, ou
du défaut abfolu d'efpoir. C'eft ce dernier
cas dans lequel vous êtes, qui me rend le
courage & le droit de vous dire librement mon
avis. Il eft cruel d'effrayer un malade défef-
péré, qui n'eft plus fufceptible que de confolations & de palliatifs : mais il eft fage d'é-
clairer un convalefcent fur les dangers qu'il
a courus, pour lui infpirer la prudence dont
il a befoin, & la foumiffion aux confeils qui
peuvent encore lui être néceffaires.

Puifque vous me choififfez pour votre Médecin, c'eft comme tel que je vous parle, &

que je vous dis que les petites incommodités
que vous reffentez à préfent , & qui peut-être
exigent quelques remedes , ne font pourtant
rien en comparaifon de la maladie effrayante
dont voilà la guérifon affurée. Enfuite, comme
votre amie , comme l'amie d'une femme raifonnable & vertueufe , je me permettrai d'a-
jouter que cette paffion qui vous avoit fub-
juguée , déjà fi malheureufe par elle-même ,
le devenoit encore plus par fon objet. Si j'en
crois ce qu'on m'en dit, mon neveu, que j'avoue
aimer peut-être avec foibleffe , & qui réunit en
effet beaucoup de qualités louables à beaucoup d'agrémens , n'eft ni fans danger pour
les femmes , ni fans torts vis-à-vis d'elles , &
met prefque un prix égal à les féduire & à
les perdre. Je crois bien que vous l'auriez con-
verti. Jamais perfonne , fans doute , n'en fut
plus digne ; mais tant d'autres s'en font flattées
de même , dont l'efpoir a été déçu, que j'aime
bien mieux que vous n'en foyez pas réduite
à cette reffource.

Confidérez à préfent, ma chere Belle, qu'au
lieu de tant de dangers que vous auriez eu à
courir, vous aurez, outre le repos de votre
confcience & votre propre tranquillité , la fatisfaction d'avoir été la principale caufe de
l'heureux retour de Valmont. Pour moi , je
ne doute pas que ce ne foit, en grande partie ,
l'ouvrage de votre courageufe réfiftance , &

qu'un moment de foibleſſe de votre part, n'eût
peut-être laiſſé mon neveu dans un égarement
éternel. J'aime à penſer ainſi, & deſire vous
voir penſer de même; vous y trouverez vos
premieres conſolations, & moi de nouvelles
raiſons de vous aimer davantage.

Je vous attends ici ſous peu de jours, mon
aimable fille, comme vous me l'annoncez.
Venez retrouver le calme & le bonheur dans
les mêmes lieux où vous l'aviez perdu; venez
ſur-tout vous réjouir avec votre tendre mere,
d'avoir ſi heureuſement tenu la parole que
vous lui aviez donnée, de ne rien faire qui
ne fût digne d'elle & de vous!

*Du Château de...., ce 30 Octobre 17**.*

LETTRE CXXVII.

La Marquiſe DE MERTEUIL au Vicomte DE
VALMONT.

SI je n'ai pas répondu, Vicomte, à votre
Lettre du 19, ce n'eſt pas que je n'en aie eu
le tems; c'eſt tout ſimplement qu'elle m'a donné
de l'humeur, & que je ne lui ai pas trouvé le
ſens commun. J'avois donc cru n'avoir rien
de mieux à faire que de la laiſſer dans l'oubli;
mais puiſque vous revenez ſur elle, que vous

paroiſſez tenir aux idées qu'elle contient, &
que vous prenez mon ſilence pour un conſentement, il faut vous dire clairement mon avis.

J'ai pu avoir quelquefois la prétention de
remplacer à moi ſeule tout un ſérail, mais
il ne m'a jamais convenu d'en faire partie. Je
croyois que vous ſaviez cela. Au moins, à
préſent que vous ne pouvez plus l'ignorer,
vous jugerez facilement combien votre pro-
poſition a dû me paroître ridicule. Qui, moi !
je ſacrifierois un goût, & encore un goût nouveau, pour m'occuper de vous? Et pour m'en
occuper comment? en attendant à mon tour,
& en eſclave ſoumiſe, les ſublimes faveurs de
votre *Hauteſſe*. Quand, par exemple, vous
voudrez vous diſtraire un moment de *ce charme
inconnu* que *l'adorable*, *la céleſte* M^de. de Tourvel, vous a fait ſeule éprouver, ou quand vous
craindrez de compromettre, auprès *de l'attachante Cecile*, l'idée ſupérieure que vous êtes
bien aiſe qu'elle conſerve de vous; alors deſ-
cendant juſqu'à moi, vous y viendrez chercher des plaiſirs, moins vifs, à la vérité, mais
ſans conſéquence; & vos précieuſes bontés,
quoiqu'un peu rares, ſuffiront de reſte à mon
bonheur !

Certes, vous êtes riche en bonne opinion
de vous-même : mais apparemment je ne le
ſuis pas en modeſtie ; car j'ai beau me regarder, je ne peux pas me trouver déchue juſ-

ques-là. C'eft peut-être un tort que j'ai, mais je vous préviens que j'en ai beaucoup d'autres encore.

J'ai fur-tout celui de croire que *l'écolier*, *le douceveux* Danceny, uniquement occupé de moi, me facrifiant, fans s'en faire un mérite, une première paffion, avant même qu'elle ait été fatisfaite, & m'aimant enfin comme on aime à fon âge, pourroit, malgré fes vingt ans, travailler plus efficacement que vous à mon bonheur & à mes plaifirs. Je me permettrai même d'ajouter, que, s'il me venoit en fantaifie de lui donner un adjoint, ce ne feroit pas vous, au moins pour le moment.

Et par quelles raifons, m'allez - vous demander ? Mais d'abord il pourroit fort bien n'y en avoir aucune, car le caprice qui vous feroit préférer, peut également vous faire exclure. Je veux pourtant bien, par politeffe, vous motiver mon avis. Il me femble que vous auriez trop de facrifices à me faire ; & moi, au lieu d'en avoir la reconnoiffance que vous ne manqueriez pas d'en attendre, je ferois capable de croire que vous m'en devriez encore ! Vous voyez bien, qu'auffi éloignés l'un de l'autre par notre façon de penfer, nous ne pouvons nous rapprocher d'aucune maniere; & je crains qu'il ne me faille beaucoup de temps, mais beaucoup, avant de changer de fentiment. Quand je ferai corrigée, je vous

promets de vous avertir. Jusques-là , croyez-
vos moi, faites d'autres arrangemens, & gardez
baisers; vous avez tant à les placer mieux....!

Adieu , comme autrefois , dites-vous ? mais
autrefois , ce me semble , vous faisiez un peu
plus de cas de moi ; vous ne m'aviez pas des-
tinée tout-à-fait aux troisiemes rôles , & sur-
tout vous vouliez bien attendre que j'eusse dit
oui , avant d'être sûr de mon consentement.
Trouvez donc bon , qu'au lieu de vous dire
aussi adieu comme autrefois , je vous dise ,
adieu comme à présent.

Votre servante , M. le Vicomte.

Du Château de....., ce 31 *Octobre* 17**.

LETTRE CXXVIII.

La Présidente DE TOURVEL à Madame DE ROSEMONDE.

JE n'ai reçu qu'hier , Madame , votre tardive
réponse. Elle m'auroit tuée sur le champ , si
j'avois eu encore mon existence en moi : mais
un autre en est possesseur ; & cet autre est
M. de Valmont. Vous voyez que je ne vous
cache rien. Si vous devez ne me plus trouver
digne de votre amitié , je crains moins encore
de la perdre , que de la surprendre. Tout ce

que je puis vous dire, c'eſt que, placée par
M. de Valmont entre ſa mort ou ſon Lon-
heur, je me ſuis décidée pour ce dernier parti.
Je ne m'en vante, ni ne m'en accuſe ; je dis
ſimplement ce qui eſt.

Vous ſentirez aiſément, d'après cela, quelle
impreſſion a dû me faire votre Lettre, & les
vérités ſéveres qu'elle contient. Ne croyez pas
cependant qu'elle ait pu faire naître un regret
en moi, ni qu'elle puiſſe jamais me faire changer de ſentiment ni de conduite. Ce n'eſt pas
que je n'aie des momens cruels, mais quand
mon cœur eſt le plus déchiré, quand je crains
de ne pouvoir plus ſupporter mes tourmens,
je me dis : Valmont eſt heureux ; & tout diſ-
paroît devant cette idée, ou plutôt elle change
tout en plaiſirs.

C'eſt donc à votre neveu que je me ſuis
conſacrée ; c'eſt pour lui que je me ſuis perdue. Il eſt devenu le centre unique de mes
penſées, de mes ſentimens, de mes actions.
Tant que ma vie ſera néceſſaire à ſon bonheur, elle me ſera precieuſe, & je la trouverai fortunée. Si quelque jour il en juge autrement .... il n'entendra de ma part ni plainte
ni reproche. J'ai déjà oſé fixer les yeux ſur
ce moment fatal, & mon parti eſt pris.

Vous voyez à préſent combien peu doit
m'affecter la crainte que vous paroiſſez avoir,
qu'un jour M. de Valmont ne me perde : car
avant

avant de le vouloir, il aura donc ceffé de m'aimer; & que me feront alors de vains reproches que je n'entendrai pas? Seul, il fera mon juge. Comme je n'aurai vécu que pour lui, ce fera en lui que repofera ma mémoire; & s'il eft forcé de reconnoître que je l'aimois, je ferai fuffifamment juftifiée.

Vous venez, Madame, de lire dans mon cœur. J'ai préféré le malheur de perdre votre eftime par ma franchife, à celui de m'en rendre indigne par l'aviliffement du menfonge. J'ai cru devoir cette entiere confiance à vos anciennes bontés pour moi. Ajouter un mot de plus, pourroit vous faire foupçonner que j'ai l'orgueil d'y compter encore, quand, au contraire, je me rends juftice, en ceffant d'y prétendre.

Je fuis avec refpect, Madame, votre très-humble & très-obéiffante fervante.

Paris, ce premier Novembre 17**.

LETTRE CXXIX.

Le *Vicomte* DE *VALMONT* à la *Marquife* DE MERTEUIL.

DITES-MOI donc, ma belle amie, d'où peut venir ce ton d'aigreur & de perfiflage qui regne dans votre derniere Lettre? Quel

IVme. Partie. B

est donc ce crime que j'ai commis, apparemment sans m'en douter, & qui vous donne
tant d'humeur ? J'ai eu l'air, me reprochez-
vous, de compter sur votre consentement,
avant de l'avoir obtenu : mais je croyois que
ce qui pourroit paroître de la présomption
pour tout le monde, ne pouvoit jamais être
pris, de vous à moi, que pour de la confiance;
& depuis quand ce sentiment nuit-il à l'amitié
ou à l'amour ? En réunissant l'espoir au desir,
je n'ai fait que céder à l'impulsion naturelle
qui nous fait nous placer toujours le plus près
possible du bonheur que nous cherchons ; &
vous avez pris pour l'effet de l'orgueil ce qui
ne l'étoit que de mon empressement. Je sais
fort bien que l'usage a introduit, dans ce cas,
un doute respectueux ; mais vous savez aussi
que ce n'est qu'une forme, un simple protocole; & j'étois, ce me semble, autorisé à croire
que ces précautions minutieuses n'étoient plus
nécessaires entre nous.

Il me semble même que cette marche franche & libre, quand elle est fondée sur une
ancienne liaison, est bien préférable à l'insi-
pide cajolerie, qui affadit si souvent l'amour.
Peut-être, au reste, le prix que je trouve à
cette maniere, ne vient-il que de celui que
j'attache au bonheur qu'elle me rappelle; mais
par-là même il me seroit plus pénible encore
de vous voir en juger autrement.

Voilà pourtant le seul tort que je me con-
noisse : car je n'imagine pas que vous ayez
pu penser sérieusement qu'il existât une femme
dans le monde qui me parut préférable à
vous ; & encore moins, que j'aie pu vous
apprécier aussi mal que vous feignez de le
croire. Vous vous êtes regardée, me dites-
vous à ce sujet, & vous ne vous êtes pas
trouvée déchue à ce point. Je le crois bien ,
& cela prouve seulement que votre miroir
est fidele. Mais n'auriez-vous pas pu en conclure avec plus de facilité & de justice, qu'à
coup-sûr je n'avois pas jugé ainsi de vous ?
 Je cherche vainement une cause à cette
étrange idée. Il me semble pourtant qu'elle
tient, de plus ou moins près, aux éloges
que je me suis permis de donner à d'autres
femmes. Je l'infere au moins de votre af-
fectation à relever les épithetes *d'adorable*, *de*
céleste, *d'attachante*, dont je me suis servi en
vous parlant de M^{de}. de Tourvel, ou de la
petite Volanges. Mais ne savez-vous pas que
ces mots, plus souvent pris au hasard que par
réflexion, expriment moins le cas que l'on
fait de la personne, que la situation dans laquelle on se trouve quand on en parle ? Et
si, dans le moment même où j'étois si vivement affecté, ou par l'une ou par l'autre, je
ne vous en desirois pourtant pas moins ; si je
vous donnois une préférence marquée sur

toutes deux, puifqu'enfin je ne pouvois renouveller notre premiere liaifon qu'au préjudice
des deux autres, je ne crois pas qu'il y ait
là fi grand fujet de reproche.

Il ne me fera pas plus difficile de me juftifier fur *le charme inconnu* dont vous me paroiffez auffi un peu choquée : car d'abord,
de ce qu'il eft inconnu, il ne s'enfuit pas qu'il
foit plus fort. Hé ! qui pourroit l'emporter fur
les délicieux plaifirs que vous feule favez rendre toujours nouveaux , comme toujours plus
vifs? J'ai donc voulu dire feulement que celui-là étoit d'un genre que je n'avois pas encore éprouvé ; mais fans prétendre lui affi-
gner de claffe ; & j'avois ajouté ce que je répete aujourd'hui, que, quel qu'il foit, je faurai le combattre & le vaincre. J'y mettrai
bien plus de zele encore, fi je peux voir, dans
ce léger travail, un hommage à vous offrir.

Pour la petite Cécile, je crois bien inutile
de vous en parler. Vous n'avez pas oublié que
c'eft à votre demande que je me fuis chargé
de cette enfant, & je n'attends que votre congé
pour m'en défaire. J'ai pu remarquer fon ingénuité & fa fraîcheur ; j'ai pu même la
croire un moment *attachante* , parce que,
plus ou moins, on fe complaît toujours un
peu dans fon ouvrage : mais affurément elle
n'a pas affez de confiftance en aucun genre,
pour fixer en rien l'attention,

A préfent, ma belle amie, j'en appelle à votre juftice, à vos premieres bontés pour moi ; à la longue & parfaite amitié, à l'entiere confiance qui depuis ont refferré nos liens : ai-je mérité le ton rigoureux que vous prenez avec moi ? Mais qu'il vous fera facile de m'en dédommager quand vous voudrez ! Dites feulement un mot, & vous verrez fi tous les attachemens me retiendront ici, non pas un jour, mais une minute. Je volerai à vos pieds & dans vos bras, & je vous prouverai, mille fois & de mille manieres, que vous êtes, que vous ferez toujours la fouveraine de mon cœur.

Adieu, ma belle amie ; j'attends votre réponfe avec beaucoup d'empreffement.

Paris, ce 3 Novembre 17**.

LETTRE CXXX.

Madame DE ROSEMONDE *à la Préfidente* DE TOURVEL.

ET pourquoi, ma chere Belle, ne voulez-vous plus être ma fille ? pourquoi femblez-vous m'annoncer que toute correfpondance va être rompue entre nous ? Eft-ce pour me punir de n'avoir pas deviné ce qui étoit con-

B 3

tre toute vraifemblance ? ou me foupçonnez-
vous de vous avoir affligée volontairement ?
Non, je connois trop bien votre cœur, pour
croire qu'il penfe ainfi du mien. Auffi la peine
que m'a faite votre Lettre eft-elle bien moins
relative à moi qu'à vous-même.

O ma jeune amie ! je vous le dis avec douleur ; mais vous êtes bien trop digne d'être
aimée, pour que jamais l'amour vous rende
heureufe. Hé ! quelle femme vraiment délicate & fenfible, n'a pas trouvé l'infortune
dans ce même fentiment qui lui promettoit
tant de bonheur ! Les hommes favent-ils apprécier la femme qu'ils poffèdent ?

Ce n'eft pas que plufieurs ne foient honnêtes dans leurs procédés, & conftans dans leur
affection : mais, parmi ceux-là même, combien peu favent encore fe mettre à l'uniffon
de notre cœur ! Ne croyez pas, ma chere enfant, que leur amour foit femblable au nôtre.
Ils éprouvent bien la même ivreffe ; fouvent
même ils y mettent plus d'emportement :
mais ils ne connoiffent pas cet empreffement
inquiet, cette follicitude délicate qui produit
en nous ces foins tendres & continus, & dont
l'unique but eft toujours l'objet aimé. L'homme
jouit du bonheur qu'il reffent, & la femme
de celui qu'elle procure. Cette différence, fi
effentielle & fi peu remarquée, influe pourtant, d'une maniere bien fenfible, fur la tota-

fité de leur conduite refpective. Le plaifir de l'un eft de fatisfaire des defirs, celui de l'autre eft fur-tout de les faire naître. Plaire n'eft pour lui qu'un moyen de fuccès ; tandis que pour elle, c'eft le fuccès lui-même. Et la coquetterie, fi fouvent reprochée aux femmes, n'eft autre chofe que l'abus de cette façon de fentir, & par-là même en prouve la réalité. Enfin ce goût exclufif, qui caractérife particuliérement l'amour, n'eft dans l'homme qu'une préférence, qui fert au plus à augmenter un plaifir, qu'un autre objet affoibliroit peut-être, mais ne détruiroit pas ; tandis que dans les femmes, c'eft un fentiment profond, qui non-feulement anéantit tout defir étranger ; mais qui, plus fort que la nature, & fouftrait à fon empire, ne leur laiffe éprouver que répugnance & dégoût, là-même où femble devoir naître la volupté.

Et n'allez pas croire que des exceptions plus ou moins nombreufes, & qu'on peut citer, puiffent s'oppofer avec fuccès à ces vérités générales ! Elles ont pour garant la voix publique, qui, pour les hommes feulement, a diftingué l'infidélité de l'inconftance : diftinction dont ils fe prévalent, quand ils devroient en être humiliés ; & qui, pour notre fexe, n'a jamais été adoptée que par ces femmes dépravées qui en font la honte, & à qui tout moyen paroît bon, qu'elles efperent

B 4

pouvoir les fauver du fentiment pénible de leur baffeffe.

J'ai cru, ma chere Belle, qu'il pourroit vous être utile d'avoir ces réflexions à oppofer aux idées chimériques d'un bonheur parfait, dont l'amour ne manque jamais d'abufer no-tre imagination: efpoir trompeur, auquel on tient encore, même alors qu'on fe voit forcé de l'abandonner, & dont la perte irrite & mul-tiplie les chagrins déjà trop réels, inféparables d'une paffion vive ! Cet emploi d'adoucir vos peines, ou d'en diminuer le nombre, eft le feul que je veuille, que je puiffe remplir en ce moment. Dans les maux fans remedes, les confeils ne peuvent plus porter que fur le ré-gime. Ce que je vous demande feulement, c'eft de vous fouvenir que plaindre un ma-lade, ce n'eft pas le blâmer. Eh! qui fommes-nous, pour nous blâmer les uns les autres? Laiffons le droit de juger, à celui-là feul qui lit dans les cœurs; & j'ofe même croire qu'à fes yeux paternels, une foule de vertus peut racheter une foibleffe.

Mais, je vous en conjure, ma chere amie, défendez-vous fur-tout de ces réfolutions vio-lentes, qui annoncènt moins la force qu'un entier découragement : n'oubliez pas qu'en rendant un autre poffeffeur de votre exiftence, pour me fervir de votre expreffion, vous n'avez pas pu cependant fruftrer vos amis de ce qu'ils en poffédoient à l'avance, & qu'ils ne cefferont jamais de réclamer.

Adieu, ma chere fille ; fongez quelquefois à votre tendre mere, & croyez que vous ferez, & par-deffus tout, l'objet de fes plus cheres penfées.

Du Château de .... *ce 4 Novembre 17**

LETTRE CXXXI.

La Marquife DE MERTEUIL, au Vicomte DE VALMONT.

A LA bonne heure, Vicomte, je fuis plus contente de vous cette fois-ci que l'autre ; mais à préfent, caufons de bonne amitié, & j'efpere vous convaincre que, pour vous comme pour moi, l'arrangement que vous paroiffez defirer feroit une véritable folie.

N'avez-vous pas encore remarqué que le plaifir, qui eft bien en effet l'unique mobile de la réunion des deux fexes, ne fuffit pourtant pas pour former une liaifon entr'eux ? & que s'il eft précédé du defir qui rapproche, il n'eft pas moins fuivi du dégoût qui repouffe ? C'eft une loi de la nature, que l'amour feul peut changer ; & de l'amour, en a-t-on quand on veut ? il en faut pourtant toujours ; & cela

B 5

feroit fort embarraſſant, ſi on ne s'étoit pas
apperçu qu'heureuſement il ſuffiſoit qu'il en
exiſtât d'un côté. La difficulté eſt devenue
par-là de moitié moindre, & même ſans qu'il
y ait eu beaucoup à perdre ; en effet, l'un
jouit du bonheur d'aimer, l'autre de celui de
plaire, un peu moins vif à la vérité, mais
auquel ſe joint le plaiſir de tromper, ce qui
fait équilibre ; & tout s'arrange.

Mais dites-moi, Vicomte, qui de nous deux
ſe chargera de tromper l'autre ? Vous ſavez
l'hiſtoire de ces deux frippons, qui ſe recon-
nurent en jouant : Nous ne nous ferons rien,
ſe dirent-ils, payons les cartes par moitié ; &
ils quitterent la partie. Suivons, croyez-moi,
ce prudent exemple, & ne perdons pas enſemble un temps que nous pouvons ſi bien
employer ailleurs.

Pour vous prouver qu'ici votre intérêt me
décide autant que le mien, & que je n'agis ni
par humeur ni par caprice, je ne vous refuſe
pas le prix convenu entre nous ; je ſens à
merveille que pour une ſeule ſoirée nous
nous ſuffirons de reſte ; & je ne doute pas que
nous ne ſachions aſſez l'embellir pour ne la
voir finir qu'à regret. Mais n'oublions pas que
ce regret eſt néceſſaire au bonheur ; & quelque douce que ſoit notre illuſion, n'allons
pas croire qu'elle puiſſe être durable.

Vous voyez que je m'exécute à mon tour, & cela, fans que vous vous foyez encore mis en regle avec moi : car enfin je devois avoir la premiere Lettre de la célefte prude ; & pourtant, foit que vous y teniez encore, foit que vous ayez oublié les conditions d'un marché, qui vous intéreffe peut-être moins que vous ne voulez me le faire croire, je n'ai rien reçu, abfolument rien. Cependant, ou je me trompe, ou la tendre dévote doit beaucoup écrire : car que feroit-elle quand elle eft feule ? elle n'a fûrement pas le bon efprit de fe diftraire. J'aurois donc, fi je voulois, quelques petits reproches à vous faire ; mais je les paffe fous filence, en compenfa- tion d'un peu d'humeur que j'ai eu peut-être dans ma derniere Lettre.

A préfent, Vicomte, il ne me refte plus qu'à vous faire une demande ; & elle eft encore autant pour vous que pour moi : c'eft de différer un moment que je defire peut-être autant que vous, mais dont il me femble que l'époque doit être retardée jufqu'à mon retour à la Ville. D'une part, nous n'aurions pas ici la liberté néceffaire ; & de l'autre, j'y aurois quelque rifque à courir : car il ne fau- droit qu'un peu de jaloufie, pour me ratta- cher de plus belle ce trifte Belleroche, qui pourtant ne tient plus qu'à un fil. Il en eft déjà à fe battre les flancs pour m'aimer ;

c'eſt au point, qu'à préſent je mets autant
de malice que de prudence dans les careſſes
dont je le ſurcharge. Mais, en même-temps,
vous voyez bien que ce ne ſeroit pas là un
ſacrifice à vous faire ! une infidélité réciproque rendra le charme bien plus puiſſant.

　Savez-vous que je regrette quelquefois
que nous en ſoyons réduits à ces reſſources !
Dans le temps où nous nous aimions, car je
crois que c'étoit de l'amour, j'étois heureuſe ;
& vous, Vicomte ? .... Mais pourquoi s'occuper encore d'un bonheur qui ne peut revenir ? Non, quoique vous en diſiez, c'eſt un
retour impoſſible. D'abord, j'exigerois des
ſacrifices que ſûrement vous ne pourriez ou
ne voudriez pas faire, & qu'il ſe peut bien
que je ne mérite pas ; & puis, comment vous
fixer ? Oh ! non, non, je ne veux ſeulement
pas m'occuper de cette idée ; & malgré le
plaiſir que je trouve en ce moment à vous
écrire, j'aime bien mieux vous quitter bruſ-
quement.

　Adieu, Vicomte.

　*Du Château de.... ce 6 Movembre 17**.*

LETTRE CXXXII.

La Préfidente DE TOURVEL *à Madame* DE ROSEMONDE.

Pénétrée, Madame, de vos bontés pour moi, je m'y livrerois toute entiere, fi je n'étois retenue en quelque forte par la crainte de les profaner en les acceptant. Pourquoi faut-il, quand je les vois fi précieufes, que je fente en même tems que je n'en fuis plus digne ? Ah ! j'oferai du moins vous en témoigner ma reconnoiffance ; j'admirerai fur-tout cette indulgence de la vertu, qui ne connoît nos foibleffes que pour y compatir, & dont le charme puiffant conferve fur les cœurs un empire fi doux & fi fort, même à côté du charme de l'amour.

Mais puis-je mériter encore une amitié qui ne fuffit plus à mon bonheur ? Je dis de même de vos confeils ; j'en fens le prix, & ne puis les fuivre. Et comment ne croirois-je pas à un bonheur parfait, quand je l'éprouve en ce moment ? Oui, fi les hommes font tels que vous le dites, il faut les fuir, ils font haïffables ; mais qu'alors Valmont eft loin de leur reffembler ! S'il a comme eux, cette violence de paffion, que vous nommez emportement, com-

bien n'eft elle pas furpaffée en lui par l'excès
de fa délicateffe! O mon amie! vous me parlez
de partager mes peines, jouiffez donc de mon
bonheur; je le dois à l'amour, & de combien
encore l'objet en augmente le prix! Vous
aimez votre neveu, dites-vous, peut-être avec
foibleffe? Ah! fi vous le connoiffiez comme
moi! je l'aime avec idolatrie, & bien moins
encore qu'il ne le mérite. Il a pu fans doute
être entraîné dans quelques erreurs, il en convient lui - même; mais qui jamais connut
comme lui le véritable amour? Que puis-je
vous dire de plus? il le reffent tel qu'il l'infpire.

Vous allez croire que c'eft-là *une de ces idées
chimériques, dont l'amour ne manque jamais
d'abufer notre imagination* : mais dans ce cas,
pourquoi feroit-il devenu plus tendre, plus
empreffé, depuis qu'il n'a plus rien à obtenir?
Je l'avouerai, je lui trouvois auparavant un
air de réflexion, de réferve, qui l'abandon-
noit rarement, & qui fouvent me ramenoit,
malgré moi, aux fauffes & cruelles impreffions qu'on m'avoit données de lui. Mais depuis
qu'il peut fe livrer fans contrainte aux mouvemens de fon cœur, il femble deviner tous
les defirs du mien. Qui fait fi nous n'étions pas
nés l'un pour l'autre! fi ce bonheur ne m'étoit
pas refervé, d'être néceffaire au fien! Ah! fi
c'eft une illufion, que je meure donc avant

qu'elle finiffe. Mais non ; je veux vivre pour
le chérir, pour l'adorer. Pourquoi cefferoit-il
de m'aimer ? Quelle autre femme rendroit-il
plus heureufe que moi ? Et, je le fens par moi-
même, ce bonheur qu'on fait naître, eft le
plus fort lien, le feul qui attache véritablement. Oui, c'eft ce fentiment délicieux qui
annoblit l'amour, qui le purifie en quelque
forte, & le rend vraiment digne d'une ame
tendre & généreufe, telle que celle de Valmont.

Adieu, ma chere, ma refpectable, mon
indulgente amie. Je voudrois en vain vous
écrire plus long-tems : voici l'heure où il a
promis de venir, & toute autre idée m'abandonne. Pardon ! mais vous voulez mon bonheur, & il eft fi grand dans ce moment, que
je fuffis à peine à le fentir.

Paris, ce 7 Novembre 17**.

LETTRE CXXXIII.

Le Vicomte DE VALMONT à la Marquife DE MERTEUIL.

QUELS font donc, ma belle amie, ces facrifices que vous jugez que je ne ferois pas,
& dont pourtant le prix feroit de vous plaire ?

Faites-les moi connoître feulement, & fi je
balance à vous les offrir, je vous permets d'en
refufer l'hommage. Eh ! comment me jugez-
vous depuis quelque tems, fi, même dans
votre indulgence, vous doutez de mes fentimens ou de mon énergie ? Des facrifices que
je ne voudrois ou ne pourrois pas faire ? Ainfi,
vous me croyez amoureux, fubjugué ? & le
prix que j'ai mis au fuccès, vous me foup-
çonnez de l'attacher à la perfonne ? Ah ! graces
au Ciel, je n'en fuis pas encore réduit-là, &
je m'offre à vous le prouver. Oui, je vous
le prouverai, quand même ce devroit être
envers M^{de}. de Tourvel. Affurément, après
cela, il ne doit pas vous refter de doute.

J'ai pu, je crois, fans me compromettre,
donner quelque temps à une femme qui a au
moins le mérite d'être d'un genre qu'on rencontre rarement. Peut - être auffi la faifon
morte dans laquelle eft venue cette aventure,
m'a fait m'y livrer davantage ; & encore à
préfent, qu'à peine le grand courant commence à reprendre, il n'eft pas étonnant qu'elle
m'occupe prefque en entier. Mais fongez donc
qu'il n'y a gueres que huit jours que je jouis
du fruit de trois mois de foins. Je me fuis
fi fouvent arrêté davantage à ce qui valoit
bien moins, & ne m'avoit pas tant coûté ! …
& jamais vous n'en avez rien conclu contre
moi,

Et puis, voulez - vous favoir la véritable caufe de l'empreffement que j'y mets? la voici. Cette femme eft naturellement timide ; dans les premiers temps elle doutoit fans ceffe de fon bonheur, & ce doute fuffifoit pour le troubler: enforte que je commence à peine à pouvoir remarquer jufqu'où va ma puiffance en ce genre. C'eft une chofe que j'étois pourtant curieux de favoir ; & l'occafion ne s'en trouve pas fi facilement qu'on le croit.

D'abord, pour beaucoup de femmes, le plaifir eft toujours le plaifir, & n'eft jamais que cela ; & auprès de celles-là, de quelque titre qu'on nous décore, nous ne fommes jamais que des facteurs, de fimples commif-fionnaires, dont l'activité fait tout le mérite, & parmi lefquels, celui qui fait le plus, eft toujours celui qui fait le mieux.

Dans une autre claffe, peut-être la plus nombreufe aujourd'hui, la célébrité de l'A-mant, le plaifir de l'avoir enlevé à une rivale, la crainte de fe le voir enlever à fon tour, occupent les femmes prefque tout - entieres : nous entrons bien, plus ou moins, pour quel-que chofe dans l'efpece de bonheur dont elles jouiffent ; mais il tient plus aux circonftances qu'à la perfonne. Il leur vient par nous, & non de nous.

Il falloit donc trouver, pour mon obfer-vation, une femme délicate & fenfible, qui

fit fon unique affaire de l'amour , & qui , dans
l'amour même ne vit que fon Amant ; dont
l'émotion, loin de fuivre la route ordinaire,
partit toujours du cœur , pour arriver aux
fens ; que j'ai vue , par exemple (& je ne
parle pas du premier jour) , fortir du plaifir
toute éplorée, & le moment d'après retrouver
la volupté dans un mot qui répondoit à fon
ame. Enfin , il falloit qu'elle réunît encore
cette candeur naturelle , devenue infurmon-
table par l'habitude de s'y livrer, & qui ne
lui permet de diffimuler aucun des fentimens
de fon cœur. Or , vous en conviendrez, de
telles femmes font rares ; & je puis croire que
fans celle-ci , je n'en aurois peut-être jamais
rencontré.

Il ne feroit donc pas étonnant qu'elle me
fixât plus long-temps qu'une autre ; & fi le
travail que je veux faire fur elle, exige que
je la rende heureufe, parfaitement heureufe !
pourquoi m'y refuferois-je , fur-tout quand
cela me fert, au lieu de me contrarier ? Mais
de ce que l'efprit eft occupé, s'enfuit-il que
le cœur foit efclave ? non , fans doute. Auffi
le prix que je ne me défends pas de mettre
à cette aventure, ne m'empêchera pas d'en
courir d'autres, ou même de la facrifier à
de plus agréables.

Je fuis tellement libre, que je n'ai feulement
pas négligé la petite Volanges , à laquelle

pourtant je tiens fi peu. Sa mere la ramene à la Ville dans trois jours ; & moi , depuis hier , j'ai fu affurer mes communications : quelque argent au portier , & quelques fleurettes à fa femme , en ont fait l'affaire. Concevez-vous que Danceny n'ait pas fu trouver ce moyen fi fimple ? Et puis , qu'on dife que l'amour rend ingénieux ! il abrutit , au contraire , ceux qu'il domine. Et je ne faurois pas m'en défendre ! Ah ! foyez tranquille. Déjà je vais , fous peu de jours , affoiblir , en la partageant , l'impreffion , peut-être trop vive , que j'ai éprouvée , & fi un fimple partage ne fuffit pas , je les multiplierai.

Je n'en ferai pas moins prêt à remettre la jeune penfionnaire à fon difcret Amant , dès que vous le jugerez à propos. Il me femble que vous n'avez plus de raifons pour l'en empêcher ; & moi , je confens à rendre ce fervice fignalé au pauvre Danceny. C'eft, en vérité , le moins que je lui doive pour tous ceux qu'il m'a rendus. Il eft actuellement dans la grande inquiétude de favoir s'il fera reçu chez M^{de}. de Volanges ; je le calme le plus que je peux , en l'affurant que , de façon ou d'autre , je ferai fon bonheur au premier jour ; & en attendant je continue à me charger de la correfpondance , qu'il veut reprendre à l'arrivée de *fa Cecile.* J'ai déjà fix lettres de lui , & j'en aurai bien encore une ou deux avant

l'heureux jour. Il faut que ce garçon-là soit
bien désœuvré !

Mais laissons ce couple enfantin, & revenons à nous ; que je puisse m'occuper uniquement de l'espoir si doux que m'a donné
votre Lettre. Oui, sans doute, vous me fixerez,
& je ne vous pardonnerois plus d'en douter.
Ai-je donc jamais cessé d'être constant pour
vous ? Nos liens ont été dénoués, & non pas
rompus ; notre prétendue rupture ne fut qu'une
erreur de notre imagination : nos sentimens,
nos intérêts, n'en sont pas moins restés unis.
Semblable au voyageur, qui revient détrompé,
je reconnoîtrai comme lui, que j'avois laissé
le bonheur pour courir après l'espérance, &
je dirai comme d'Harcourt :

Plus je vis d'Etrangers, plus j'aimai ma Patrie (1).

Ne combattez donc plus l'idée ou plutôt le
sentiment qui vous ramene à moi ; & après
avoir essayé de tous les plaisirs dans nos courses
différentes, jouissons du bonheur de sentir
qu'aucun d'eux n'est comparable, à celui que
nous avions éprouvé, & que nous retrouve-
rons plus délicieux encore !

Adieu, ma charmante amie. Je consens à

---

(1) Du Belloi, Tragédie du Siege de Calais.

attendre votre retour ; mais preffez-le donc , & n'oubliez pas combien je le defire.

Paris , ce 8 Novembre 17**.

LETTRE CXXXIV.

La Marquise DE MERTEUIL au Vicomte DE VALMONT.

EN vérité, Vicomte, vous êtes bien comme les enfans , devant qui il ne faut rien dire ! & à qui on ne peut rien montrer, qu'ils ne veuillent s'en emparer auffi-tôt ! Une fimple idée qui me vient , à laquelle même je vous avertis que je ne veux pas m'arrêter , parce que je vous en parle , vous en abufez pour y ramener votre attention ; pour m'y fixer , quand je cherche à m'en diftraire ; & me faire , en quelque forte , partager malgré moi vos defirs étourdis ! Eft-il donc généreux à vous de me laiffer fupporter feule tout le fardeau de la prudence ! Je vous le redis, & me le répete plus encore, l'arrangement que vous me propofez, eft réellement impoffible. Quand vous y mettriez toute la générofité que vous montrez en ce moment, croyez-vous donc que je n'aie pas auffi ma délicateffe , & que je

veuille accepter des facrifices qui nuiroient à
votre bonheur ? Or , eſt-il vrai, Vicomte,
que vous vous faites illuſion ſur le ſentiment
qui vous attache à M^de. de Tourvel? C'eſt de
l'amour, ou il n'en exiſta jamais ; vous le niez
bien de cent façons , mais vous le prouvez de
mille. Qu'eſt-ce, par exemple, que ce ſub-
terfuge dont vous vous ſervez vis-à-vis de
vous-même (car je vous crois ſincere avec
moi) , qui vous fait rapporter à l'envie d'ob-
ſerver, le deſir que vous ne pouvez ni cacher
ni combattre , de garder cette femme ? Ne
diroit-on pas que jamais vous n'en avez rendu
une autre heureuſe ? Ah ! ſi vous en doutez,
vous avez bien peu de mémoire ! Mais non,
ce n'eſt pas cela. Tout ſimplement votre cœur
abuſe votre eſprit, & le fait ſe payer de mau-
vaiſes raiſons ; mais moi, qui ai un grand intérêt à ne pas m'y tromper, je ne ſuis pas
ſi facile à contenter.

C'eſt ainſi qu'en remarquant votre politeſſe,
qui vous a fait ſupprimer ſoigneuſement tous
les mots que vous vous êtes imaginé m'avoir
déplu, j'ai vu cependant que , peut-être ſans
vous en appercevoir, vous n'en conſerviez
pas moins les mêmes idées. En effet , ce n'eſt
plus l'adorable, la céleſte M^de. de Tourvel :
mais c'eſt *une femme étonnante , une femme dé-*
licate & ſenſible, & cela, à l'exception de toutes
les autres ; *une femme rare enfin*, & telle *qu'on*

n'en rencontreroit pas une seconde. Il en est de même de ce charme inconnu qui n'est pas *le plus fort.* Hé bien ! soit ; mais puisque vous ne l'aviez jamais trouvé jusques-là, il est bien à croire que vous ne le trouveriez pas davantage à l'avenir, & la perte que vous feriez, n'en seroit pas moins irréparable. Ou ce sont-là, Vicomte, des symptômes assurés d'amour, ou il faut renoncer à en trouver aucun.

Soyez assuré, que pour cette fois, je vous parle sans humeur. Je me suis promis de n'en plus prendre ; j'ai trop bien reconnu qu'elle pouvoit devenir un piege dangereux. Croyez-moi, ne soyons qu'amis, & restons-en là. Sachez-moi gré seulement de mon courage à me défendre ; oui de mon courage, car il en faut quelquefois, même pour ne pas prendre un parti qu'on sent être mauvais.

Ce n'est donc plus que pour vous ramener à mon avis par persuasion, que je vais répondre à la demande que vous me faites sur les sacrifices que j'exigerois, & que vous ne pourriez pas faire. Je me sers à dessein de ce mot *exiger*, parce que je suis bien sûre que, dans un moment, vous m'allez, en effet, trouver trop exigeante : mais tant mieux ! Loin de me fâcher de vos refus, je vous en remercierai. Tenez, ce n'est pas avec vous que je veux dissimuler, j'en ai peut-être besoin.

J'exigerois donc, voyez la cruauté ! que

cette rare, cette étonnante M^{de}. de Tourvel ne fût plus pour vous qu'une femme ordinaire, une femme telle qu'elle eſt ſeulement; car il ne faut pas s'y tromper, ce charme qu'on croit trouver dans les autres, c'eſt en nous qu'il exiſte, & c'eſt l'amour ſeul qui embellit tant l'objet aimé. Ce que je vous demande là, tout impoſſible que cela ſoit, vous feriez peut-être bien l'effort de me le promettre, de me le jurer même ; mais, je l'avoue, je n'en croirois pas de vains diſcours. Je ne pourrois être perſuadée que par l'enſemble de votre conduite.

Ce n'eſt pas tout encore, je ſerois capricieuſe. Ce ſacrifice de la petite Cécile, que vous m'offrez de ſi bonne grace, je ne m'en ſoucierois pas du tout. Je vous demanderois au contraire de continuer ce pénible ſervice, juſqu'à nouvel ordre de ma part ; ſoit que j'aimaſſe à abuſer ainſi de mon empire ; ſoit que, plus indulgente ou plus juſte, il me ſuffit de diſpoſer de vos ſentimens, ſans vouloir contrarier vos plaiſirs. Quoi qu'il en ſoit, je voudrois être obéie ; & mes ordres ſeroient bien rigoureux !

Il eſt vrai qu'alors je me croirois obligée de vous remercier ; que fait-on ? peut-être même de vous récompenſer. Sûrement, par exemple, j'abrégerois une abſence qui me deviendroit inſupportable. Je vous reverrois enfin,

enfin, Vicomte, & je vous reverrois…comment?…. Mais vous vous souvenez que ceci n'est plus qu'une conversation, un simple récit d'un projet impossible, & je ne veux pas l'oublier toute seule….

Savez-vous que mon procès m'inquiete un peu? J'ai voulu enfin connoître au juste quels étoient mes moyens; mes Avocats me citent bien quelques loix, & sur-tout beaucoup d'*autorités*, comme ils les appellent : mais je n'y vois pas autant de raison & de justice. J'en suis presque à regretter d'avoir refusé l'accommodement. Cependant, je me rassure, en songeant que le Procureur est adroit, l'Avocat éloquent, & la Plaideuse jolie. Si ces trois moyens devoient ne plus valoir, il faudroit changer tout le train des affaires; & que deviendroit le respect pour les anciens usages!

Ce procès est actuellement la seule chose qui me retienne ici. Celui de Belleroche est fini; hors de Cour, dépens compensés. Il en est à regretter le bal de ce soir; c'est bien le regret d'un désœuvré! Je lui rendrai sa liberté entiere, à mon retour à la Ville. Je lui fais ce douloureux sacrifice, & je m'en console par la générosité qu'il y trouve.

Adieu, Vicomte, écrivez-moi souvent : le détail de vos plaisirs me dédommagera, au moins en partie, des ennuis que j'éprouve.

Du Château de…. *ce* 11 *Novembre* 17**.

IVme. Partie. C

LETTRE CXXXV.

La Préſidente de TOURVEL à Madame DE
ROSEMONDE.

J'ESSAIE de vous écrire, ſans ſavoir encore ſi je le pourrai. Ah ! Dieu, quand je ſonge
qu'à ma derniere Lettre c'étoit l'excès de mon
bonheur qui m'empêchoit de la continuer !
C'eſt celui de mon déſeſpoir qui m'accable à
préſent ; qui ne me laiſſe de force que pour
ſentir mes douleurs, & m'ôte celle de les exprimer.

Valmont…. Valmont ne m'aime plus. Il
ne m'a jamais aimée ; l'amour ne s'en va pas
ainſi. Il me trompe, il me trahit, il m'outrage.
Tout ce qu'on peut réunir d'infortunes, d'humiliations, je les éprouve ; & c'eſt de lui qu'elles
me viennent !

Et ne croyez pas que ce ſoit un ſimple ſoupçon : j'étois ſi loin d'en avoir ! Je n'ai pas le
bonheur de pouvoir douter. Je l'ai vu : que
pourroit-il me dire pour ſe juſtifier ?…. Mais
que lui importe ! il ne le tentera ſeulement pas…
Malheureuſe ! que lui feront tes reproches &
tes larmes ? c'eſt bien de toi qu'il s'occupe !…
Il eſt donc vrai qu'il m'a ſacrifiée, livrée

même . . . . & à qui ? . . . une vile créature . . . .
Mais que dis-je ? Ah ! j'ai perdu jufqu'au droit
de la méprifer. Elle a trahi moins de devoirs,
elle eft moins coupable que moi. Oh ! que la
peine eft douloureufe, quand elle s'appuie fur
le remords ! Je fens mes tourmens qui redoublent. Adieu, ma chere amie ; quelqu'indigne
que je me fois rendue de votre pitié, vous en
aurez cependant pour moi, fi vous pouvez
vous former l'idée de ce que je fouffre.

Je viens de relire ma Lettre, & je m'apperçois qu'elle ne peut vous inftruire de rien ; je
vais donc tâcher d'avoir le courage de vous
raconter ce cruel événement. C'étoit hier ; je
devois pour la premiere fois, depuis mon retour, fouper hors de chez moi. Valmont vint
me voir à cinq heures ; jamais il ne m'avoit
paru fi tendre. Il me fit connoître que mon
projet de fortir le contrarioit, & vous jugez
que j'eus bientôt celui de refter chez moi. Cependant, deux heures après, & tout-à-coup,
fon air & fon ton changerent fenfiblement. Je
ne fais s'il me fera échappé quelque chofe qui
aura pu lui déplaire ; quoiqu'il en foit, peu
de temps après, il prétendit fe rappeller une
affaire qui l'obligeoit de me quitter, & il s'en
alla : ce ne fût pourtant pas fans m'avoir témoigné des regrets très-vifs, qui me parurent
tendres, & qu'alors je crus finceres.

Rendue à moi-même, je jugeai plus conve-

nable de ne pas me difpenfer de mes premiers
engagemens , puifque j'étois libre de les remplir. Je finis ma toilette , & montai en voiture. Malheureufement mon Cocher me fit
paffer devant l'Opéra , & je me trouvai dans
l'embarras de la fortie ; j'apperçus à quatre
pas devant moi, & dans la file à côté de la
mienne , la voiture de Valmont. Le cœur me
battit auffi-tôt , mais ce n'étoit pas de crainte ;
& la feule idée qui m'occupoit , étoit le défir
que ma voiture avançât. Au lieu de cela, ce
fut la fienne qui fut forcée de reculer , & qui
fe trouva à côté de la mienne. Je m'avançai
fur le champ : quel fut mon étonnement, de
trouver à fes côtés une fille, bien connue pour
telle : Je me retirai, comme vous pouvez penfer , & c'en étoit déjà bien affez pour navrer
mon cœur ; mais ce que vous aurez peine à
croire , c'eft que cette même fille, apparemment inftruite par une odieufe confidence,
n'a pas quitté la portiere de la voiture, ni
ceffé de me regarder, avec des éclats de rire
à faire fcene.

Dans l'anéantiffement où j'en fus, je me
laiffai pourtant conduire dans la maifon où
je devois fouper; mais il me fut impoffible d'y
refter; je me fentois, à chaque inftant, prête
à m'évanouir , & fur-tout je ne pouvois retenir mes larmes.

En rentrant, j'écrivis à M. de Valmont, &

lui envoyai ma Lettre aussi-tôt; il n'étoit pas chez lui. Voulant, à quelque prix que ce fût, sortir de cet état de mort, ou le confirmer à jamais, je renvoyai avec ordre de l'attendre; mais avant minuit mon domestique revint, en me disant que le cocher, qui étoit de retour, lui avoit dit que son Maître ne rentreroit pas de la nuit. J'ai cru ce matin n'avoir plus autre chose à faire qu'à lui redemander mes Lettres, & le prier de ne plus venir chez moi. J'ai en effet donné des ordres en conséquence; mais, sans doute, ils étoient inutiles. Il est près de midi; il ne s'est point encore présenté, & je n'ai pas même reçu un mot de lui.

A présent, ma chere amie, je n'ai plus rien à ajouter : vous voilà instruite, & vous connoissez mon cœur. Mon seul espoir est de n'avoir pas long-temps encore à affliger votre sensible amitié.

*Paris, ce 15 Novembre 17**.*

LETTRE CXXXVI.

La Présidente de TOURVEL au Vicomte DE VALMONT.

SANS doute, Monsieur, après ce qui s'est passé hier, vous ne vous attendez plus à être reçu chez moi, & sans doute aussi vous le de-

C 3

firez peu ! Ce billet a donc moins pour objet
de vous prier de n'y plus venir, que de vous
redemander des Lettres qui n'auroient jamais
dû exifter, & qui, fi elles ont pu vous inté-
reffer un moment, comme des preuves de l'a-
veuglement que vous aviez fait naître, ne
peuvent que vous être indifférentes à préfent
qu'il eft diffipé, & qu'elles n'expriment plus
qu'un fentiment que vous avez détruit.

Je reconnois & j'avoue que j'ai eu tort de
prendre en vous une confiance, dont tant d'autres avant moi avoient été les victimes ; en
cela je n'accufe que moi feule ; mais je croyois
au moins n'avoir pas mérité d'être livrée par
vous au mépris & à l'infulte. Je croyois qu'en
vous facrifiant tout, & perdant pour vous feul
mes droits à l'eftime des autres & à la mienne,
je pouvois m'attendre cependant à ne pas être
jugée par vous plus févérement que par le public, dont l'opinion fépare encore, par un
immenfe intervalle, la femme foible de la
femme dépravée. Ces torts, qui feroient ceux
de tout le monde, font les feuls dont je vous
parle. Je me tais fur ceux de l'amour ; votre
cœur n'entendroit pas le mien. Adieu, Monfieur.

Paris.... ce 15 *Novembre* 17**.

LETTRE CXXXVII.

Le Vicomte DE VALMONT à la Préfidente
DE TOURVEL.

ON vient feulement, Madame, de me rendre votre Lettre ; j'ai frémi en la lifant, &
elle me laiffe à peine la force d'y répondre.
Quelle affreufe idée avez-vous donc de moi !
Ah ! fans doute, j'ai des torts ; & tels que je
ne me les pardonnerai de ma vie, quand même
vous les couvririez de votre indulgence. Mais
que ceux que vous me reprochez, ont toujours
été loin de mon ame ! Qui, moi ! vous humilier ! vous avilir ! quand je vous refpecte autant que je vous chéris ; quand je n'ai connu
l'orgueil, que du moment où vous m'avez
jugé digne de vous. Les apparences vous ont
déçue ; & je conviens qu'elles ont pu être contre
moi : mais, n'aviez-vous donc pas dans votre
cœur ce qu'il falloit pour les combattre ? &
ne s'eft-il pas révolté à la feule idée qu'il pouvoit avoir à fe plaindre du mien ? Vous l'avez
cru cependant ! Ainfi, non-feulement vous
m'avez jugé capable de ce délire atroce, mais
vous avez même craint de vous y être expo-
fée par vos bontés pour moi. Ah ! fi vous vous

C 4

trouvez dégradée à ce point par votre amour ,
je fuis donc moi-même bien vil à vos yeux ?

Oppreſſé par le ſentiment douloureux que
cette idée me cauſe , je perds à la repouſſer,
le temps que je devrois employer à la détruire. J'avouerai tout , une autre conſidéra-
tion me retient encore. Faut-il donc retracer
des faits que je voudrois anéantir , & fixer
votre attention & la mienne ſur un moment
d'erreur que je voudrois racheter du reſte de
ma vie , dont je ſuis encore à concevoir la
cauſe , & dont le ſouvenir doit faire à jamais
mon humiliation & mon déſeſpoir ? Ah ! ſi en
m'accuſant, je dois exciter votre colere, vous
n'aurez pas au moins à chercher loin votre
vengeance ; il vous ſuffira de me livrer à mes
remords.

Cependant , qui le croiroit ? cet événement
a pour premiere cauſe , le charme tout-puiſ-
ſant que j'éprouve auprès de vous. Ce fut lui
qui me fit oublier trop long-temps une affaire
importante , & qui ne pouvoit ſe remettre. Je
vous quittai trop tard , & ne trouvai plus la
perſonne que j'allois chercher. J'eſpérois la
rejoindre à l'Opéra , & ma démarche fut pareillement infructueuſe. Emilie que j'y trouvai,
que j'ai connue dans un temps où j'étois bien
loin de connoître ni vous ni l'amour ; Emilie
n'avoit pas ſa voiture , & me demanda de la
remettre chez elle , à quatre pas de-là. Je n'y

vis aucune conséquence, & j'y consentis. Mais ce fut alors que je vous rencontrai ; & je sentis sur le champ que vous seriez portée à me juger coupable.

La crainte de vous déplaire ou de vous affliger, est si puissante sur moi, qu'elle dut être & fut en effet bientôt remarquée. J'avoue même qu'elle me fit tenter d'engager cette fille à ne pas se montrer ; cette précaution de la délicatesse a tourné contre l'amour. Accoutumée, comme toutes celles de son état, à n'être sûre d'un empire toujours usurpé, que par l'abus qu'elles se permettent d'en faire, Emilie se garda bien d'en laisser échapper une occasion si éclatante. Plus elle voyoit mon embarras s'accroître, plus elle affectoit de se montrer ; & sa folle gaieté, dont je rougis que vous ayiez pu un moment vous croire l'objet, n'avoit de cause que la peine cruelle que je ressentois, qui elle-même venoit encore de mon respect & de mon amour.

Jusques-là, sans doute, je suis plus malheureux que coupable ; & ces torts, *qui seroient ceux de tout le monde, & les seuls dont vous me parlez*, ces torts n'existant pas, ne peuvent m'être reprochés. Mais vous vous taisez en vain sur ceux de l'amour : je ne garderai pas sur eux le même silence ; un trop grand intérêt m'oblige à le rompre.

Ce n'est pas que, dans la confusion où je

C 5.

fuis de cet inconcevable égarement, je puiffe, fans une extrême douleur, prendre fur moi d'en rappeller le fouvenir. Pénétré de mes torts, je confentirois à en porter la peine, ou j'attendrois mon pardon du temps, de mon éternelle tendreffe & de mon repentir. Mais comment pouvoir me taire, quand ce qui me refte à vous dire, importe à votre délicateffe?

Ne croyez pas que je cherche un détour pour excufer ou pallier ma faute; je m'avoue coupable. Mais je n'avoue point, je n'avouerai jamais que cette erreur humiliante puiffe être regardée comme un tort de l'amour. Eh! que peut-il y avoir de commun entre une furprife des fens, entre un moment d'oubli de foi-même, que fuivent bientôt la honte & le regret, & un fentiment pur, qui ne peut naître que dans une ame délicate, s'y foutenir que par l'eftime, & dont enfin le bonheur eft le fruit! Ah! ne profanez pas ainfi l'amour. Craignez fur-tout de vous profaner vous-même, en réuniffant fous un même point de vue, ce qui jamais ne peut fe confondre. Laiffez les femmes viles & dégradées redouter une rivalité qu'elles fentent malgré elles pouvoir s'établir, & éprouver les tourmens d'une jaloufie également cruelle & humiliante : mais vous, détournez vos yeux de ces objets qui fouilleroient vos regards; & pure comme la Divi-

hité, comme elle auffi puniffez l'offenfe fans
la reffentir.

Mais quelle peine m'impoferez-vous, qui
me foit plus douloureufe que celle que je
reffens ? qui puiffe être comparée au regret
de vous avoir déplu, au défefpoir de vous
avoir affligée, à l'idée accablante de m'être
rendu moins digne de vous ? Vous vous occupez de punir ! & moi, je vous demande des
confolations : non que je les mérite ; mais
parce qu'elles me font néceffaires, & qu'elles
ne peuvent me venir que de vous.

Si tout-à-coup, oubliant mon amour & le
vôtre, & ne mettant plus de prix à mon bonheur, vous voulez au contraire me livrer à
une douleur éternelle, vous en avez le droit ;
frappez : mais fi, plus indulgente ou plus fenfible, vous vous rappellez encore ces fentimens
fi tendres qui uniffoient nos cœurs ; cette volupté de l'ame, toujours renaiffante & toujours plus vivement fentie ; ces jours fi doux,
fi fortunés, que chacun de nous devoit à l'autre ; tous ces biens de l'amour, & que lui feul
procure ! peut-être préférerez-vous le pouvoir
de les faire renaître à celui de les détruire.
Que vous dirai-je enfin ? j'ai tout perdu, &
tout perdu par ma faute ; mais je puis tout
recouvrer par vos bienfaits. C'eft à vous à
décider maintenant. Je n'ajoute plus qu'un mot.
Hier encore vous me juriez que mon bonheur

étoit bien sûr tant qu'il dépendroit de vous !
Ah ! Madame, me livrerez-vous aujourd'hui
à un désespoir éternel ?

Paris, ce 15 Novembre 17**.

LETTRE CXXXVIII.

Le Vicomte DE VALMONT à la Marquise DE MERTEUIL.

JE persiste, ma belle amie : non, je ne suis
point amoureux ; & ce n'est pas ma faute si
les circonstances me forcent d'en jouer le rôle.
Consentez seulement, & revenez : vous verrez
bientôt par vous-même, combien je suis sin-
cere. J'ai fait mes preuves hier, & elles ne
peuvent être détruites par ce qui se passe aujourd'hui.

J'étois donc chez la tendre Prude, & j'y
étois bien sans aucune autre affaire, car la
petite Volanges, malgré son état, devoit passer
toute la nuit au bal précoce de M.^de de V....
Le désœuvrement m'avoit fait désirer d'abord
de prolonger cette soirée ; & j'avois même,
à ce sujet, exigé un petit sacrifice : mais à
peine fut-il accordé, que le plaisir que je me
promettois fut troublé par l'idée de cet amour
que vous vous obstinez à me croire, ou au

moins à me reprocher ; en sorte que je n'é-
prouvai plus d'autre desir , que celui de pouvoir à la fois m'assurer & vous convaincre
que c'étoit , de votre part , pure calomnie.

Je pris donc un parti violent ; & sous un
prétexte assez léger , je laissai-là ma Belle toute
surprise , & sans doute encore plus affligée.
Mais moi , j'allai tranquillement joindre Emilie
à l'Opéra ; & elle pourroit vous rendre compte , que jusqu'à ce matin que nous nous
sommes séparés , aucun regret n'a troublé nos
plaisirs.

J'avois pourtant un assez beau sujet d'inquiétude , si ma parfaite indifférence ne m'en
avoit sauvé : car vous saurez que j'étois à peine
à quatre maisons de l'Opéra , & ayant Emilie
dans ma voiture , que celle de l'austere dévote
vint exactement ranger la mienne , & qu'un
embarras survenu nous laissa près d'un demi-
quart d'heure à côté l'un de l'autre. On se
voyoit comme à midi , & il n'y avoit pas
moyen d'échapper.

Mais ce n'est pas tout ; je m'avisai de confier a Emilie que c'étoit la femme à la Lettre
[Vous vous rappellerez peut - être cette folie-
là , & qu'Emilie étoit le pupître (1).] Elle qui
ne l'avoit pas oubliée , & qui est rieuse , n'eut

---

(1) Lettres XLVI & XLVII,

de cesse qu'elle n'eût considéré tout à son aise
cette vertu, disoit-elle, & cela, avec des éclats
de rire d'un scandale à en donner de l'humeur.

Ce n'est pas tout encore; la jalouse femme
n'envoya-t-elle pas chez moi dès le soir même?
Je n'y étois pas : mais, dans son obstination,
elle y envoya une seconde fois, avec ordre
de m'attendre. Moi, dès que j'avois été décidé à rester chez Emilie, j'avois renvoyé ma
voiture, sans autre ordre au Cocher que de
venir me reprendre ce matin; & comme en
arrivant chez moi, il y trouva l'amoureux
messager, il crut tout simple de lui dire que
je ne rentrerois pas de la nuit. Vous devinez
bien l'effet de cette nouvelle, & qu'à mon retour j'ai trouvé mon congé signifié avec toute
la dignité que comportoit la circonstance !

Ainsi, cette aventure interminable selon
vous, auroit pu, comme vous voyez, être
finie de ce matin; si même elle ne l'est pas,
ce n'est point, comme vous l'allez croire, que
je mette du prix à la continuer : c'est que,
d'une part, je n'ai pas trouvé décent de me
laisser quitter; &, de l'autre, que j'ai voulu
vous réserver l'honneur de ce sacrifice.

J'ai donc répondu au sévère billet par une
grande épitre de sentimens; j'ai donné de longues raisons, & je me suis reposé sur l'amour,
du soin de les faire trouver bonnes. J'ai déjà
réussi. Je viens de recevoir un second billet,

toujours bien rigoureux, & qui confirme l'é-
ternelle rupture, comme cela devoit être; mais
dont le ton n'est pourtant plus le même. Sur-
tout, on ne veut plus me voir : ce parti pris
y est annoncé quatre fois de la maniere la plus
irrévocable. J'en ai conclu qu'il n'y avoit pas
un moment à perdre pour me présenter. J'ai
déjà envoyé mon Chasseur pour s'emparer
du Suisse; & dans un moment, j'irai moi-même
faire signer mon pardon : car dans les torts de
cette espece, il n'y a qu'une seule formule qui
porte absolution générale, & celle-là ne s'ex-
pédie qu'en présence.

Adieu, ma charmante amie; je cours tenter ce grand événement.

*Paris, ce 15 Novembre 17**.*

LETTRE CXXXIX.

*La Présidente DE TOURVEL à Madame DE
ROSEMONDE.*

QUE je me reproche, ma sensible amie,
de vous avoir parlé trop & trop tôt, de mes
peines passageres ! je suis cause que vous vous
affligez à présent; ces chagrins qui vous viennent de moi, durent encore, & moi, je suis
heureuse. Oui, tout est oublié, pardonné;

diſons mieux, tout eſt réparé. A cet état de
douleur & d'angoiſſe ont ſuccédé le calme &
les délices. Oh ! joie de mon cœur, comment
vous exprimer ! Valmont eſt innocent ; on n'eſt
point coupable avec autant d'amour. Ces torts
graves, offenſans, que je lui reprochois avec
tant d'amertume, il ne les avoit pas ; & ſi,
ſur un ſeul point, j'ai eu beſoin d'indulgence,
n'avois-je donc pas auſſi mes injuſtices à réparer ?

Je ne vous ferai point le détail des faits ou
des raiſons qui le juſtifient ; peut - être même
l'eſprit les apprécieroit mal : c'eſt au cœur ſeul
qu'il appartient de les ſentir. Si pourtant vous
deviez me ſoupçonner de foibleſſe, j'appel-
lerois votre jugement à l'appui du mien. Pour
les hommes, dites - vous vous - même, l'infidélité n'eſt pas l'inconſtance.

Ce n'eſt pas que je ne ſente que cette diſ-
tinction, qu'en vain l'opinion autoriſe, n'en
bleſſe pas moins la délicateſſe ; mais de quoi
ſe plaindroit la mienne, quand celle de Valmont en ſouffre plus encore ? Ce même tort
que j'oublie, ne croyez pas qu'il ſe le pardonne
ou s'en conſole ; & pourtant, combien n'a-t-il
pas réparé cette légere faute par l'excès de
ſon amour & celui de mon bonheur.

Ou ma félicité eſt plus grande, ou j'en ſens
mieux le prix depuis que j'ai craint de l'avoir
perdue : mais ce que je puis vous dire, c'eſt

que, si je me sentois la force de supporter encore des chagrins aussi cruels que ceux que je viens d'éprouver, je ne croirois pas en acheter trop cher le surcroît de bonheur que j'ai goûté depuis. O! ma tendre mere, grondez votre fille inconsidérée, de vous avoir affligée par trop de précipitation ; grondez-la d'avoir jugé témérairement & calomnié celui qu'elle ne devoit pas cesser d'adorer : mais, en la reconnoissant imprudente, voyez - la heureuse, & augmentez sa joie en la partageant.

Paris, ce 16 *Novembre* 17**, *au soir.*

LETTRE CXL.

Le Vicomte DE VALMONT à la Marquise DE MERTEUIL.

COMMENT donc se fait-il, ma belle amie, que je ne reçoive point de réponse de vous ? Ma derniere Lettre pourtant me paroissoit en mériter une ; & depuis trois jours que je devrois l'avoir reçue, je l'attends encore ! Je suis fâché au moins ; aussi ne vous parlerai-je pas du tout de mes grandes affaires.

Que le raccommodement ait eu son plein effet ; qu'au lieu de reproches & de méfiance,

il n'ait produit que de nouvelles tendreffes;
que ce foit moi actuellement qui reçoive les
excufes & les réparations dues à ma candeur
foupçonnée, je ne vous en dirai mot, & fans
l'événement imprévu de la nuit derniere, je
ne vous écrirois pas du tout. Mais comme
celui-là regarde votre pupille, & que vrai-
femblablement elle ne fera pas dans le cas
de vous en informer elle-même, au moins de
quelque-temps, je me charge de ce foin.

Par des raifons que vous devinerez, ou
que vous ne devinerez pas, M^de. de Tourvel
ne m'occupoit plus depuis quelques jours; &
comme ces raifons-là ne pouvoient exifter
chez la petite Volanges, j'en étois devenu plus
affidu auprès d'elle. Grace à l'obligeant portier, je n'avois aucun obftacle à vaincre, &
nous menions, votre pupille & moi, une vie
commode & réglée. Mais l'habitude amène
la négligence : les premiers jours, nous n'a-
vions jamais pris affez de précautions pour
notre fûreté; nous tremblions encore derriere
les verroux. Hier, une incroyable diftraction
a caufé l'accident dont j'ai à vous inftruire;
& fi, pour mon compte, j'en ai été quitte pour
la peur, il en coûte plus cher à la petite fille.

Nous ne dormions pas, mais nous étions
dans le repos & l'abandon qui fuivent la volupté, quand nous avons entendu la porte de
la chambre s'ouvrir tout-à-coup. Auffi-tôt je

faute à mon épée, tant pour ma défense que pour celle de notre commune pupille ; je m'avance & ne vois personne : mais, en effet, la porte étoit ouverte. Comme nous avions de la lumiere, j'ai été à la recherche, & n'ai trouvé ame qui vive. Alors je me suis rappellé que nous avions oublié nos précautions ordinaires ; & sans doute la porte poussée seulement, ou mal fermée, s'étoit r'ouverte d'elle-même.

En allant rejoindre ma timide compagne pour la tranquillifer, je ne l'ai plus trouvée dans son lit ; elle étoit tombée, ou s'étoit sauvée dans sa ruelle : enfin elle y étoit étendue sans connoissance, & sans autre mouvement que d'assez fortes convulsions. Jugez de mon embarras ! Je parvins pourtant à la remettre dans son lit, & même à la faire revenir ; mais elle s'étoit blessée dans sa chûte ; & elle ne tarda pas à en ressentir les effets.

Des maux de reins, de violentes coliques, des symptômes moins équivoques encore, m'ont eu bientôt éclairé sur son état : mais, pour le lui apprendre, il a fallu lui dire d'abord celui où elle étoit auparavant ; car elle ne s'en doutoit pas. Jamais peut-être, jusqu'à elle, on n'avoit conservé tant d'innocence, en faisant si bien tout ce qu'il falloit pour s'en défaire ! Oh ! celle-là ne perd pas son temps à réfléchir !

Mais elle en perdoit beaucoup à se défoler, & je sentois qu'il falloit prendre un parti. Je suis donc convenu avec elle que j'irois sur le champ chez le Médecin & le Chirurgien de la maison, & qu'en les prévenant qu'on alloit venir les chercher, je leur confierois le tout, sous le secret; qu'elle, de son côté, sonneroit sa femme-de-chambre; qu'elle lui feroit ou ne lui feroit pas sa confidence, comme elle voudroit; mais qu'elle enverroit chercher du secours, & défendroit sur-tout qu'on réveillât M^{de}. de Volanges: attention délicate & naturelle d'une fille qui craint d'inquiéter sa mere.

J'ai fait mes deux courses & mes deux confessions le plus lestement que j'ai pu, & de-là je suis rentré chez moi, d'où je ne suis pas encore sorti: mais le Chirurgien, que je connoissois d'ailleurs, est venu à midi me rendre compte de l'état de la malade. Je ne m'étois pas trompé; mais il espere que s'il ne survient pas d'accident, on ne s'appercevra de rien dans la maison. La femme-de-chambre est du secret; le Médecin a donné un nom à la maladie; & cette affaire s'arrangera comme mille autres, à moins que par la suite il ne nous soit utile qu'on en parle.

Mais y a-t-il encore quelque intérêt commun entre vous & moi? Votre silence m'en feroit douter; je n'y croirois même plus du tout, si le desir que j'en ai, ne me faisoit chercher tous les moyens d'en conferver l'efpoir.

Adieu, ma belle amie ; je vous embraffe ,
rancune tenante.

Paris, ce 21 Novembre 17**.

LETTRE CXLI.

La Marquife DE MERTEUIL *au Vicomte* DE
VALMONT.

MON Dieu ! Vicomte, que vous me gênez
par votre obftination ! Que vous importe mon
filence ? Croyez-vous, fi je le garde, que ce
foit faute de raifons pour me défendre ! Ah !
plut à Dieu ! Mais non, c'eft feulement qu'il
m'en coûte de vous les dire.

Parlez-moi vrai ; vous faites-vous illufion
à vous-même, ou cherchez-vous à me tromper ? La différence entre vos difcours & vos
actions, ne me laiffe de choix qu'entre ces
deux fentimens : lequel eft le véritable ? Que
voulez-vous donc que je vous dife, quand
moi-même je ne fais que penfer ?

Vous paroiffez vous faire un grand mérite
de votre derniere fcene avec la Préfidente ;
mais qu'eft-ce donc qu'elle prouve pour votre
fyftême, ou contre le mien ? Affurément je

ne vous ai jamais dit que vous aimiez affez
cette femme pour ne la pas tromper, pour
n'en pas faifir toutes les occafions qui vous
paroîtroient agréables ou faciles : je ne doutois même pas qu'il ne vous fût à-peu-près
égal de fatisfaire avec une autre, avec la premiere venue, jufqu'aux defirs que celle-ci
feule auroit fait naître ; & je ne fuis pas furprife que, par un libertinage d'efprit qu'on
auroit tort de vous difputer, vous ayez fait
une fois par projet, ce que vous aviez fait
mille autres par occafion. Qui ne fait que c'eft
là le fimple courant du monde, & votre ufage
à tous tant que vous êtes, depuis le fcélérat
jufqu'aux *efpeces* ? Celui qui s'en abftient aujourd'hui, paffe pour romanefque ; & ce n'eft
pas là, je crois, le défaut que je vous reproche.

Mais ce que j'ai dit, ce que j'ai penfé, ce
que je penfe encore, c'eft que vous n'en avez
pas moins de l'amour pour votre Préfidente ;
non pas, à la vérité, de l'amour bien pur ni
bien tendre, mais de celui que vous pouvez
avoir ; de celui, par exemple, qui fait trouver
à une femme les agrémens ou les qualités
qu'elle n'a pas ; qui la place dans une claffe
à part, & met toutes les autres en fecond ordre ; qui vous tient encore attaché à elle,
même alors que vous l'outragez ; tel enfin que
je conçois qu'un Sultan peut le reffentir pour

fa Sultane favorite, ce qui ne l'empêche pas de lui préférer souvent une simple Odalifque. Ma comparaifon me paroît d'autant plus jufte, que, comme lui, jamais vous n'êtes ni l'Amant ni l'ami d'une femme ; mais toujours fon tyran ou fon efclave. Auffi fuis - je bien fûre que vous vous êtes bien humilié, bien avili, pour rentrer en grace avec ce bel objet! & trop heureux d'y être parvenu, dès que vous croyez le moment arrivé d'obtenir votre pardon, vous me quittez *pour ce grand événement.*

Encore, dans votre derniere Lettre, fi vous ne m'y parlez pas de cette femme uniquement, c'eft que vous ne voulez m'y rien dire *de vos grandes affaires* ; elles vous femblent fi importantes, que le filence que vous gardez à ce fujet, vous femble une punition pour moi. Et c'eft après ces mille preuves de votre préférence décidée pour une autre, que vous me demandez tranquillement s'il y a encore *quelqu'intérêt commun entre vous & moi* ! Prenez-y garde, Vicomte! fi une fois je réponds, ma réponfe fera irrévocable ; & craindre de la faire en ce moment, c'eft peut-être déjà en dire trop. Auffi je n'en veux abfolument plus parler.

Tout ce que je peux faire, c'eft de vous raconter une hiftoire. Peut-être n'aurez-vous pas le temps de la lire, ou celui d'y faire affez attention pour la bien entendre? libre à vous. Ce ne fera, au pis aller, qu'une hiftoire de perdue.

Un homme de ma connoiffance s'étoit empêtré, comme vous, d'une femme qui lui faifoit peu d'honneur. Il avoit bien, par intervalle, le bon efprit de fentir que, tôt ou tard, cette aventure lui feroit tort : mais quoiqu'il en rougît, il n'avoit pas le courage de rompre. Son embarras étoit d'autant plus grand, qu'il s'étoit vanté à fes amis d'être entiérement libre; & qu'il n'ignoroit pas que le ridicule qu'on a, augmente toujours en proportion qu'on s'en défend. Il paffoit ainfi fa vie, ne ceffant de dire après : *Ce n'eft pas ma faute.* Cet homme avoit une amie qui fut tentée un moment de le livrer au Public en cet état d'ivreffe, & de rendre ainfi fon ridicule ineffaçable : mais pourtant, plus généreufe que maligne, ou peut-être encore par quelque autre motif, elle voulut tenter un dernier moyen, pour être, à tout événement, dans le cas de dire, comme fon ami : *Ce n'eft pas ma faute.* Elle lui fit donc parvenir fans aucun autre avis, la Lettre qui fuit, comme un remede dont l'ufage pourroit être utile à fon mal.

———————————————

« On s'ennuie de tout, mon Ange, c'eft une » loi de la Nature; ce n'eft pas ma faute.
» Si donc je m'ennuie aujourd'hui d'une
                » aventure

» aventure qui m'a occupé entiérement de-
» puis quatre mortels mois, ce n'est pas ma
» faute.

» Si, par exemple, j'ai eu juste autant
» d'amour que toi de vertu, & c'est sûre-
» ment beaucoup dire, il n'est pas étonnant
» que l'un ait fini en même temps que l'autre.
» Ce n'est pas ma faute.

» Il suit de-là, que depuis quelque temps
» je t'ai trompée : mais aussi, ton impitoyable
» tendresse m'y forçoit en quelque sorte ! Ce
» n'est pas ma faute.

» Aujourd'hui, une femme que j'aime éper-
» düement, exige que je te sacrifie. Ce n'est
» pas ma faute.

» Je sens bien que voilà une belle occa-
» sion de crier au parjure : mais si la Nature
» n'a accordé aux hommes que la constance,
» tandis qu'elle donnoit aux femmes l'obsti-
» nation, ce n'est pas ma faute.

» Crois-moi, choisis un autre Amant,
» comme j'ai fait une autre Maîtresse. Ce con-
» seil est bon, très-bon; si tu le trouves
» mauvais, ce n'est pas ma faute.

» Adieu, mon Ange, je t'ai prise avec
» plaisir, je te quitte sans regret; je te re-
viendrai peut-être. Ainsi va le monde. Ce
» n'est pas ma faute ».

De vous dire, Vicomte, l'effet de cette
derniere tentative, & ce qui s'en est suivi,

IVme. Partie.   D

ce n'eſt pas le moment : mais je vous promets de vous le dire dans ma premiere Lettre.
Vous y trouverez auſſi mon *ultimatum* ſur
le renouvellement du traité que vous me
propoſez. Juſques-là , adieu tout ſimplement..

A propos, je vous remercie de vos détails
ſur la petite Volanges; c'eſt un article à ré-
ſerver juſqu'au lendemain du mariage, pour
la Gazette de médiſance. En attendant, je
vous fais mon compliment de condoléance
ſur la perte de votre poſtérité. Bon ſoir,
Vicomte.

Du Château de.... *ce 24 Novembre 17***.

LETTRE, CXLII.

Le Vicomte DE VALMONT à la Marquiſe DE MERTEUIL.

MA foi, ma belle amie, je ne ſais ſi j'ai
mal lu ou mal entendu, & votre Lettre, &
l'hiſtoire que vous m'y faites, & le petit
modele épiſtolaire qui y étoit compris. Ce
que je puis vous dire, c'eſt que ce dernier
m'a paru original & propre à faire de l'effet:
auſſi je l'ai copié tout ſimplement, & tout
ſimplement encore je l'ai envoyé à la céleſte
Préſidente. Je n'ai pas perdu un moment,

car la tendre miffive a été expédiée dès hier
au foir. Je l'ai préféré ainfi, parce que d'a-
bord je lui avois promis de lui écrire hier;
& puis auffi, parce que j'ai penfé qu'elle
n'auroit pas trop de toute la nuit, pour fe
recueillir & méditer *fur ce grand événement*,
duffiez-vous une feconde fois me reprocher
l'expreffion.

J'efpérois pouvoir vous renvoyer ce matin
la réponfe de ma bien-aimée; mais il eft
près de midi, & je n'ai encore rien reçu. J'attendrai jufqu'à cinq heures; & fi alors je n'ai
pas eu de nouvelles, j'irai en chercher moi-
même; car, fur-tout en procédés, il n'y a
que le premier pas qui coûte.

A préfent, comme vous pouvez croire,
je fuis fort empreffé d'apprendre la fin de
l'hiftoire de cet homme de votre connoiffance fi véhémentement foupçonné de ne
favoir pas, au befoin, facrifier une femme.

Ne fe fera-t-il pas corrigé? & fa généreufe
amie ne lui aura-t-elle pas fait grace?

Je ne defire pas moins de recevoir votre
ultimatum : comme vous dites fi politique-
ment! Je fuis curieux, fur-tout, de favoir,
fi, dans cette derniere démarche, vous trouverez encore de l'amour. Ah! fans doute,
il y en a, & beaucoup! Mais pour qui?
Cependant, je ne prétends rien faire valoir,
& j'attends tout de vos bontés.

Adieu, ma charmante amie, je ne fermerai cette Lettre qu'à deux heures, dans l'espoir de pouvoir y joindre la réponse desirée.

A deux heures après midi.

Toujours rien, l'heure me presse beaucoup; je n'ai pas le temps d'ajouter un mot: mais cette fois, refuserez-vous encore les plus tendres baisers de l'amour?

Paris, ce 27 Novembre 17**.

LETTRE CXLIII.

La Présidente DE TOURVEL à Madame DE ROSEMONDE.

LE voile est déchiré, M^de. sur lequel étoit peinte l'illusion de mon bonheur. La funeste vérité m'éclaire, & ne me laisse voir qu'une mort assurée & prochaine, dont la route m'est tracée entre la honte & le remords. Je la suivrai....., je chérirai mes tourmens s'ils abrégent mon existence. Je vous envoie la Lettre que j'ai reçue hier, je n'y joindrai aucune réflexion, elle les porte avec elle. Ce n'est plus le temps de se plaindre, il n'y a plus qu'à souffrir. Ce n'est pas de pitié que j'ai besoin, c'est de force.

Recevez, M^de. le feul adieu que je ferai, & exaucez ma derniere priere ; c'eft de me laiffer à mon fort, de m'oublier entiérement, de ne plus me compter fur la terre. Il eft un terme dans le malheur, où l'amitié même augmente nos fouffrances & ne peut les guérir. Quand les bleffures font mortelles , tout fecours devient inhumain. Tout autre fentiment m'eft étranger, que celui du défefpoir. Rien ne peut plus me convenir, que la nuit profonde où je vais enfevelir ma honte. J'y pleurerai mes fautes, fi je puis pleurer encore ! car depuis hier, je n'ai pas verfé une larme. Mon cœur flétri n'en fournit plus.

Adieu, M^de. ne me répondez point. J'ai fait le ferment fur cette Lettre cruelle de n'en plus recevoir aucune.

*Paris, ce 27 Novembre 17**.*

LETTRE CXLIV.

Le Vicomte DE VALMONT à la Marquife DE MERTEUIL

HIER, à trois heures du foir, ma belle amie, impatienté de n'avoir pas de nouvelles, je me fuis préfenté chez la belle délaiffée ; on m'a dit qu'elle étoit fortie. Je n'ai vu

D 3

dans cette phrase qu'un refus de me recevoir, qui ne m'a ni fâché ni surpris; & je me suis retiré, dans l'espérance que cette démarche engageroit au moins une femme si polie, à m'honorer d'un mot de réponse. L'envie que j'avois de la recevoir, m'a fait passer exprès chez moi vers les neuf heures, & je n'y ai rien trouvé. Etonné de ce silence, auquel je ne m'attendois pas, j'ai chargé mon Chasseur d'aller aux informations; & de savoir si la sensible personne étoit morte ou mourante. Enfin, quand je suis rentré, il m'a appris que M^de. de Tourvel étoit sortie en effet à onze heures du matin, avec sa Femme-de-chambre; qu'elle s'étoit fait conduire au Couvent de...., & qu'à sept heures du soir, elle avoit renvoyé sa voiture & ses gens, en faisant dire qu'on ne l'attendît pas chez elle. Assurément, c'est se mettre en regle. Le Couvent est le véritable asyle d'une veuve; & si e le persiste dans une résolution si louable, je joindrai à toutes les obligations que je lui ai déjà, celle de la célébrité que va prendre cette aventure.

Je vous le disois bien, il y a quelque temps, que malgré vos inquiétudes, je ne reparoîtrois sur la scene du monde que brillant d'un nouvel éclat. Qu'ils se montrent donc, ces Critiques séveres, qui m'accusoient d'un amour romanesque & malheureux; qu'ils fassent des ruptures plus promptes & plus brillantes : mais non, qu'ils faffent mieux; qu'ils se préfentent comme confolateurs; la route leur eft tracée. Hé bien! qu'ils ofent feulement tenter cette carriere que j'ai parcourue en entier, & fi l'un d'eux obtient le moindre fuccès, je lui cede la premiere place. Mais ils éprouveront tous, que quand j'y mets du foin, l'impreffion que je laiffe eft ineffaçable. Ah! fans doute, celle-ci le fera; & je compterois pour rien tous mes autres triomphes, fi jamais je devois avoir auprès de cette femme un rival préféré.

Ce parti qu'elle a pris, flatte mon amour-propre, j'en conviens : mais je fuis fâché qu'elle ait trouvé en elle une force fuffifante pour fe féparer autant de moi. Il y aura donc entre nous deux, d'autres obftacles que ceux que j'aurai mis moi-même! Quoi! fi je voulois me rapprocher d'elle, elle pourroit ne le plus vouloir; que dis-je? ne le pas défirer, n'en plus faire fon fuprême bonheur! Eft-ce donc ainfi qu'on aime? & croyez vous, ma belle amie, que je doive le fouffrir? Ne pourrois-je pas, par exemple, & ne vaudroit-il pas mieux, tenter de ramener cette femme au point de prévoir la poffibilité d'un racommodement, qu'on defire toujours tant qu'on l'efpere? Je pourrois effayer cette démarche fans y mettre d'importance, &

D 4

par conféquent, fans qu'elle vous donnât d'ombrage. Au contraire, ce feroit un fimple effai que nous ferions de concert; & quand même je réuffirois, ce ne feroit qu'un moyen de plus, de renouveller, à votre volonté, un facrifice qui a paru vous être agréable. A préfent, ma belle amie, il me refte à en recevoir le prix, & tous mes vœux font pour votre retour. Venez donc vîte retrouver votre Amant, vos plaifirs, vos amis, & le courant des aventures.

Celle de la petite Volanges a tourné à merveille. Hier, que mon inquiétude ne me permettoit pas de refter en place, j'ai été, dans mes courfes différentes, jufques chez M^{de}. de Volanges. J'ai trouvé votre pupille déjà dans le fallon, encore dans le coftume de malade, mais en pleine convalefcence, & n'en étant que plus fraîche & plus intéreffante. Vous autres femmes, en pareil cas, vous feriez reftées un mois fur votre chaife-longue : ma foi, vive les demoifelles ! Celle-ci m'a en vérité donné envie de favoir fi la guérifon étoit parfaite !

J'ai encore à vous dire que cet accident de la petite fille, a penfé rendre fou votre *fentimentaire* Danceny. D'abord, c'étoit de chagrin ; aujourd'hui c'eft de joie. *Sa Cécile* étoit malade ! Vous jugez que la tête tourne dans un tel malheur. Trois fois par jour

il envoyoit ſavoir des nouvelles, & n'en paſ-
ſoit aucun ſans s'y préſenter lui-même; enfin il a demandé, par une belle Epître à la
Maman, la permiſſion d'aller la féliciter ſur
la convaleſcence d'un objet ſi cher; & Mᵈᵉ. de
Volanges y a conſenti: ſi bien que j'ai trouvé
le jeune homme établi comme par le paſſé, à
un peu de familiarité près qu'il n'oſoit encore
ſe permettre.

C'eſt de lui-même que j'ai ſu ces détails;
car je ſuis ſorti en même-temps que lui, &
je l'ai fait jaſer. Vous n'avez pas d'idée de
l'effet que cette viſite lui a cauſé. C'eſt une
joie, ce ſont des déſirs, des tranſports im-
poſſibles à rendre. Moi qui aime les grands
mouvements, j'ai achevé de lui faire perdre
la tête, en l'aſſurant que ſous très-peu de
jours, je le mettrois à même de voir ſa belle
de plus près encore.

En effet, je ſuis décidé à la lui remettre,
auſſi-tôt après mon expérience faite. Je veux
me conſacrer à vous tout entier; & puis,
vaudroit-il la peine que votre pupille fut auſſi
mon éleve, ſi elle ne devoit tromper que ſon
mari ? Le chef-d'œuvre eſt de tromper ſon
Amant! & ſur-tout ſon premier Amant! car,
pour moi, je n'ai pas à me reprocher d'a-
voir prononcé le mot d'amour.

Adieu, ma belle amie; revenez donc au

D 5

plutôt jouir de votre empire fur moi, en recevoir l'hommage & m'en payer le prix.

Paris, ce 28 Novembre 17**.

LETTRE CXLV.

La Marquife DE MERTEUIL au Vicomte DE VALMONT.

SÉRIEUSEMENT , Vicomte , vous avez quitté la Préfidente ? vous lui avez envoyé la Lettre que je vous avois faite pour elle, en vérité , vous êtes charmant ; & vous avez furpaffé mon attente ! J'avoue de bonne foi que ce triomphe me flatte plus que tout ceux que j'ai pu obtenir jufqu'à préfent. Vous allez trouver peut-être que j'évalue bien haut cette femme , que n'agueres j'appréciois fi peu ; point du tout : mais c'eft que ce n'eft pas fur elle que j'ai remporté cet avantage ; c'eft fur vous : voilà le plaifant , & ce qui eft vraiment délicieux !

Oui , Vicomte , vous aimiez beaucoup M^{de}. de Tourvel , & même vous l'aimez encore ; vous l'aimez comme un fou : mais parce que je m'amufois à vous en faire honte vous l'avez bravement facrifiée. Vous en auriez facrifié mille , plutôt que de fouffrir une plaifanterie. Où nous conduit pourtant la vanité! Le fage a bien raifon, quand il dit qu'elle eft l'ennemie du bonheur.

Où en feriez vous à préfent, fi je n'avois voulu que vous faire une malice ? Mais je fuis incapable de tromper, vous le favez bien; & duffiez-vous, à mon tour, me réduire au défefpoir & au Couvent, j'en cours les rifques, & je me rends à mon vainqueur.

Cependant, fi je capitule, c'eft en vérité pure foibleffe : car fi je voulois, que de chicane n'aurois-je pas encore à faire! & peut-être le mériteriez-vous ? J'admire, par exemple, avec quelle fineffe ou quelle gaucherie vous me propofez en douceur de vous laiffer renouer avec la Préfidente. Il vous conviendroit beaucoup, n'eft-ce pas, de vous donner le mérite de cette rupture fans y perdre les plaifirs de la jouiffance ? Et comme alors cet apparent facrifice n'en feroit plus un pour vous, vous m'offrez de le renouveller à ma volonté ! Par cet arrangement, la célefte dévote fe croiroit toujours l'unique choix de votre cœur, tandis que je m'énorgueillirois d'être la rivale préférée ; nous ferions trompées toutes deux, mais vous feriez content, & qu'importe le refte ?

C'eft dommage, qu'avec tant de talent pour les projets, vous en ayez fi peu pour l'exécution; & que par une feule démarche incon-

D 6

fidérée, vous ayez mis vous-même un obftacle invincible à ce que vous defirez le plus.

Quoi, vous aviez l'idée de renouer, &
vous avez pu écrire ma Lettre! Vous m'avez
donc crué bien gauche à mon tour! Ah!
croyez-moi, Vicomte, quand une femme
frappe dans le cœur d'une autre, elle manque
rarement de trouver l'endroit fenfible, & la
bleffure eft incurable. Tandis que je frap-
pois celle-ci, ou plutôt que je dirigeois vos
coups, je n'ai pas oublié que cette femme
étoit ma rivale, que vous l'aviez trouvée un moment préférable à moi; & qu'enfin, vous m'aviez placée au-deffous d'elle.
Si je me fuis trompée dans ma vengeance,
je confens à en porter la faute. Ainfi, je
trouve bon que vous tentiez tous les moyens :
je vous y invite même, & vous promets
de ne pas me fâcher de vos fuccès, fi vous
parvenez à en avoir. Je fuis fi tranquille fur
cet objet, que je ne veux plus m'en occuper. Parlons d'autre chofe.

Par exemple, de la fanté de la petite Volanges. Vous m'en direz des nouvelles pofi-
tives à mon retour, n'eft-il pas vrai? Je ferai
bien aife d'en avoir. Après cela, ce fera à
vous de juger s'il vous conviendra mieux
de remettre la petite fille à fon Amant, ou
de tenter de devenir une feconde fois le fon-
dateur d'une nouvelle branche des Valmont,

fous le nom de Gercourt. Cette idée m'a-
voit paru affez plaifante ; & en vous laiffant
le choix, je vous demande pourtant de ne
pas prendre de parti définitif, fans que nous
en ayons caufé enfemble. Ce n'eft pas vous
remettre à un temps éloigné, car je ferai à
Paris inceffamment. Je ne peux pas vous dire
pofitivement le jour ; mais vous ne doutez
pas que, dès que je ferai arrivée, vous n'en
foyez le premier informé.

Adieu, Vicomte ; malgré mes querelles,
mes malices & mes reproches, je vous aime
toujours beaucoup, & je me prépare à vous
le prouver. Au revoir, mon ami.

*Du Château de...., ce 29 Novembre 17**.*

LETTRE CXLVI.

La Marquife DE MERTEUIL au Chevalier
DANCENY.

ENFIN, je pars, mon jeune ami, & demain au foir, je ferai de retour à Paris. Au
milieu de tous les embarras qu'entraîne un
déplacement, je ne recevrai perfonne. Cependant, fi vous avez quelque confidence
bien preffée à me faire, je veux bien vous
excepter de la regle générale ; mais je n'ex-

cepterai que vous : ainfi, je vous demande
le fecret fur mon arrivée. Valmont même
n'en fera pas inftruit.

Qui m'auroit dit, il y a quelque temps,
que bientôt vous auriez ma confiance exclu-
five, je ne l'aurois pas cru. Mais la vôtre
a entraîné la mienne. Je feroistentée de croire
que vous y avez mis de l'adreffe, peut-être
même de la féduction. Cela feroit bien mal
au moins ! Au refte, elle ne feroit pas dangereufe à préfent ; vous avez vraiment bien
autre chofe à faire ! quand l'Héroïne eft en
fcene, on ne s'occupe gueres de la Confidente.

Auffi n'avez - vous feulement pas eu le
temps de me faire part de vos nouveaux fuccès. Quand votre Cécile étoit abfente, les
jours n'étoient pas affez longs pour écouter
vos tendres plaintes. Vous les auriez faites
aux échos, fi je n'avois pas été là pour les
entendre. Quand depuis elle a été malade,
vous m'avez même encore honorée du récit
de vos inquiétudes ; vous aviez befoin de
quelqu'un à qui les dire. Mais à préfent, que
celle que vous aimez eft à Paris, qu'elle fe
porte bien, & fur - tout que vous la voyez
quelquefois, elle fuffit à tout, & vos amis
ne vous font plus rien.

Je ne vous en blâme pas ; c'eft la faute
de vos vingt ans. Depuis Alcibiade jufqu'à

vous, ne fait-on pas que les jeunes-gens n'ont jamais connu l'amitié que dans leurs chagrins? Le bonheur les rend quelquefois indiscrets, mais jamais confiants. Je dirai bien comme Socrate : *j'aime que mes amis viennent à moi quand ils sont malheureux* (1) : mais en sa qualité de Philosophe, il se passoit bien d'eux quand ils ne venoient pas. En cela, je ne suis pas tout-à-fait si sage que lui, & j'ai senti votre silence avec toute la foiblesse d'une femme.

N'allez pourtant pas me croire exigeante : il s'en faut bien que je le sois! Le même sentiment qui me fait remarquer ces privations, me les fait supporter avec courage, quant elles sont la preuve ou la cause du bonheur de mes amis. Je ne compte donc sur vous pour demain au soir, qu'autant que l'amour vous laissera libre & désoccupé, & je vous défends de me faire le moindre sacrifice.

Adieu, Chevalier; je me fais une vraie fête de vous revoir : viendrez-vous?

Du Château de....., ce 29 Novembre 17**.

_____

(1) MARMONTEL, *Conte moral d'Alcibiade.*

LETTRE CXLVII.

Madame de VOLANGES à Madame DE ROSEMONDE.

VOUS ferez fûrement auffi affligée que je le fuis, ma digne amie, en apprenant l'état où fe trouve M^de. de Tourvel; elle eft malade depuis hier : fa maladie a pris fi vivement, & fe montre avec des fymptômes fi graves, que j'en fuis vraiment allarmée.

Une fievre ardente, un tranfport violent & prefque continuel, une foif qu'on ne peut appaifer, voilà tout ce qu'on remarque. Les Médecins difent ne pouvoir rien pronoftiquer encore; & le traitement fera d'autant plus difficile, que la malade refufe avec obftination toute efpece de remedes : c'eft au point qu'il a fallu la tenir de force pour la faigner; & il a fallu depuis en ufer de même deux autres fois pour lui remettre fa bande, que dans fon tranfport elle veut toujours arracher.

Vous qui l'avez vue, comme moi, fi peu forte, fi timide & fi douce, concevez-vous donc que quatre perfonnes puiffent à peine la contenir, & que pour peu qu'on veuille lui repréſenter quelque choſe, elle entre dans des fureurs inexprimables ? Pour moi, je crains qu'il n'y ait plus que du délire, & que ce ne ſoit une vraie aliénation d'eſprit.

Ce qui augmente ma crainte à ce ſujet, c'eſt ce qui s'eſt paſſé avant-hier.

Ce jour-là, elle arriva vers les onze heures du matin, avec ſa Femme-de-chambre, au Couvent de.... Comme elle a été élevée dans cette Maiſon, & qu'elle a conſervé l'habitude d'y entrer quelquefois, elle y fut reçue comme à l'ordinaire, & elle parut à tout le monde tranquille & bien portante. Environ deux heures après, elle s'informa ſi la chambre qu'elle occupoit, étant Penſionnaire, étoit vacante, & ſur ce qu'on lui répondit qu'oui, elle demanda d'aller la revoir : la Prieure l'y accompagna avec quelques autres Religieuſes. Ce fut alors qu'elle déclara qu'elle revenoit s'établir dans cette chambre, que, diſoit-elle, elle n'auroit jamais dû quitter, & qu'elle ajouta qu'elle n'en ſortiroit *qu'à la mort* : ce fut ſon expreſſion.

D'abord on ne ſut que dire : mais le premier étonnement paſſé, on lui repréſenta que ſa qualité de femme mariée ne permettoit pas de la recevoir ſans une permiſſion particuliere. Cette raiſon ni mille autres n'y firent rien ; & dès ce moment elle s'obſtina, non-ſeulement à ne pas ſortir du Couvent,

mais même de sa chambre. Enfin , de guerre
lasse , à sept heures du soir , on consentit
qu'elle y passa la nuit. On renvoya sa voiture & ses gens , & on remit au lendemain à
prendre un parti.

On assure que pendant toute la soirée , loin
que son air ou son maintien eussent rien d'é-
garé, l'un & l'autre étoient composés & réfléchis ; que seulement elle tomba quatre ou
cinq fois dans une rêverie si profonde, qu'on
ne parvenoit pas à l'en tirer en lui parlant;
& que, chaque fois , avant d'en sortir, elle
portoit les deux mains à son front qu'elle
avoit l'air de serrer avec force : sur quoi
une des Religieuses qui étoient présentes , lui
ayant demandé si elle souffroit de la tête,
elle la fixa long - temps avant de répondre,
& lui dit enfin : « Ce n'est pas-là qu'est le
» mal » ! Un moment après, elle demanda
qu'on la laissât seule , & pria , qu'à l'avenir
on ne lui fit plus de question.

Tout le monde se retira, hors sa Femme-
de-chambre , qui devoit heureusement coucher dans la même chambre qu'elle , faute
d'autre place.

Suivant le rapport de cette fille , sa Maîtresse a été assez tranquille jusqu'à onze heures
du soir. Elle a dit alors vouloir se coucher :
mais, avant d'être entièrement déshabillée,
elle se mit à marcher dans sa chambre, avec

beaucoup d'action & de geftes fréquents. Julie, qui avoit été témoin de ce qui s'étoit
paffé dans la journée, n'ofa lui rien dire,
& attendit en filence pendant près d'une heure.
Enfin, M^{de}. de Tourvel l'appella deux fois
coup-fur-coup ; elle n'eût que le temps d'ac-
courir, & fa Maîtreffe tomba dans fes bras,
en difant : « Je n'en puis plus ». Elle fe laiffa
conduire à fon lit, & ne voulût rien prendre,
ni qu'on allât chercher aucun fecours. Elle
fe fit mettre feulement de l'eau auprès d'elle,
& elle ordonna à Julie de fe coucher.

Celle-ci affure être reftée jufqu'à deux
heures du matin fans dormir, & n'avoir entendu, pendant ce temps, ni mouvement
ni plaintes. Mais elle dit avoir été réveillée
à cinq heures par les difcours de fa Maîtreffe,
qui parloit d'une voix forte & élevée ; &
qu'alors lui ayant demandé fi elle n'avoit befoin de rien, & n'obtenant point de réponfe,
elle prit de la lumiere, & alla au lit de
M^{de}. de Tourvel, qui ne la reconnut point ;
mais qui, interrompant tout-à-coup les propos fans fuite qu'elle tenoit, s'écria vivement : « Qu'on me laiffe feule, qu'on me
» laiffe dans les ténebres ; ce font les ténebres
» qui me conviennent ». J'ai remarqué hier
par moi-même que cette phrafe lui revient
fouvent.

Enfin Julie profita de cette efpece d'ordre,

pour sortir & aller chercher du monde &
des secours : mais M^de. de Tourvel a refusé
l'un & l'autre, avec les fureurs & les transports qui sont revenus si souvent depuis.

L'embarras où cela a mis tout le Couvent, a décidé la Prieure à m'envoyer chercher hier à sept heures du matin... Il ne
faisoit pas jour. Je suis accourue sur-le-champ.
Quand on m'a annoncée à M^de. de Tourvel,
elle a paru reprendre sa connoissance, & a
répondu : « Ah ! oui, qu'elle entre ». Mais
quand j'ai été près de son lit, elle m'a regardée fixement, a pris vivement ma main
qu'elle a serrée, & m'a dit d'une voix forte,
mais sombre « Je meurs pour ne vous avoir
» pas crue ». Aussi-tôt après se cachant les
yeux, elle est revenue à son discours le plus
fréquent ; « Qu'on me laisse seule, &c » ; &
toute connoissance s'est perdue.

Ce propos qu'elle m'a tenu, & quelques
autres échappés dans son délire, me font
craindre que cette cruelle maladie n'ait une
cause plus cruelle encore. Mais respectons les
secrets de notre amie, & contentons-nous de
plaindre son malheur.

Toute la journée d'hier a été également
orageuse & partagée entre des accès de transports effrayants, & des momens d'un abba-
tement léthargique, les seuls où elle prend &
donne quelque repos. Je n'ai quitté le chevet

de son lit, qu'à neuf heures du soir, & je vais y retourner ce matin pour toute la journée. Sûrement je n'abandonnerai pas ma malheureuse amie; mais ce qui est désolant, c'est son obstination à refuser tous les soins & tous les secours.

Je vous envoie le bulletin de cette nuit, que je viens de recevoir, & qui, comme vous le verrez, n'est rien moins que consolant. J'aurai soin de vous les faire passer tous exactement.

Adieu, ma digne amie ; je vais retrouver la malade. Ma fille, qui heureusement est presque rétablie, vous présente son respect.

Paris, 29 Novembre 17**.

LETTRE CXLVIII.

Le Chevalier DANCENY à Madame DE
MERTEUIL.

O ! Vous que j'aime ! ô ! toi que j'adore ! ô ! vous qui avez commencé mon bonheur ! ô ! toi qui l'as comblé ! Amie sensible, tendre Amante, pourquoi le souvenir de ta douleur vient-il troubler le charme que j'éprouve ? Ah ! Madame, calmez-vous, c'est l'amitié qui vous le demande. O mon amie ! sois heureuse, c'est la priere de l'amour.

Hé ! quels reproches avez-vous donc à vous
faire ? croyez - moi, votre délicateſſe vous
abuſe. Les regrets qu'elle vous cauſe, les
torts dont elle m'accuſe, ſont également illu-
ſoires ; & je ſens dans mon cœur qu'il n'y a
eu entre nous deux d'autre ſéducteur que l'a-
mour. Ne crains donc plus de te livrer aux
ſentimens que tu inſpires, de te laiſſer pénétrer de tous les feux que tu fais naître. Quoi !
pour avoir été éclairés plus tard, nos cœurs
en ſeroient-ils moins purs ? non, ſans doute.
C'eſt au contraire la ſéduction, qui, n'agiſſant
jamais que par projets, peut combiner ſa
marche & ſes moyens, & prévoir au loin les
événemens. Mais l'amour véritable ne permet
pas ainſi de méditer & de réfléchir : il nous
diſtrait de nos penſées par nos ſentimens ; ſon
empire n'eſt jamais plus fort que quand il eſt
inconnu ; & c'eſt dans l'ombre & le ſilence,
qu'il nous entoure de liens qu'il eſt également
impoſſible d'appercevoir & de rompre.

C'eſt ainſi qu'hier même, malgré la vive
émotion que me cauſoit l'idée de votre retour,
malgré le plaiſir extrême que je ſentis en vous
voyant, je croyois pourtant n'être encore appellé ni conduit que par la paiſible amitié ; ou
plutôt, entiérement livré aux doux ſentimens
de mon cœur, je m'occupois bien peu d'en
démêler l'origine ou la cauſe. Ainſi que moi,
ma tendre amie, tu éprouvois ſans le con-

noître, ce charme impérieux qui livroit nos ames aux douces impreffions de la tendreffe; & tous deux nous n'avons reconnu l'amour, qu'en fortant de l'ivreffe où ce Dieu nous avoit plongés.

Mais cela même nous juftifie au lieu de nous condamner. Non, tu n'as pas trahi l'amitié, & je n'ai pas davantage abufé de ta confiance. Tous deux, il eft vrai, nous ignorions nos fentimens; mais cette illufion, nous l'éprouvions feulement fans chercher à la faire naître. Ah! loin de nous en plaindre, ne fongeons qu'au bonheur qu'elle nous a procuré; & fans le troubler par d'injuftes reproches, ne nous occupons qu'à l'augmenter encore par le charme de la confiance & de la fécurité. O! mon amie! que cet efpoir eft cher à mon cœur! Oui, déformais délivrée de toute crainte, & toute entiere à l'amour, tu partageras mes defirs, mes tranfports, le délire de mes fens, l'ivreffe de mon ame; & chaque inftant de nos jours fortunés fera marqué par une volupté nouvelle.

Adieu, toi que j'adore! Je te verrai ce foir, mais te trouverai-je feule? je n'ofe l'efpérer. Ah! tu ne le defires pas autant que moi.

Paris, ce premier Décembre 17**.

LETTRE CXLIX.

Madame DE VOLANGES à Madame DE ROSEMONDE.

J'AI espéré hier, presque toute la journée, ma digne amie, pouvoir vous donner ce matin des nouvelles plus favorables de la santé de notre chere malade : mais depuis hier au soir cet espoir est détruit, & il ne me reste que le regret de l'avoir perdu. Un événement bien indifférent en apparence, mais bien cruel par les suites qu'il a eues, a rendu l'état de la malade au moins aussi fâcheux qu'il étoit auparavant, si même il n'a pas empiré.

Je n'aurois rien compris à cette révolution subite, si je n'avois reçu hier l'entiere confidence de notre malheureuse amie. Comme elle ne m'a pas laissé ignorer que vous étiez instruite aussi de toutes ses infortunes, je puis vous parler sans réserve sur sa triste situation.

Hier matin, quand je suis arrivée au couvent, on me dit que la malade dormoit depuis plus de trois heures ; & son sommeil étoit si profond & si tranquille, que j'eus peur un moment qu'il ne fût léthargique. Quelque temps après, elle se réveilla, & ouvrit elle-même

même les rideaux de son lit. Elle nous regarda tous avec l'air de la surprise ; & comme je me levois pour aller à elle , elle me reconnut, me nomma , & me pria d'approcher. Elle ne me laissa le temps de lui faire aucune question , & me demanda où elle étoit , ce que nous faisions là , si elle étoit malade , & pourquoi elle n'étoit pas chez elle ? Je crus d'abord que c'étoit un nouveau délire, seulement plus tranquille que le précédent : mais je m'apperçus qu'elle entendoit fort bien mes réponses. Elle avoit en effet retrouvé sa tête , mais non pas sa mémoire.

Elle me questionna, avec beaucoup de détail , sur tout ce qui lui étoit arrivé depuis qu'elle étoit au couvent , où elle ne se souvenoit pas d'être venue. Je lui répondis exactement , en supprimant seulement ce qui auroit pu la trop effrayer ; & lorsqu'à mon tour je lui demandai comment elle se trouvoit , elle me répondit qu'elle ne souffroit pas dans ce moment , mais qu'elle avoit été bien tourmentée pendant son sommeil , & qu'elle se sentoit fatiguée. Je l'engageai à se tranquilliser & à parler peu ; après quoi, je refermai en partie ses rideaux , que je laissai entr'ouverts, & je m'assis auprès de son lit. Dans le même temps , on lui proposa un bouillon qu'elle prit & qu'elle trouva bon.

Elle resta ainsi environ une demi-heure ,

IVme. Partie. E

durant laquelle elle ne parla que pour me remercier des soins que je lui avois donnés, &
elle mit dans ses remerciemens l'agrément &
la grace que vous lui connoissez. Ensuite elle
garda pendant quelque temps un silence ab-
solu, qu'elle ne rompit que pour dire : « Ah !
» oui, je me ressouviens d'être venue ici » ;
& un moment après, elle s'écria douloureu-
sement : « Mon amie, mon amie, plaignez-
» moi ; je retrouve tous mes malheurs ».
Comme alors je m'avançai vers elle, elle saisit
ma main, & s'y appuyant la tête : « Grand
» Dieu, continua-t-elle, ne puis-je donc mou-
» rir » ? Son expression, plus encore que ses
discours, m'attendrit jusqu'aux larmes ; elle
s'en apperçut à ma voix, & me dit : Vous me
plaignez ! Ah ! si vous connoissiez… » Et puis
s'interrompant : « Faites qu'on nous laisse
» seules, & je vous dirai tout ».

Ainsi que je crois vous l'avoir marqué,
j'avois déjà des soupçons sur ce qui devoit
faire le sujet de cette confidence ; & craignant
que cette conversation, que je prévoyois devoir être longue & triste, ne nuisît peut-être
à l'état de notre malheureuse amie, je m'y
refusai d'abord, sous prétexte qu'elle avoit
besoin de repos ; mais elle insista, & je me
rendis à ses instances. Dès que nous fûmes
seules, elle m'apprit tout ce que déjà vous
avez su d'elle, & que par cette raison je ne
vous répéterai point.

« Enfin, en me parlant de la façon cruelle dont elle avoit été facrifiée, elle ajouta : « Je » me croyois bien fûre d'en mourir, & j'en » avois le courage ; mais de furvivre à mon » malheur & à ma honte, c'eft ce qui m'eft « impoffible ». Je tentai de combattre ce découragement, ou plutôt ce défefpoir, avec les armes de la Religion, jufqu'alors fi puiffantes fur elle ; mais je fentis bientôt que je n'avois pas affez de force pour ces fonctions auguftes, & je m'en tins à lui propofer d'appeller le Pere Anfelme, que je fais avoir toute fa confiance. Elle y confentit, & parut même le defirer beaucoup. On l'envoya chercher en effet, & il vint fur-le-champ. Il refta fort long-temps avec la malade, & dit en fortant, que fi les Médecins en jugeoient comme lui, il croyoit qu'on pouvoit différer la cérémonie des Sacremens ; qu'il reviendroit le lendemain.

Il étoit environ trois heures après midi, & jufqu'à cinq notre amie fut affez tranquille, en forte que nous avions tous repris de l'efpoir. Par malheur, on apporta alors une lettre pour elle. Quand on voulut la lui remettre, elle répondit d'abord n'en vouloir recevoir aucune, & perfonne n'infifta. Mais de ce moment, elle parut plus agitée. Bientôt après, elle demanda d'où venoit cette lettre ? elle n'étoit pas timbrée : qui l'avoit apportée ? on l'ignoroit ; de quelle part on l'avoit re-

mife ? on ne l'avoit pas dit aux Tourieres.
Enfuite elle garda quelque temps le filence ;
après quoi, elle recommença à parler, mais
fes propos fans fuite nous apprirent feulement
que le délire étoit revenu.

Cependant, il y eut encore un intervalle
tranquille, jufqu'à ce qu'enfin elle demanda
qu'on lui remît la lettre qu'on avoit apportée
pour elle. Dès qu'elle eut jetté les yeux deffus,
elle s'écria : « De lui, grand Dieu ! » & puis
d'une voix forte, mais oppreffée : «Reprenez-la, reprenez-la ». Elle fit fur le champ
fermer les rideaux de fon lit, & défendit que
perfonne approchât : mais prefqu'auffi - tôt
nous fumes bien obligés de revenir auprès
d'elle. Le tranfport avoit repris plus violent
que jamais, & il s'y étoit joint des convulfions
vraiment effrayantes. Ces accidens n'ont plus
ceffé de la foirée, & le bulletin de ce matin
m'apprend que la nuit n'a pas été moins ora-
geufe. Enfin, fon état eft tel, que je m'étonne
qu'elle n'y ait pas déjà fuccombé ; & je ne
vous cache point qu'il ne me refte que bien
peu d'efpoir.

Je fuppofe que cette malheureufe lettre eft
de M. de Valmont, mais que peut-il encore
ofer lui dire ? Pardon, ma chere amie ; je m'in-
terdis toute réflexion, mais il eft bien cruel de
voir périr fi malheureufement une femme,
jufqu'alors fi heureufe & fi digne de l'être.

Paris, ce 2 Décembre 17**.

LETTRE CL.

Le Chevalier DANCENY *à la Marquise*
DE MERTEUIL.

EN attendant le bonheur de te voir, je me
livre, ma tendre amie, au plaisir de t'écrire ;
& c'est en m'occupant de toi, que je charme
le regret d'en être éloigné. Te retracer mes
sentimens, me rappeller les tiens, est pour
mon cœur une vraie jouissance, & c'est par
elle que le temps même des privations m'offre
encore mille biens précieux à mon amour.
Cependant, s'il faut t'en croire, je n'obtien-
drai point de réponse de toi : cette lettre même
fera la derniere, & nous nous priverons d'un
commerce qui, selon toi, est dangereux, *&*
dont nous n'avons pas besoin. Sûrement je t'en
croirai, si tu persistes : car que peux-tu vouloir, que par cette raison même je ne le
veuille aussi ? Mais avant de te décider entiérement, ne permettras-tu pas que nous en
causions ensemble ?

Sur l'article des dangers, tu dois juger seule :
je ne puis rien calculer, & je m'en tiens à te
prier de veiller à ta sûreté, car je ne puis être
tranquille quand tu seras inquiete. Pour cet

E 3

objet , ce n'eſt pas nous deux qui ne ſommes
qu'un , c'eſt toi qui es nous deux.

Il n'en eſt pas de même *ſur le beſoin* : ici
nous ne pouvons avoir qu'une même penſée ;
& ſi nous différons d'avis , ce ne peut être que
faute de nous expliquer ou de nous entendre.
Voici donc ce que je dois ſentir.

Sans doute une lettre paroît bien peu néceſſaire, quand on peut ſe voir librement. Que
diroit-elle, qu'un mot, un regard, ou même
le ſilence, n'exprimaſſent cent fois mieux encore ? Cela me paroît ſi vrai, que dans le moment où tu me parlas de ne plus nous écrire,
cette idée gliſſa facilement ſur mon ame, elle
la gêna peut-être, mais ne l'affeĉta point. Tel
à-peu-près quand voulant donner un baiſer
ſur ton cœur, je rencontre un ruban ou une
gaze, je l'écarte ſeulement, & n'ai cependant
pas le ſentiment d'un obſtacle.

Mais depuis, nous nous ſommes ſéparés,
& dès que tu n'as plus été là, cette idée de
lettre eſt revenue me tourmenter. Pourquoi,
me ſuis-je dit, cette privation de plus ? Quoi !
pour être éloigné, n'a-t-on plus rien à ſe dire ?
Je ſuppoſe que favoriſé par les circonſtances,
on paſſe enſemble une journée entiere ; faudra-t-il prendre le temps de cauſer ſur celui
de jouir ? Oui, de jouir, ma tendre amie ; car
auprès de toi, les momens mêmes du repos
fourniſſent encore une jouiſſance délicieuſe.

Enfin, quel que soit le temps, on finit par se
séparer; & puis, on est si seul! C'est alors
qu'une lettre est précieuse! si on ne la lit pas,
du moins on la regarde .... Ah! sans doute,
on peut regarder une lettre sans la lire, comme
il me semble que la nuit j'aurois encore quelque
plaisir à toucher ton portrait ....

Ton portrait, ai-je dit? Mais une lettre est
le portrait de l'ame. Elle n'a pas, comme une
froide image, cette stagnance si éloignée de
l'amour; elle se prête à tous nos mouvemens :
tour-à-tour elle s'anime, elle jouit, elle se
repose .... Tes sentimens me sont tous si précieux! me priveras-tu d'un moyen de les recueillir ?

Es-tu donc sûre que le besoin de m'écrire
ne te tourmentera jamais! Si dans la solitude
ton cœur se dilate ou s'oppresse, si un mouvement de joie passe jusqu'à ton ame, si une
tristesse involontaire vient la troubler un moment, ce ne sera donc pas dans le sein de ton
ami, que tu répandras ton bonheur ou ta peine?
tu auras donc un sentiment qu'il ne partagera
pas? tu le laisseras donc rêveur & solitaire,
s'égarer loin de toi ? Mon amie, ma tendre
amie! Mais c'est à toi qu'il appartient de pro-
noncer. J'ai voulu discuter seulement, & non
pas te séduire; je ne t'ai dit que des raisons,
j'ose croire que j'eusse été plus fort par des
prières Je tâcherai donc, si tu persistes, de ne

pas m'affliger ; je ferai mes efforts pour me dire ce que tu m'aurois écrit; mais tiens, tu le dirois mieux que moi ; & j'aurois sur-tout plus de plaisir à l'entendre.

Adieu, ma charmante amie ; l'heure approche enfin où je pourrai te voir ; je te quitte bien vîte, pour t'aller retrouver plutôt.

Paris , ce 3 Décembre 17**.

LETTRE CLI.

Le Vicomte DE VALMONT à la Marquise DE MERTEUIL.

SANS doute, Marquise, que vous ne me croyez pas assez peu d'usage, pour penser que j'aie pu prendre le change sur le tête-à-tête où je vous ai trouvée ce soir, & sur *l'étonnant hasard* qui avoit conduit Danceny chez vous! Ce n'est pas que votre physionomie exercée n'ait su prendre à merveille l'expression du calme & de la sérénité, ni que vous vous soyez trahie par aucune de ces phrases, qui quelquefois échappent au trouble ou au repentir. Je conviens même encore que vos regards dociles vous ont parfaitement servie, & que s'ils avoient su se faire croire aussi bien que se faire entendre, loin que j'eusse pris ou conservé le moindre foupçon , je n'aurois pas douté un moment du chagrin extrême que vous caufoit *ce tiers importun*. Mais , pour ne pas déployer en vain d'auffi grands talens , pour en obtenir le fuccès que vous vous en promettiez , pour produire enfin l'illufion que vous cherchiez à faire naître , il falloit donc auparavant former votre Amant novice avec plus de foin.

Puifque vous commencez à faire des éducations, apprenez à vos éleves à ne pas rougir & fe déconcerter à la moindre plaifanterie ; à ne pas nier fi vivement , pour une feule femme , les mêmes chofes dont ils fe défendent avec tant de molleffe pour toutes les autres. Apprenez - leur encore à favoir entendre l'éloge de leur Maîtreffe, fans fe croire obligés d'en faire les honneurs ; & fi vous leur permettez de vous regarder dans le cercle , qu'ils fachent au moins auparavant déguifer ce regard de poffeffion fi facile à reconnoître , & qu'ils confondent fi mal - adroitement avec celui de l'amour. Alors vous pourrez les faire paroître dans vos exercices publics , fans que leur conduite faffe tort à leur fage inftitutrice ; & moi-même , trop heureux de concourir à votre célébrité , je vous promets de faire & de publier les programmes de ce nouveau college.

Mais jufques-là je m'étonne , je l'avoue , que ce foit moi que vous ayiez entrepris de

E 5

traiter comme un écolier. Oh ! qu'avec toute
autre femme, je ferois bientôt vengé ! que je
m'en ferois de plaifir ! & qu'il furpafferoit aifément celui qu'elle auroit cru me faire perdre ! Oui, c'eft bien pour vous feule que je
peux préférer la réparation à la vengeance ;
& ne croyez pas que je fois retenu par le
moindre doute, par la moindre incertitude ;
je fais tout.

　Vous êtes à Paris depuis quatre jours ; &
chaque jour vous avez vu Danceny, & vous
n'avez vu que lui feul. Aujourd'hui même
votre porte étoit encore fermée ; & il n'a
manqué à votre Suiffe, pour m'empêcher
d'arriver jufqu'à vous, qu'une affurance
égale à la vôtre. Cependant je ne devois pas
douter, me mandiez-vous, d'être le premier
informé de votre arrivée, de cette arrivée
dont vous ne pouviez pas encore me dire le
jour, tandis que vous m'écriviez la veille de
votre départ. Nierez-vous ces faits, ou ten-
terez-vous de vous en excufer ? L'un & l'autre
font également impoffibles, & pourtant je me
contiens encore ! Reconnoiffez-là votre empire ; mais croyez-moi, contente de l'avoir
éprouvé, n'en abufez pas plus long-temps.
Nous nous connoiffons tous deux, Marquife ;
ce mot doit vous fuffire.

　Vous fortez demain toute la journée, m'a-
vez-vous dit ? A la bonne heure, fi vous fortez

en effet ; & vous jugez qne je le faurai. Mais enfin , vous rentrerez le foir ; & pour notre difficile réconciliation , nous n'aurons pas trop de temps jufqu'au lendemain. Faites-moi donc favoir fi ce fera chez vous , ou *là-bas* , que fe feront nos expiations nombreufes & réci-proques. Sur-tout, plus de Danceny. Votre mauvaife tête s'étoit remplie de fon idée , & je peux n'être pas jaloux de ce délire de votre imagination : mais fongez que de ce moment ce qui n'étoit qu'une fantaifie , deviendroit une préférence marquée. Je ne me crois pas fait pour cette humiliation , & je ne m'attends pas à la recevoir de vous.

J'efpere même que ce facrifice ne vous en paroîtra pas un. Mais quand il vous coûteroit quelque chofe , il me femble que je vous ai donné un affez bel exemple ! qu'une femme fenfible & belle , qui n'exiftoit que pour moi , qui dans ce moment même meurt peut-être d'amour & de regret , peut bien valoir un jeune écolier, qui , fi vous voulez , ne manque ni de figure ni d'efprit , mais qui n'a encore ni ufage ni confiftance.

Adieu, Marquife ; je ne vous dis rien de mes fentimens pour vous. Tout ce que je puis faire en ce moment ; c'eft de ne pas fcruter mon cœur. J'attends votre réponfe. Songez , en la faifant ; fongez bien que plus il vous eft facile de me faire oublier l'offenfe que vous

E 6

m'avez faite, plus un refus de votre part, un simple délai, la graveroit dans mon cœur en traits ineffaçables.

*Paris, ce 3 Décembre 17**., au soir.*

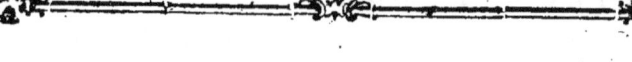

LETTRE CLII.

La Marquise DE MERTEUIL au Vicomte DE VALMONT.

PRENEZ donc garde, Vicomte, & ménagez davantage mon extrême timidité ! Comment voulez-vous que je supporte l'idée accablante d'encourir votre indignation, & sur-tout que je ne succombe pas à la crainte de votre vengeance ? d'autant que comme vous savez, si vous me faisiez une noirceur, il me seroit impossible de vous la rendre. J'aurois beau parler, votre existence n'en seroit ni moins brillante ni moins paisible. Au fait, qu'auriez-vous à redouter ? d'être obligé de partir, si on vous en laissoit le temps. Mais ne vit-on pas chez l'Étranger comme ici ? & à tout prendre, pourvu que la Cour de France vous laissât tranquille à celle où vous vous fixeriez, ce ne seroit pour vous que changer le lieu de vos triomphes. Après avoir tenté de vous rendre votre sang-froid par ces considérations morales ; revenons à nos affaires.

Savez-vous, Vicomte, pourquoi je ne me suis jamais remariée ? ce n'eſt aſſurément pas faute d'avoir trouvé aſſez de partis avanta-geux ; c'eſt uniquement pour que perſonne n'ait le droit de trouver à redire à mes actions. Ce n'eſt même pas que j'aie craint de ne pou-voir plus faire mes volontés, car j'aurois bien toujours fini par là, mais c'eſt qu'il m'auroit gêné que quelqu'un eût eu ſeulement le droit de s'en plaindre ; c'eſt qu'enfin je ne vouloistrom-per que pour mon plaiſir, & non par néceſ-ſité. Et voilà que vous m'écrivez la lettre la plus maritale qu'il ſoit poſſible de voir ! Vous ne m'y parlez que de torts de mon côté, & de graces du vôtre ! Mais comment donc peut-on manquer à celui à qui on ne doit rien ? je ne ſaurois le concevoir !

Voyons ; de quoi s'agit-il tant ? Vous avez trouvé Danceny chez moi, & cela vous a déplu ? à la bonne heure ; mais qu'avez-vous pu en conclure ? ou que c'étoit l'effet du ha-ſard, comme je vous le diſois, ou celui de ma volonté, comme je ne vous le diſois pas. Dans le premier cas, votre lettre eſt injuſte ; dans le ſecond, elle eſt ridicule : c'étoit bien la peine d'écrire ! Mais vous êtes jaloux, & la jalouſie ne raiſonne pas. Hé bien, je vais rai-ſonner pour vous.

Ou vous avez un rival, ou vous n'en avez

pas. Si vous en avez un , il faut plaire pour
lui être préféré ; fi vous n'en avez pas , il faut
plaire encore pour éviter d'en avoir. Dans
tous les cas c'eſt la même conduite à tenir ;
ainſi , pourquoi vous tourmenter ? Pourquoi,
ſur-tout, me tourmenter moi-même ! Ne ſa-
vez-vous donc plus être le plus aimable ? &
n'êtes-vous plus ſûr de vos ſuccès ? Allons donc,
Vicomte , vous vous faites tort. Mais ce n'eſt
pas cela ; c'eſt qu'à vos yeux , je ne vaux pas
que vous vous donniez tant de peine. Vous
deſirez moins mes bontés , que vous ne voulez abuſer de votre empire. Allez, vous êtes
un ingrat. Voilà bien , je crois, du ſentiment !
& pour peu que je continuaſſe , cette lettre
pourroit devenir fort tendre ; mais vous ne le
méritez pas.

Vous ne méritez pas davantage que je me
juſtifie. Pour vous punir de vos ſoupçons ,
vous les garderez ; ainſi, ſur l'époque de mon
retour, comme ſur les viſites de Danceny ,
je ne vous dirai rien. Vous vous êtes donné
bien de la peine pour vous en inſtruire , n'eſt-
il pas vrai ? Hé bien ! en êtes - vous plus
avancé ? Je ſouhaite que vous y ayiez trouvé
beaucoup de plaiſir ; quant à moi , cela n'a
pas nui au mien.

Tout ce que je peux donc répondre à votre
menaçante lettre , c'eſt qu'elle n'a eu ni le don
de me plaire , ni le pouvoir de m'intimider ;

& que pour le moment je suis on ne peut pas moins disposée à vous accorder vos demandes.

Au vrai, vous accepter tel que vous vous montrez aujourd'hui, ce seroit vous faire une infidélité réelle. Ce ne seroit pas là renouer avec mon ancien Amant; ce seroit en prendre un nouveau, & qui ne vaut pas l'autre à beaucoup près. Je n'ai pas assez oublié le premier pour m'y tromper ainsi. Le Valmont que j'aimois étoit charmant; je veux bien convenir même que je n'ai pas rencontré d'homme plus aimable. Ah! je vous en prie, Vicomte, si vous le retrouvez, amenez-le-moi; celui-là sera toujours bien reçu.

Prévenez-le cependant, que dans aucun cas, ce ne seroit ni pour aujourd'hui ni pour demain. Son *Menechme* lui a fait un peu de tort; & en me pressant trop, je craindrois de m'y tromper. Ou bien, peut-être ai-je donné parole à Danceny pour ces deux jours-là? Et votre lettre m'a appris que vous ne plaisantiez pas, quand on manquoit à sa parole. Vous voyez donc qu'il faut attendre.

Mais que vous importe? vous vous vengerez toujours bien de votre rival. Il ne fera pas pis à votre Maîtresse, que vous ferez à la sienne; & après tout; une femme n'en vaut-elle pas une autre? Ce sont vos principes. Celle même qui seroit *tendre & sensible, qui n'existeroit que pour vous, qui mourroit enfin d'amour*

& *de regret*, n'en feroit pas moins facrifiée à la première fantaifie, à la crainte d'être plaifanté un moment; & vous voulez qu'on fe gêne? Ah! cela n'eft pas jufte!

Adieu, Vicomte; redevenez donc aimable: Venez, je ne demande pas mieux que de vous trouver charmant; & dès que j'en ferai fûre, je m'engage à vous le prouver. En vérité, je fuis trop bonne.

Paris, ce 4 Décembre 17**.

LETTRE CLIII.

Le Vicomte DE VALMONT *à la Marquife* DE MERTEUIL.

JE réponds fur le champ à votre lettre, & je tâcherai d'être clair; ce qui n'eft pas facile avec vous, quand une fois vous avez pris le parti de ne pas entendre.

De longs difcours n'étoient pas néceffaires pour établir que chacun de nous ayant en main tout ce qu'il faut pour perdre l'autre, nous avons un égal intérêt à nous ménager mutuellement: auffi, ce n'eft pas de cela dont il s'agit. Mais entre le parti violent de fe perdre, & celui, fans doute meilleur, de refter unis, comme nous l'avons été, de le devenir

davantage encore en reprenant notre premiere liaifon; entre ces deux partis, dis-je, il
y en a mille autres à prendre. Il n'étoit donc
pas ridicule de vous dire, & il ne l'eft pas
de vous répéter que, de ce jour même, je
ferai, ou votre Amant ou votre ennemi.

Je fens à merveille que ce choix vous gêne;
qu'il vous conviendroit mieux de tergiverfer;
& je n'ignore pas que vous n'avez jamais aimé
à être placée ainfi entre le oui & le non: mais
vous devez fentir auffi que je ne puis vous
laiffer fortir de ce cercle étroit, fans rifquer
d'être joué; & vous avez dû prévoir que je
ne le fouffrirois pas. C'eft maintenant à vous
à décider: je peux vous laiffer le choix, mais
non pas refter dans l'incertitude.

Je vous préviens feulement que vous ne
m'abuferez pas par vos raifonnemens, bons
ou mauvais; que vous ne me féduirez pas
davantage par quelques cajoleries dont vous
chercheriez à parer vos refus; & qu'enfin le
moment de la franchife eft arrivé. Je ne demande pas mieux que de vous donner l'exemple; & je vous déclare avec plaifir, que je
préfère la paix & l'union; mais s'il faut rompre
l'une ou l'autre, je crois en avoir le droit &
les moyens.

J'ajoute donc que le moindre obftacle mis
de votre part, fera pris de la mienne pour
une véritable déclaration de guerre: vous

voyez que la réponfe que je vous demande, n'exige ni longues ni belles phrafes. Deux mots fuffifent.

Paris, ce 4 Décembre 17**.

Réponfe de la Marquife DE MERTEUIL
écrite au bas de la même Lettre.

Hé bien ! la guerre.

LETTRE CLIV.

Madame DE VOLANGES *à Madame* DE
ROSEMONDE.

LES bulletins vous inftruifent mieux que je ne pourrois le faire, ma chere amie, du fâcheux état de notre malade. Toute entiere aux foins que je lui donne, je ne prends fur eux le temps de vous écrire, qu'autant qu'il y a d'autres événemens que ceux de la maladie. En voici un, auquel certainement je ne m'attendois pas. C'eft une Lettre que j'ai reçue de M. de Valmont, à qui il a plu de me choifir pour fa confidente, & même pour fa médiatrice auprès de M^de. de Tourvel, pour qui il avoit auffi joint une Lettre à la mienne. J'ai renvoyé l'une en répondant à l'autre. Je

vous fais paffer cette derniere, & je crois que
vous jugerez comme moi, que je ne pouvois
ni ne devois rien faire de ce qu'il me demande.
Quand je l'aurois voulu, notre malheureufe
amie n'auroit pas été en état de m'entendre.
Son délire eft continuel. Mais que direz-vous
de ce défefpoir de M. de Valmont ? D'abord
faut-il y croire, ou veut-il feulement tromper
tout le monde, & jufqu'à la fin (1) ? Si pour
cette fois il eft fincere, il peut bien dire qu'il
a lui - même fait fon malheur. Je crois qu'il
fera peu content de ma réponfe : mais j'avoue
que tout ce qui me fixe fur cette malheureufe
aventure, me fouleve de plus en plus contre
fon auteur.

Adieu, ma chere amie ; je retourne à mes
trifte foins, qui le deviennent bien davantage
encore par le peu d'efpoir que j'ai de les voir
réuffir. Vous connoiffez mes fentimens pour
vous.

*Paris, ce 5 Décembre 17**.*

---

(1) C'eft parce qu'on n'a rien trouvé dans la fuite de
cette correfpondance, qui pût réfoudre ce doute, qu'on a
pris le parti de fupprimer la Lettre de M. de Valmont.

LETTRE CLV.

Le Vicomte DE VALMONT an Chevalier DANCENY.

J'AI paffé deux fois chez vous, mon cher Chevalier ; mais depuis que vous avez quitté le rôle d'Amant pour celui d'homme à bonnes fortunes, vous êtes, comme de raifon, devenu introuvable. Votre valet-de-chambre m'a affuré cependant que vous rentreriez chez vous ce foir ; qu'il avoit ordre de vous attendre : mais moi, qui fuis inftruit de vos projets, j'ai très-bien compris que vous ne rentreriez que pour un moment, pour prendre le coftume de la chofe, & que fur le champ vous recommenceriez vos courfes victorieufes. A la bonne heure, & je ne puis qu'y applaudir ; mais peut-être, pour ce foir, allez-vous être tenté de changer leur direction. Vous ne favez encore que la moitié de vos affaires ; il faut vous mettre au courant de l'autre, & puis vous vous déciderez. Prenez donc le temps de lire ma Lettre. Ce ne fera pas vous diftraire de vos plaifirs, puifqu'au contraire elle n'a d'autre objet que de vous donner le choix entr'eux.

Si j'avois eu votre confiance entiere, si j'avois su par vous la partie de vos secrets que vous m'avez laissée à deviner, j'aurois été instruit à temps ; & mon zele, moins gauche, ne gêneroit pas aujourd'hui votre marche. Mais partons du point où nous sommes. Quelque parti que vous preniez, votre pis-aller feroit toujours bien le bonheur d'un autre.

Vous avez un rendez-vous pour cette nuit, n'est-il pas vrai ? avec une femme charmante & que vous adorez ? car à votre âge, quelle femme n'adore-t-on pas, au moins les huit premiers jours ! Le lieu de la scene doit encore ajouter à vos plaisirs. Une petite maison délicieuse, *& qu'on n'a prise que pour vous*, doit embellir la volupté, des charmes de la liberté, & de ceux du mystere. Tout est convenu, on vous attend, & vous brûlez de vous y rendre ! voilà ce que nous savons tous deux, quoique vous ne m'en ayez rien dit. Maintenant, voici ce que vous ne savez pas, & qu'il faut que je vous dise.

Depuis mon retour à Paris, je m'occupois des moyens de vous rapprocher de Mlle. de Volanges, je vous l'avois promis ; & encore la derniere fois que je vous en parlai, j'eus lieu de juger par vos réponses, je pourrois dire par vos transports, que c'étoit m'occuper de votre bonheur. Je ne pouvois pas réussir

à moi feul dans cette entreprife affez difficile ;
mais après avoir préparé les moyens, j'ai
remis le refte au zele de votre jeune Maîtreffe.
Elle a trouvé, dans fon amour, des reffources
qui avoient manqué à mon expérience : enfin
votre bonheur veut qu'elle ait réuffi. Depuis
deux jours, m'a-t-elle dit ce foir, tous les
obftacles font furmontés, & votre bonheur
ne dépend plus que de vous.

Depuis deux jours auffi, elle fe flattoit de
vous apprendre cette nouvelle elle-même,
& malgré l'abfence de fa maman, vous auriez
été reçu ; mais vous ne vous êtes feulement
pas préfenté ! & pour vous dire tout, foit
caprice ou raifon, la petite perfonne m'a
paru un peu fâchée de ce manque d'empreffement de votre part. Enfin, elle a trouvé le
moyen de me faire auffi parvenir jufqu'à
elle, & m'a fait promettre de vous rendre
le plutôt poffible la Lettre que je joins ici. A
l'empreffement qu'elle y a mis, je parierois
bien qu'il y eft queftion d'un rendez-vous pour
ce foir. Quoi qu'il en foit, j'ai promis fur
l'honneur & fur l'amitié, que vous auriez la
tendre miffive dans la journée, & je ne puis
ni ne veux manquer à ma parole.

A préfent, jeune homme, quelle conduite
allez-vous tenir ? Placé entre la coquetterie &
l'amour, entre le plaifir & le bonheur, quel
va être votre choix ? Si je parlois au Danceny

d'il y a trois mois, seulement à celui d'il y a huit jours, bien sûr de son cœur, je le serois de ses démarches ; mais le Danceny d'aujourd'hui, arraché par les femmes, courant les aventures, & devenu, suivant l'usage, un peu scélérat, préférera-t-il une jeune fille bien timide, qui n'a pour elle que sa beauté, son innocence & son amour, aux agrémens d'une femme parfaitement *usagée* ?

Pour moi, mon cher ami, il me semble que, même dans vos nouveaux principes, que j'avoue bien être aussi un peu les miens, les circonstances me décideroient pour la jeune Amante. D'abord, c'en est une de plus, & puis la nouveauté, & encore la crainte de perdre le fruit de vos soins en négligeant de le cueillir ; car enfin, de ce côté, ce seroit véritablement l'occasion manquée, & elle ne revient pas toujours, sur-tout pour une première foiblesse ; souvent, dans ce cas, il ne faut qu'un moment d'humeur, un soupçon jaloux, moins encore, pour empêcher le plus beau triomphe. La vertu qui se noie, se raccroche quelquefois aux branches ; & une fois réchappée, elle se tient sur ses gardes, & n'est plus facile à surprendre.

Au contraire, de l'autre côté, que risquez-vous ? pas même une rupture, une brouillerie tout au plus, où l'on achete de quelques soins le plaisir d'un raccommodement. Quel autre parti reste-t-il à une femme déjà rendue , que celui de l'indulgence ? Que gagneroit-elle à la sévérité ? la perte de ses plaisirs , sans profit pour sa gloire.

Si , comme je le suppose , vous prenez le parti de l'amour , qui me paroît aussi celui de la raison , je crois qu'il est de la prudence de ne point vous faire excuser au rendez-vous manqué ; laissez - vous attendre tout-simplement ; si vous risquez de donner une raison , on sera peut-être tenté de la vérifier. Les femmes sont curieuses & obstinées ; tout peut se découvrir ; je viens , comme vous savez , d'en être moi-même un exemple. Mais si vous laissez l'espoir , comme il sera soutenu par la vanité , il ne sera perdu que long-temps après l'heure propre aux informations ; alors demain vous aurez à choisir l'obstacle insurmontable qui vous aura retenu ; vous aurez été malade , mort s'il le faut , ou toute autre chose dont vous serez également désespéré , & tout se raccommodera.

Au reste , pour quelque côté que vous vous décidiez , je vous prie seulement de m'en instruire ; & comme je n'y ai pas d'intérêt , je trouverai toujours que vous avez bien fait. Adieu , mon cher ami.

Ce que j'ajoute encore , c'est que je regrette M^{de}. de Tourvel ; c'est que je suis au désespoir d'être séparé d'elle ; c'est que je paierois de la
moitié

moitié de ma vie, le bonheur de lui con-
sacrer l'autre. Ah! croyez-moi, on n'est
heureux que par l'amour.

Paris, ce 5 Décembre 17**.

LETTRE CLVI.

CÉCILE VOLANGES au Chevalier DANCENY.

(Jointe à la précédente.)

COMMENT se fait-il, mon cher ami,
que je cesse de vous voir, quand je ne cesse
pas de le desirer? n'en avez-vous plus autant
d'envie que moi? Ah! c'est bien à présent
que je suis triste! plus triste que quand nous
étions séparés tout-à-fait. Le chagrin que
j'éprouvois par les autres, c'est à présent de
vous qu'il me vient, & cela fait bien plus de
mal.

Depuis quelques jours, Maman n'est jamais chez elle, vous le savez bien; & j'espérois que vous essaieriez de profiter de ce
temps de liberté: mais vous ne songez seulement pas à moi; je suis bien malheureuse!
Vous me disiez tant que c'étoit moi qui aimois

IVme. Partie.   F

le moins ! je favois bien le contraire, & en
voilà bien la preuve. Si vous étiez venu
pour me voir, vous m'auriez vue en effet;
car moi, je ne fuis pas comme vous; je ne
fonge qu'à ce qui peut nous réunir. Vous mériteriez bien que je ne vous dife rien de tout
ce que j'ai fait pour ça, & qui m'a donné
tant de peine : mais je vous aime trop, &
j'ai tant d'envie de vous voir, que je ne
peux m'empêcher de vous le dire. Et puis,
je verrai bien après fi vous m'aimez réellement !

J'ai fi bien fait que le Portier eft dans nos
intérêts, & qu'il m'a promis que toutes les
fois que vous viendriez, il vous laifferoit
toujours entrer comme s'il ne vous voyoit
pas : & nous pouvons bien nous fier à lui, car
c'eft un bien honnête homme. Il ne s'agit
donc plus que d'empêcher qu'on ne vous voie
dans la maifon; & ça, c'eft bien aifé, en n'y
venant que le foir, & quand il n'y aura plus
rien à craindre du tout. Par exemple, depuis
que Maman fort tous les jours, elle fe cou-
che tous les jours à onze heures; ainfi nous
aurions bien du temps.

Le Portier m'a dit que, quand vous voudriez venir comme ça, au lieu de frapper à
la porte, vous n'auriez qu'à frapper à fa fe-
nêtre, & qu'il ouvriroit tout de fuite; &
puis, vous trouverez bien le petit efcalier;

& comme vous ne pourrez pas avoir de la lumiere, je laifferai la porte de ma chanbr entr'ouverte, ce qui vous éclairera toujours un peu. Vous prendrez bien garde de ne pas faire de bruit ; fur-tout en paffant auprès de la petite porte de Maman. Pour celle de ma Femme-de-chambre, c'eft égal, parce qu'elle m'a promis qu'elle ne fe réveilleroit pas ; c'eft auffi une bien bonne fille ! & pour vous en aller, ça fera tout de même. A préfent, nous verrons fi vous viendrez.

Mon Dieu, pourquoi dont le cœur me bat-il fi fort en vous écrivant ? Eft-ce qu'il doit m'arriver quelque malheur, ou fi c'eft l'efpérance de vous voir qui me trouble comme ça ? Ce que je fens bien, c'eft que je ne vous ai jamais tant aimé, & que jamais je n'ai tant defiré de vous le dire. Venez donc, mon ami, mon cher ami ; que je puiffe vous répéter cent fois que je vous aime, que je vous adore, que je n'aimerai jamais que vous.

J'ai trouvé moyen de faire dire à M. de Valmont que j'avois quelque chofe à lui dire ; & lui, comme il eft bien bon ami, il viendra fûrement demain, & je le prierai de vous remettre ma Lettre tout de fuite. Ainfi je vous attendrai demain au foir ; & vous viendrez fans faute, fi vous ne voulez pas que votre Cécile foit bien malheureufe.

Adieu, mon cher ami ; je vous embraffe de tout mon cœur.

Paris, ce 4 Décembre 17**, au foir.

LETTRE CLVII.

Le Chevalier DANCENY au Vicomte DE VALMONT.

NE doutez, mon cher Vicomte, ni de mon cœur, ni de mes démarches : comment réfifterois-je à un defir de ma Cécile ? Ah ! c'eft bien elle, elle feule que j'aime, que j'aimerai toujours ! fon ingénuité, fa tendreffe, ont un charme pour moi, dont j'ai pu avoir la foibleffe de me laiffer diftraire, mais que rien n'effacera jamais. Engagé dans une autre aventure, pour ainfi dire fans m'en être apperçu, fouvent le fouvenir de Cécile eft venu me troubler jufques dans les plus doux plaifirs ; & peut-être mon cœur ne lui a t-il jamais rendu d'hommage plus vrai, que dans le moment même où je lui étois infidele. Cependant, mon ami, ménageons fa délicateffe, & cachons lui mes torts ; non pour la furprendre, mais pour ne pas l'affliger. Le bonheur de Cécile eft le vœu le plus ardent que je forme ; jamais je ne me pardonnerois une faute qui lui auroit coûté une larme.

J'ai mérité, je le sens, la plaisanterie que vous me faites, sur ce que vous appellez mes nouveaux principes : mais vous pouvez m'en croire, ce n'est point par eux que je me conduis dans ce moment ; & dès demain je suis décidé à le prouver. J'irai m'accuser à celle même qui a causé mon égarement, & qui l'a partagé ; je lui dirai : « Lisez dans » mon cœur ; il a pour vous l'amitié la plus » tendre ; l'amitié unie au desir, ressemble » tant à l'amour !... Tous deux nous nous » sommes trompés ; mais susceptible d'er- » reur, je ne suis point capable de mau- » vaise foi. » Je connois mon amie, elle est honnête autant qu'indulgente ; elle fera plus que m'approuver, elle me pardonnera. Elle- même se reprochoit souvent d'avoir trahi l'amitié ; souvent sa délicatesse effrayoit son amour : plus sage que moi, elle fortifiera dans mon ame ces craintes utiles que je cher- chois témérairement à étouffer dans la sienne. Je lui devrai d'être meilleur, comme à vous d'être plus heureux. O ! mes amis, partagez ma reconnoissance. L'idée de vous devoir mon bonheur en augmente le prix.

Adieu, mon cher Vicomte. L'excès de ma joie ne m'empêche point de songer à vos peines, & d'y prendre part. Que ne puis-je vous être utile ! M^{de}. de Tourvel reste donc

F 3

inexorable ? On la dit auffi bien malade. Mon Dieu, que je vous plains ! Puiffe-t-elle reprendre à-la-fois de la fanté & de l'indulgence, & faire à jamais votre bonheur ! Ce font les vœux de l'amitié ; j'ofe efpérer qu'ils feront exaucés par l'amour.

Je voudrois caufer plus long-temps avec vous ; mais l'heure me preffe, & peut-être Cécile m'attend déjà.

Paris, ce 5 Décembre 17**.

LETTRE CLVIII.

Le Vicomte DE VALMONT à la Marquife DE MERTEUIL.

(A fon réveil.)

HÉ bien, Marquife, comment vous trouvez-vous des plaifirs de la nuit derniere ? n'en êtes vous pas un peu fatiguée ? Convenez donc que Danceny eft charmant ! il fait des prodiges, ce garçon-là ! Vous n'attendiez pas cela de lui, n'eft-il pas vrai ? Allons, je me rends juftice ; un pareil rival méritoit bien que je lui fuffe facrifié. Sérieufement, il eft plein de bonnes qualités ! Mais fur-tout, que d'amour, de conftance, de délicateffe! Ah! fi jamais vous êtes aimée de lui comme l'eft fa Cécile, vous n'aurez point de rivales à craindre : il vous l'a prouvé cette nuit. Peut-être à force de coquetterie, une autre femme pourra vous l'enlever un moment ; un jeune homme ne fait gueres fe refufer à des agaceries provoquantes : mais un feul mot de l'objet aimé fuffit, comme vous voyez, pour diffiper cette illufion ; ainfi il ne vous manque plus que d'être cet objet-là, pour être parfaitement heureufe.

Sûrement vous ne vous y tromperez pas; vous avez le tact trop fûr pour qu'on puiffe le craindre. Cependant l'amitié qui nous unit , auffi fincere de ma part que bien reconnue de la vôtre, m'a fait defirer pour vous , l'épreuve de cette nuit; c'eft l'ouvrage de mon zele, il a réuffi: mais point de remerciemens; cela n'en vaut pas la peine : rien n'étoit plus facile.

Au fait, que m'en a-t-il coûté ? un léger facrifice, & quelque peu d'adreffe. J'ai confenti à partager avec le jeune homme les faveurs de fa Maîtreffe; mais enfin il y avoit bien autant de droit que moi; & je m'en fouciois fi peu ! La Lettre que la jeune perfonne lui a écrite, c'eft bien moi qui l'ai dictée; mais c'étoit feulement pour gagner du temps, parce que nous avions à l'employer mieux. Celle que j'y ai jointe, oh ! ce n'étoit rien ,

F 4

prefque rien ; quelques réflexions de l'amitié pour guider le choix du nouvel amant :
mais en honneur elles étoient inutiles ; il
faut dire la vérité, il n'a pas balancé un
moment.

Et puis, dans fa candeur, il doit aller chez
vous aujourd'hui vous raconter tout ; & fûrement ce récit-là vous fera grand plaifir ! il vous
dira : *Lifez dans mon cœur* ; il me le mande : &
vous voyez bien que cela raccommode tout.
J'efpere qu'en y lifant ce qu'il voudra, vous
y lirez peut-être auffi que les Amans fi jeunes ont leurs dangers ; & encore, qu'il vaut
mieux m'avoir pour ami que pour ennemi.

Adieu, Marquife ; jufqu'à la premiere occafion.

Paris, ce 6 Décembre 17**.

LETTRE CLIX.

La Marquife DE MERTEUIL *au Vicomte* DE
VALMONT.

(*Billet.*)

JE n'aime pas qu'on ajoute de mauvaifes
plaifanteries à de mauvais procédés ; ce
n'eft pas plus ma maniere que mon goût.
Quand j'ai à me plaindre de quelqu'un, je

ne le perfiffle pas ; je fais mieux : je me venge. Quelque content de vous que vous puiffiez être en ce moment, n'oubliez point que ce ne feroit pas la premiere fois que vous vous feriez applaudi d'avance, & tout feul, dans l'efpoir d'un triomphe qui vous feroit échappé à l'inftant même où vous vous en félicitiez. Adieu.

Paris, ce 6 Décembre 17**.

LETTRE CLX.

Madame de VOLANGES à Madame DE ROSEMONDE.

JE vous écris de la chambre de votre malheureufe amie, dont l'état eft à-peu-près toujours le même. Il doit y avoir cet après-midi une confultation de quatre Médecins. Malheureufement c'eft, comme vous le favez, plus fouvent une preuve de danger qu'un moyen de fecours.

Il paroît cependant que la tête eft un peu revenue la nuit derniere. La Femme-de-chambre m'a informée ce matin, qu'environ vers minuit, fa maîtreffe l'a fait appeller ; qu'elle a voulu être feule avec elle, & qu'elle

F 5

lui a dicté une affez longue lettre. Julie a
ajouté que, tandis qu'elle étoit occupée à en
faire l'enveloppe, Madame de Tourvel avoit
repris le tranfport; enforte que cette fille n'a
pas fu à qui il falloit mettre l'adreffe. Je me
fuis étonnée d'abord que la lettre elle-même
n'ait pas fuffi pour le lui apprendre; mais fur
ce qu'elle m'a répondu qu'elle craignoit de
fe tromper, & que cependant fa maîtreffe
lui avoit bien recommandé de la faire partir
fur le champ, j'ai pris fur moi d'ouvrir le
paquet.

J'y ai trouvé l'écrit que je vous envoie, qui
en effet ne s'adreffe à perfonne, pour s'adreffer
à trop de monde. Je croirois cependant que c'eft
à M. de Valmont que notre malheureufe amie
a voulu écrire d'abord; mais qu'elle a cédé, fans
s'en appercevoir, au défordre de fes idées.
Quoi qu'il en foit, j'ai jugé que cette lettre
ne devoit être rendue à perfonne. Je vous
l'envoie, parce que vous y verrez mieux que
je ne pourrois vous le dire, quelles font les
penfées qui occupent la tête de notre malade. Tant qu'elle reftera auffi vivement affectée, je n'aurai gueres d'efpérance. Le corps
fe rétablit difficilement, quand l'efprit eft fi
peu tranquille.

Adieu, ma chere & digne amie. Je vous
félicite d'être éloignée du trifte fpectacle que
j'ai continuellement fous les yeux.

*Paris, ce 6 Décembre 17**.*

LETTRE CLXI.

La Présidente DE TOURVEL à.....

(Dictée par elle , & écrite par fa Femme-de-chambre.)

ÊTRE cruel & malfaifant, ne te lafferas-tu point de me perfécuter? Ne te fuffit-il pas de m'avoir tourmentée, dégradée, avilie? veux-tu me ravir jufqu'à la paix du tombeau? Quoi! dans ce féjour de ténebres où l'ignominie m'a forcée de m'enfevelir, les peines font-elles fans relâche, l'efpérance eft-elle méconnue? Je n'implore point une grace que je ne mérite point, pour fouffrir fans me plaindre, il me fuffira que mes fouffrances n'excedent pas mes forces. Mais ne rend pas mes tourmens infupportables. En me laiffant mes douleurs, ôte-moi le cruel fouvenir des biens que j'ai perdus. Quand tu me les a ravis, n'en retrace plus à mes yeux la défolante image. J'étois innocente & tranquille : c'eft pour t'avoir vu que j'ai perdu le repos; c'eft en t'écoutant que je fuis devenue criminelle. Auteur de mes fautes, quel droit as-tu de les punir?

F 6

Où font les amis qui me chériffoient ! où font ils ? mon infortune les épouvante ; aucun n'ofe approcher. Je fuis opprimée, & ils me laiffent fans fécours ! Je meurs, & perfonne ne pleure fur moi ! Toute confolation m'eft refufée. La pitié s'arrête fur les bords de l'abîme où le criminel fe plonge. Les remords le déchirent, & fes cris ne font pas entendus !

Et toi, que j'ai outragé ; toi, dont l'eftime ajoute à mon fupplice ; toi, qui feul enfin aurois le droit de te venger, que fais-tu loin de moi ? Viens punir une femme infidelle. Que je fouffre enfin des tourmens mérités. Déjà je me ferois foumife à ta vengeance ; mais le courage m'a manqué pour t'apprendre ta honte. Ce n'étoit point diffimulation, c'étoit refpect. Que cette lettre au moins t'apprenne mon repentir. Le Ciel a pris ta caufe ; il te venge d'une injure que tu as ignorée. C'eft lui qui a lié ma langue & retenu mes paroles ; il a craint que tu ne me remiffes une faute qu'il vouloit punir. Il m'a fouftraite à ton indulgence, qui auroit bleffé fa juftice. Impitoyable dans fa vengeance, il m'a livrée à celui-là même qui m'a perdue. C'eft à la fois pour lui & par lui que je fouffre. Je veux le fuir en vain ; il me fuit, il eft là, il m'obfede fans ceffe. Mais qu'il eft différent de lui-même ! Ses yeux n'expriment

plus que la haine & le mépris. Sa bouche
ne profere que l'infulte & le reproche. Ses
bras ne m'entourent que pour me déchirer.
Qui me fauvera de fa barbare fureur?

Mais quoi! c'eft lui.... Je ne me trompe
pas; c'eft lui que je revois. O! mon aimable
ami! reçois-moi dans tes bras; cache-moi
dans ton fein : oui, c'eft toi, c'eft bien toi!
quelle illufion funefte m'avoit fait te méconnoître? combien j'ai fouffert dans ton abfence! Ne nous féparons plus, ne nous féparons jamais. Laiffe-moi refpirer. Sens mon
cœur, comme il palpite! Ah! ce n'eft plus
de crainte, c'eft la douce émotion de l'amour.
Pourquoi te refufer à mes tendres careffes?
Tourne vers moi tes doux regards! Quels
font ces liens que tu cherches à rompre?
pour qui prépares-tu cet appareil de mort?
qui peut altérer ainfi tes traits? que fais-tu?
Laiffe-moi : je frémis! Dieu! c'eft ce monftre
encore!

Mes amies, ne m'abandonnez pas. Vous
qui m'invitiez à le fuir, aidez-moi à le combattre ; & vous qui, plus indulgente, me
promettiez de diminuer mes peines, venez
donc auprès de moi. Où êtes-vous toutes deux?
S'il ne m'eft plus permis de vous revoir,
répondez au moins à cette lettre ; que je fache
que vous m'aimez encore.

Laiffe-moi donc, cruel! quelle nouvelle

fureur t'anime ? Crains-tu qu'un fentiment doux ne pénetre jufqu'à mon ame ? Tu redoubles mes tourmens ; tu me forces de te haïr. Oh ! que la haine eft douloureufe ! comme elle corrode le cœur qui la diftille ! Pourquoi me perfécutez-vous ? que pouvez-vous encore avoir à me dire ? ne m'avez-vous pas mife dans l'impoffibilité de vous écouter comme de vous répondre ? N'attendez plus rien de moi. Adieu, Monfieur.

*Paris, ce 5 Décembre 17**.*

LETTRE CLXII.

Le Chevalier D A N C E N Y au Vicomte DE VALMONT.

JE fuis inftruit, Monfieur, de vos procédés envers moi. Je fais auffi que, non content de m'avoir indignement joué, vous ne craignez pas de vous en vanter, de vous en applaudir. J'ai vu la preuve de votre trahifon écrite de votre main. J'avoue que mon cœur en a été navré, & que j'ai fenti quelque honte d'avoir autant aidé moi-même à l'odieux abus que vous avez fait de mon aveugle confiance : pourtant, je ne vous envie pas

ce honteux avantage ; je fuis feulement curieux de favoir fi vous les conferverez tous
également fur moi. J'en ferai inftruit, fi, comme
je l'efpere, vous voulez bien vous trouver
demain, entre huit & neuf heures du matin,
à la porte du bois de Vincennes, village
de Saint-Mandé ; j'aurai foin d'y faire trouver
tout ce qui fera néceffaire pour les éclairciffemens qui me reftent à prendre avec vous.

LE CHEVALIER DANCENY.

Paris, ce 6 Décembre 17**., au foir.

LETTRE CLXIII.

M. BERTRAND à Madame DE ROSEMONDE.

MADAME,

C'eft avec bien du regret que je remplis
le trifte devoir de vous annoncer une nouvelle qui va vous caufer un fi cruel chagrin.
Permettez-moi de vous inviter d'abord à cette
pieufe réfignation, que chacun a fi fouvent
admiré en vous, & qui peut feule nous faire
fupporter les maux dont eft femée notre
miférable vie.

M. votre neveu.... Mon Dieu ! faut-il que j'afflige tant une fi refpectable dame ! M. votre neveu a eu le malheur de fuccomber dans un combat fingulier qu'il a eu ce matin avec M. le Chevalier Danceny. J'ignore entierement le fujet de la querelle ; mais il paroît, par le billet que j'ai trouvé encore dans la poche de M. le Vicomte, & que j'ai l'honneur de vous envoyer ; il paroît, dis-je, qu'il n'étoit pas l'agreffeur. Et il faut que ce foit lui que le Ciel ait permis qui fuccombat !

J'étois chez M. le Vicomte à l'attendre, à l'heure même où on l'a ramené à l'Hôtel. Figurez-vous mon effroi, en voyant M. votre neveu porté par deux de fes gens, & tout baigné dans fon fang. Il avoit deux coups d'épée dans le corps, & il étoit déjà bien foible. M. Danceny étoit auffi-là, & même il pleuroit. Ah ! fans doute, il doit pleurer : mais il eft bien temps de répandre des larmes, quand on a caufé un malheur irréparable !

Pour moi, je ne me poffédois pas ; & malgré le peu que je fuis, je ne lui en difois pas moins ma façon de penfer. Mais c'eft-là que M. le Vicomte s'eft montré véritablement grand. Il m'a ordonné de me taire ; & celui-là même, qui étoit fon meurtrier, il lui a pris la main, l'a appellé fon ami, l'a embraffé devant nous tous, & nous a dit :

« Je vous ordonne d'avoir pour Mon-
» sieur, tous les égards qu'on doit à un
» brave & galant homme ». Il lui a, de
plus, fait remettre, devant moi, des papiers fort volumineux, que je ne connois pas,
mais auxquels je sais bien qu'il attachoit beaucoup d'importance. Ensuite, il a voulu
qu'on les laissât seuls ensemble pendant un
moment. Cependant j'avois envoyé chercher tout de suite tous les secours, tant spi-
rituels que temporels : mais, hélas ! le mal
étoit sans remede. Moins d'une demi-heure
après, M. le Vicomte étoit sans connoissance. Il n'a pu recevoir que l'extrême-onction ;
& la cérémonie étoit à peine achevée, qu'il a
rendu son dernier soupir.

Bon Dieu ! quand j'ai reçu dans mes bras
à sa naissance ce précieux appui d'une maison si illustre, aurois-je pu prévoir que ce
seroit dans mes bras qu'il expireroit, & que
j'aurois à pleurer sa mort ? Une mort si précoce & si malheureuse ! Mes larmes coulent
malgré moi. Je vous demande pardon,
Madame, d'oser ainsi mêler mes douleurs
aux vôtres : mais dans tous les états, on a
un cœur & de la sensibilité ; & je serois bien
ingrat, si je ne pleurois pas toute ma vie un
Seigneur qui avoit tant de bontés pour moi,
& qui m'honoroit de tant de confiance.

Demain, après l'enlévement du corps,

je ferai mettre les ſcellés par-tout, & vous
pouvez vous en repoſer entiérement ſur mes
ſoins. Vous n'ignorez pas, Madame, que
ce malheureux événement finit la ſubſtitu-
tion, & rend vos diſpoſitions entierement li-
bres. Si je puis vous être de quelque utilité,
je vous prie de vouloir bien me faire paſſer
vos ordres : je mettrai tout mon zele à les
exécuter ponctuellement.

Je ſuis avec le plus profond reſpect, Madame, votre très-humble, &c.

BERTRAND.

Paris, ce 7 Décembre 17**.

LETTRE CLXIV.

Madame DE ROSEMONDE à M. BERTRAND.

JE reçois votre Lettre à l'inſtant même,
mon cher Bertrand, & j'apprends par elle
l'affreux événement dont mon neveu a été
la malheureuſe victime. Oui, ſans doute,
j'aurai des ordres à vous donner ; & ce n'eſt
que pour eux que je peux m'occuper d'autre choſe que de ma mortelle affliction.
Le billet de M. Danceny, que vous m'a-

vez envoyé, eſt une preuve bien convain-
cante que c'eſt lui qui a provoqué le duel:
& mon intention eſt que vous en rendiez
plainte ſur le champ, & en mon nom. En par-
donnant à ſon ennemi, à ſon meurtrier, mon
neveu a pu ſatisfaire à ſa généroſité naturelle: mais moi, je dois venger à la fois ſa
mort, l'humanité & la religion. On ne ſauroit trop exciter la ſévérité des Loix contre
ce reſte de barbarie, qui infecte encore nos
mœurs; & je ne crois pas que ce puiſſe être
dans ce cas, que le pardon des injures nous
ſoit preſcrit. J'attends donc que vous ſuiviez
cette affaire avec tout le zele & toute l'activité dont je vous connois capable, & que
vous devez à la mémoire de mon neveu.

Vous aurez ſoin avant tout, de voir M.
le Préſident de.... de ma part, & d'en con-
férer avec lui. Je ne lui écris pas, preſſée
que je ſuis de me livrer toute entiere à ma
douleur. Vous lui ferez mes excuſes, & lui
communiquerez cette Lettre.

Adieu, mon cher Bertrand; je vous loue
& vous remercie de vos bons ſentimens, &
ſuis pour la vie toute à vous.

*Du Château de...., ce 8 Décembre 17**.*

LETTRE CLXV.

Madame DE VOLANGES à Madame DE ROSEMONDE.

JE vous sais déjà instruite, ma chere & digne amie, de la perte que vous venez de faire; je connoissois votre tendresse pour M. de Valmont, & je partage bien sincérement l'affliction que vous devez ressentir. Je suis vraiment peinée d'avoir à ajouter de nouveaux regrets à ceux que vous éprouvez déjà, mais hélas, il ne vous reste non plus que des larmes à donner à notre malheureuse amie. Nous l'avons perdue hier, à onze heures du soir. Par une fatalité attachée à son sort, & qui sembloit se jouer de toute prudence humaine, ce court intervalle qu'elle a survécu à M. de Valmont, lui a suffi pour en apprendre la mort; &, comme elle a dit elle-même, pour n'avoir pu succomber sous le poids de ses malheurs qu'après que la mesure en a été comblée.

En effet, vous avez su que depuis plus de deux jours elle étoit absolument sans connoissance; & encore hier matin, quand son Médecin arriva, & que nous nous approchâ.

mes de fon lit, elle ne nous reconnut ni l'un ni l'autre, & nous ne pûmes en obtenir ni une parole, ni le moindre figne. Hé bien, à peine étions-nous revenus à la cheminée, & pendant que le Médecin m'apprenoit le trifte évènement de la mort de M. de Valmont, cette femme infortunée a retrouvé toute fa tête ; foit que la nature feule ait produit cette révolution, foit qu'elle ait été caufée par ces mots répétés de *M. de Valmont* & de *mort*, qui ont pu rappeller à la malade les feules idées dont elle s'occupoit depuis longtemps.

Quoiqu'il en foit, elle ouvrit précipitamment les rideaux de fon lit, en s'écriant : « Quoi ! que dites-vous ? M. de Valmont eft » mort ! » J'efpérois lui faire croire qu'elle s'étoit trompée, & je l'affurai d'abord qu'elle avoit mal entendu : mais loin de fe laiffer perfuader ainfi, elle exigea du Médecin qu'il recommençât ce cruel récit ; & fur ce que je voulus effayer encore de la diffuader, elle m'appella & me dit à voix baffe : « Pour- » quoi vouloir me tromper ? n'étoit-il pas » déjà mort pour moi ! » Il a donc fallu céder.

Notre malheureufe amie a écouté d'abord d'un air affez tranquille : mais bientôt aprés, elle a interrompu le récit, en difant : « Affez, » j'en fais affez ». Elle a demandé fur le

champ qu'on fermât fes rideaux ; & lorfque
le Médecin a voulu s'occuper enfuite des
foins de fon état, elle n'a jamais voulu fouffrir qu'il approchât d'elle.

Dès qu'il a été forti, elle a pareillement
renvoyé fa garde & fa femme-de-chambre;
& quand nous avons été feules, elle m'a
priée de l'aider à fe mettre à genoux fur
fon lit, & de l'y foutenir. Là elle eft reftée
quelque temps en filence, & fans autre expreffion que celle de fes larmes qui couloient
abondamment. Enfin, joignant fes mains &
les élevant vers le Ciel : « Dieu tout-puif-
» fant, » a-t-elle dit d'une voix foible, mais
fervente, « je me foumets à ta juftice : mais
» pardonne à Valmont. Que mes malheurs,
» que je reconnois avoir mérités, ne lui
» foient pas un fujet de reproche, & je bé-
» nirai ta miféricorde ». Je me fuis permis,
ma chere & digne amie, d'entrer dans ces
détails fur un fujet que je fens bien devoir
renouveller & aggraver vos douleurs, parce
que je ne doute pas que cette priere de M^{de}. de
Tourvel ne porte cependant une grande
confolation dans votre ame.

Après que notre amie eut proféré ce peu
de mots, elle fe laiffa retomber dans mes
bras; & elle étoit à peine replacée dans fon
lit, qu'il lui prit une foibleffe qui fut longue,
mais qui céda pourtant aux fecours ordi-

naires. Auſſi-tôt qu'elle eût repris connoiſ-
ſance, elle me demanda d'envoyer chercher
le Pere Anſelme : & elle ajouta : « C'eſt à
» préſent le ſeul Médecin dont j'aie beſoin ;
» je ſens que mes maux vont bientôt finir ».
Elle ſe plaignoit de beaucoup d'oppreſſion ;
& elle parloit difficilement.

Peu de temps après elle me fit remettre,
par ſa Femme-de-chambre, une caſſette que
je vous envoie, qu'elle me dit contenir des
papiers à elle, & qu'elle me chargea de vous
faire paſſer auſſi-tôt après ſa mort. (1) Enſuite elle me parla de vous, & de votre amitié pour elle, autant que ſa ſituation le lui
permettoit, & avec beaucoup d'attendriſſement.

Le Pere Anſelme arriva vers les quatre
heures, & reſta près d'une heure ſeul avec
elle. Quand nous rentrâmes, la figure de
la malade étoit calme & ſereine ; mais il
étoit facile de voir que le Pere Anſelme
avoit beaucoup pleuré. Il reſta pour aſſiſter
aux dernieres cérémonies de l'Egliſe. Ce
ſpectacle, toujours ſi impoſant & ſi douloureux, le devenoit encore plus par le contraſte
que formoit la tranquille réſignation de la
malade, avec la douleur profonde de ſon

_____

(1) Cette caſſette contenoit toutes les Lettres relatives
à ſon aventure avec M. de Valmont.

vénérable Confeſſeur, qui fondoit en larmes à côté d'elle. L'attendriſſement devint
général; & celle que tout le monde pleuroit,
fut la ſeule qui ne ſe pleura point.

Le reſte de la journée ſe paſſa dans les
prieres uſitées, qui ne furent interrompues
que par les fréquentes foibleſſes de la malade.
Enfin, vers les onze heures du ſoir, elle me
parut plus oppreſſée & plus ſouffrante. J'a-
vançai ma main pour chercher ſon bras;
elle eut encore la force de la prendre, & la
poſa ſur ſon cœur. Je n'en ſentis plus le
battement; & en effet, notre malheureuſe
amie expira dans le moment même.

Vous rappellez-vous, ma chere amie, qu'à
votre dernier voyage ici, il y a moins d'un
an, cauſant enſemble de quelques perſonnes
dont le honheur nous paroiſſoit plus ou
moins aſſuré, nous nous arrêtâmes avec
complaiſance ſur le ſort de cette même
femme, dont aujourd'hui nous pleurons à
la fois les malheurs & la mort! Tant de
vertus, de qualités louables & d'agrémens;
un caractere ſi doux & ſi facile; un mari
qu'elle aimoit, & dont elle étoit adorée;
une ſociété où elle ſe plaiſoit, & dont elle
faiſoit les délices; de la figure, de la jeuneſſe, de la fortune; tant d'avantages réu-
nis, ont donc été perdus par une ſeule imprudence! O, providence! ſans doute il faut

adorer

adorer tes décrets ; mais combien ils font incompréhenfibles ! Je m'arrête ; je crains d'augmenter votre trifteffe, en me livrant à la mienne.

Je vous quitte & vais paffer chez ma fille qui eft un peu indifpofée. En apprenant de moi, ce matin, cette mort fi prompte de deux perfonnes de fa connoiffance, elle s'eft trouvée mal, & je l'ai fait mettre au lit. J'ef-pere cependant que cette légere incommo-dité n'aura pas de fuite. A cet âge-là on n'a pas encore l'habitude des chagrins , & leur impreffion en devient plus vive & plus forte. Cette fenfibilité fi active eft, fans doute, une qualité louable : mais combien tout ce qu'on voit chaque jour nous apprend à la craindre ! Adieu, ma chere & digne amie.

*Paris, ce 9 Décembre 17**.*

LETTRE CLXVI.

M. BERTRAND à Madame DE ROSEMONDE.

MADAME,

EN conféquence des ordres que vous m'avez fait l'honneur de m'adreffer, j'ai eu

IVme. Partie.   G

celui de voir M. le Préfident de..., & je
lui ai communiqué votre Lettre, en le prévenant que, fuivant vos defirs, je ne ferois
rien que par fes confeils. Ce refpectable
Magiftrat m'a chargé de vous obferver que
la plainte que vous êtes dans l'intention de
rendre contre M. le Chevalier Danceny,
compromettroit également la mémoire de M.
votre neveu; & que fon honneur fe trouveroit néceffairement entaché par l'Arrêt de
la Cour, ce qui feroit fans doute un grand
malheur. Son avis eft donc qu'il faut bien
fe garder de faire aucune démarche; &
que s'il y en avoit à faire, ce feroit au contraire pour tâcher de prévenir que le Miniftere
public ne prît connaiffance de cette malheureufe aventure, qui n'a déjà que trop éclaté.

Ces obfervations m'ont paru pleines de
fageffe, & je prends le parti d'attendre de
nouveaux ordres de votre part.

Permettez-moi de vous prier, Madame,
de vouloir-bien, en me les faifant paffer, y
joindre un mot fur l'état de votre chere fanté,
pour laquelle je redoute extrêmement le trifte
effet de tant de chagrins. J'efpere que vous
pardonnerez cette liberté à mon attachement
& à mon zele.

Je fuis avec refpect, Madame, votre, &c.

Paris, ce 10 Décembre 17**.

LETTRE CLXVII.

Anonyme à M. le Chevalier DANCENY.

MONSIEUR,

J'ai l'honneur de vous prévenir que ce matin, au parquet de la Cour, il a été question, parmi MM. les Gens du Roi, de l'affaire que vous avez eue ces jours derniers avec M. le Vicomte de Valmont, & qu'il est à craindre que le Ministere public n'en rende plainte. J'ai cru que cet avertissement pourroit vous être utile; soit pour que vous fassiez agir vos protections, pour arrêter ces suites fâcheuses, soit, au cas que vous n'y puissiez parvenir, pour vous mettre dans le cas de prendre vos sûretés personnelles.

Si même vous me permettez un conseil, je crois que vous feriez bien, pendant quelque temps, de vous montrer moins que vous ne l'avez fait depuis quelques jours. Quoiqu'ordinairement on ait de l'indulgence pour ces sortes d'affaires, on doit néanmoins toujours ce respect à la Loi.

Cette précaution devient d'autant plus

néceſſaire, qu'il m'eſt revenu qu'une Madame
de Roſemonde, qu'on m'a dit tante de M. de
Valmont, vouloit rendre plainte contre vous,
& qu'alors la Partie publique ne pourroit pas
ſe refuſer à ſa réquiſition. Il ſeroit peut-être
à propos que vous puiſſiez faire parler à
cette dame.

Des raiſons particulieres m'empêchent de
ſigner cette lettre; mais je compte que, pour
ne pas ſavoir de qui elle vous vient, vous
n'en rendrez pas moins juſtice au ſentiment
qui l'a dictée.

J'ai l'honneur d'être, &c.

Paris, ce 10 *Décembre* 17**.

LETTRE CLXVIII.

Madame DE VOLANGES à Madame DE ROSEMONDE.

IL ſe répand ici, ma chere & digne amie,
ſur le compte de Madame de Merteuil, des
bruits bien étonnans & bien fâcheux. Aſſurément je ſuis loin d'y croire, & je parierois bien que ce n'eſt qu'une affreuſe
calomnie; mais je ſais trop combien les
méchancetés, même les moins vraiſemblables,

prennent aifément confiftance, & combien
l'impreffion qu'elles laiffent s'efface difficilement, pour ne pas être très-alarmée de celle-ci,
toutes faciles que je es crois à détruire. Je
defirerois, fur tout, qu'elles puffent être
arrêtées de bonne heure, & avant d'être plus
répandues. Mais je n'ai fu qu'hier, fort tard,
ces horreurs qu'on commence feulement à
débiter; & quand j'ai envoyé ce matin chez
Madame de Merteuil, elle venoit de partir
pour la campagne, où elle doit paffer deux
jours. On n'a pas pu me dire chez qui elle
étoit allée. Sa feconde femme, que j'ai fait
venir me parler, m'a dit que fa Maîtreffe
lui avoit feulement donné ordre de l'attendre
jeudi prochain; & aucun des Gens qu'elle a
laiffés ici, n'en fait davantage. Moi-même,
je ne préfume pas où elle peut être; je ne
me rappelle perfonne de fa connoiffance qui
refte auffi tard à la campague.

Quoi qu'il en foit, vous pourrez, à ce
que j'efpere, me procurer, d'ici à fon retour,
des éclairciffemens qui peuvent lui être utiles;
car on fonde ces odieufes hiftoires fur des
circonftances de la mort de M. de Valmont,
dont apparemment vous aurez été inftruite
fi elles font vraies, ou dont, au moins, il
vous fera facile de vous faire informer : ce
que je vous demande en grace. Voici ce
qu'on publie, ou, pour mieux dire, ce

qu'on murmure encore, mais qui ne tardera
fûrement pas à éclater davantage.

On dit donc que la querelle furvenue entre
M. de Valmont & le Chevalier Danceny,
eft l'ouvrage de Madame de Merteuil, qui
les trompoit également tous deux ; que, comme
il arrive prefque toujours, les deux rivaux
ont commencé par fe battre, & ne font venus
qu'après aux éclairciffemens ; que ceux-ci
ont produit une réconciliation fincere ; & que
pour achever de faire connoître Madame de
Merteuil au Chevalier Danceny, & auffi
pour fe juftifier entiérement, M. de Valmont
a joint à fes difcours une foule de lettres,
formant une correfpondance réguliere qu'il
entretenoit avec elle, & où celle-ci raconte
fur elle-même, & dans le ftyle le plus libre,
les anecdotes les plus fcandaleufes.

On ajoute que Danceny, dans fa premiere
indignation, a livré ces lettres à qui a voulu
les voir ; & qu'à préfent elles courent Paris.
On en cite particuliérement deux (1) ; l'une
où elle fait l'hiftoire entiere de fa vie & de
fes principes, & qu'on dit le comble de l'horreur ; l'autre, qui juftifie entiérement M. de
Prévan, dont vous vous rappellez l'hiftoire,
par la preuve qui s'y trouve qu'il n'a fait

_____

(1) Lettres LXXXI & LXXXV de ce Recueil.

au contraire que céder aux avances les plus marquées de Madame de Merteuil, & que le rendez-vous étoit convenu avec elle.

J'ai heureufement les plus fortes raifons de croire que ces imputations font auffi fauffes qu'odieufes. D'abord, nous favons toutes deux que M. de Valmont n'étoit sûrement pas occupé de M^{de}. de Merteuil, & j'ai tout lieu de croire que Danceny ne s'en occupoit pas davantage : ainfi, il me paroît démontré qu'elle n'a pu être, ni le fujet, ni l'auteur de la querelle. Je ne comprends pas non plus quel intérêt auroit eu M^{de} de Merteuil, que l'on fuppofe d'accord avec M. de Prévan, à faire une fcene qui ne pouvoit jamais être que défagréable par fon éclat ; & qui pouvoit devenir très-dangereufe pour elle, puifqu'elle fe faifoit par-là un ennemi irréconciliable, d'un homme qui fe trouvoit maître d'une partie de fon fecret, & qui avoit alors beaucoup de partifans. Cependant il eft à remarquer que, depuis cette aventure, il ne s'eft pas élevé une feule voix en faveur de Prévan, & que, même de fa part, il n'y a eu aucune réclamation.

Ces réflexions me porteroient à le foupçonner l'auteur des bruits qui courent aujourd'hui ; & à regarder ces noirceurs comme l'ouvrage de la haine & de la vengeance d'un homme qui, fe voyant perdu, efpere par ce moyen répandre au moins des doutes, & caufer peut-être une diverfion utile. Mais de quelque part que viennent ces méchan- cetés, le plus preffé eft de les détruire. Elles tomberoient d'elles-mêmes, s'il fe trouvoit, comme il eft vraifemblable, que MM. de Valmont & Danceny ne fe fuffent point parlés depuis leur malheureufe affaire, & qu'il n'y eût pas eu de papiers remis.

Dans mon impatience de vérifier ces faits, j'ai envoyé ce matin chez M. Danceny ; il n'eft pas non plus à Paris. Ses Gens ont dit à mon valet-de-chambre qu'il étoit parti cette nuit, fur un avis qu'il avoit reçu hier, & que le lieu de fon féjour étoit un fecret. Apparemment il craint les fuites de fon af- faire. Ce n'eft-donc que par vous, ma chere & digne amie, que je puis avoir les détails qui m'intéreffent, & qui peuvent devenir fi néceffaires à M^{de}. de Merteuil. Je vous re- nouv lle ma priere, de me les faire parvenir le plutôt poffible.

P. S. L'indifpofition de ma fille n'a eu aucune fuite ; elle vous préfente fon refpect.

Paris, ce 11 *Décembre* 17**.

LETTRE CLXIX.

Le Chevalier DANCENY *à Madame* DE
ROSEMONDE.

MADAME,

PEUT-ÊTRE trouverez-vous la démarche
que je fais aujourd'hui, bien étrange : mais,
je vous en fupplie, écoutez-moi avant de
me juger, & ne voyez ni audace ni témé-
rité, où il n'y a que refpect & confiance. Je
ne me diffimule pas les torts que j'ai vis-à-
vis de vous, & je ne me les pardonnerois de
ma vie, fi je pouvois penfer un moment
qu'il m'eût été poffible d'éviter de les avoir.
Soyez même bien perfuadée, Madame,
que pour me trouver exempt de reproches,
je ne le fuis pas de regrets ; & je peux ajouter
encore avec fincérité, que ceux que je vous
caufe entrent pour beaucoup dans ceux que
je reffens. Pour croire à fes fentimens dont
j'ofe vous affurer, il doit vous fuffire de vous
rendre juftice, & de favoir que, fans avoir
l'honneur d'être connu de vous, j'ai pourtant
celui de vous connoître.

Cependant, quand je gémis de la fatalité

G 5

qui a caufé à la fois vos chagrins & mes malheurs, on veut me faire craindre que, toute entiere à votre vengeance, vous ne cherchiez les moyens de les fatisfaire, jufques dans la févérité des Loix.

Permettez-moi d'abord de vous obferver à ce fujet, qu'ici votre douleur vous abufe, puifque mon intérêt fur ce point eft effentiellement lié à celui de M. de Valmont, & qu'il fe trouveroit enveloppé lui-même dans la condamnation que vous auriez provoquée contre moi. Je croirois donc, Madame, pouvoir au contraire compter plutôt de votre part, fur des fecours que fur des obftacles, dans les foins que je pourrois être obligé de prendre pour que ce malheureux événement reftât enféveli dans le filence.

Mais cette reffource de complicité, qui convient également au coupable & à l'innocent, ne peut fuffire à ma délicateffe : en defirant de vous écarter comme partie, je vous réclame comme mon juge. L'eftime des perfonnes qu'on refpecte eft trop précieufe, pour que je me laiffe ravir la vôtre fans la défendre, & je crois en avoir les moyens.

En effet, fi vous convenez que la vengeance eft permife, difons mieux, qu'on fe la doit, quand on a été trahi dans fon amour, dans fon amitié, & fur-tout, dans fa confiance ; fi vous en convenez, mes torts

vont difparoître à vos yeux. N'en croyez
pas mes difcours ; mais lifez , fi vous en avez
le courage, la correfpondance que je dépofe
entre vos mains (1). La quantité de Lettres
qui s'y trouvent en original , paroît rendre
authentiques celles dont il n'exifte que des
copies. Au refte, j'ai reçu ces papiers, tels
que j'ai l'honneur de vous les adreffer, de
M. de Valmont lui-même. Je n'y ai rien
ajouté, & je n'en ai diftrait que deux Lettres
que je me fuis permis de publier.

L'une étoit néceffaire à la vengeance commune de M. de Valmont & de moi, à laquelle nous avions droit tous deux , & dont
il m'avoit expreffément chargé. J'ai cru de
plus, que c'étoit rendre fervice à la fociété,
que de démafquer une femme auffi réelle-
ment dangereufe que l'eft M^{de}. de Merteuil,
& qui, comme vous pouvez le voir, eft la
feule, la véritable caufe de tout ce qui s'eft
paffé entre M. de Valmont & moi.

Un fentiment de juftice m'a porté auffi à
publier la feconde, pour la juftification de

---

(1) C'eft de cette correfpondance , de celle remife pareillement à la mort de Madame de Tourvel, & des Lettres
confiées auffi à Madame de Rofemonde par Madame de
Volanges, qu'on a formé le préfent Recueil, dont les originaux fubfiftent entre les mains des héritiers de Madame de
Rofemonde.

M. Prévan, que je connois à peine, mais qui n'avoit aucunement mérité le traitement rigoureux qn'il vient d'éprouver, ni la févérité des jugemens du public, plus redoutable encore; & fous laquelle il gémit depuis ce temps, fans avoir rien pour s'en défendre.

Vous ne trouverez donc que la copie de ces deux Lettres, dont je me dois de garder les originaux. Pour tout le refte, je ne crois pas pouvoir remettre en de plus fûres mains un dépôt qu'il m'importe peut-être qui ne foit pas détruit, mais dont je rougirois d'abufer. Je crois, Madame, en vous confiant ces papiers, fervir auffi bien les perfonnes qu'ils intéreffent, qu'en les leur remettant à elles-mêmes; & je leur fauve l'embarras de les recevoir de moi, & de me favoir inftruit d'aventures, que fans doute elles défirent que tout le monde ignore.

Je crois devoir vous prévenir à ce fujet, que cette correfpondance, ci-jointe, n'eft qu'une partie d'une collection bien plus volumineufe, dont M. de Valmont l'a tirée en ma préfence, & que vous devez retrouver à la levée des fcellés, fous le titre, que j'ai vu, de *compte ouvert entre la Marquife de Merteuil & le Vicomte de Valmont*. Vous prendrez, fur cet objet, le parti que vous fuggérera votre prudence.

Je fuis avec refpect, Madame, &c.

P. S. Quelques avis que j'ai reçus, & les conseils de mes amis m'ont décidé à m'absenter de Paris pour quelque temps : mais le lieu de ma retraite, tenu secret pour tout le monde, ne le sera pas pour vous. Si vous m'honorez d'une réponse, je vous prie de l'adresser à la Commanderie de...., par P...., & sous le couvert de M. le Commandeur de.... C'est de chez lui que j'ai l'honneur de vous écrire.

ce 12 Décembre 17**.

LETTRE CLXX.

Madame de VOLANGES à Madame DE ROSEMONDE.

JE marche, ma chère amie, de surprise en surprise, & de chagrin en chagrin. Il faut être mere, pour avoir l'idée de ce que j'ai souffert hier toute la matinée ; & si mes plus cruelles inquiétudes ont été calmées depuis, il me reste encore une vive affliction, & dont je ne prévois pas la fin.

Hier, vers dix heures du matin, étonnée de ne pas avoir encore vu ma fille, j'envoyai ma femme-de-chambre pour savoir

ce qui pouvoit occasionner ce retard. Elle
revint le moment d'après fort effrayée, &
m'effraya bien davantage, en m'annonçant
que ma fille n'étoit pas dans son appartement;
& que depuis le matin, sa Femme-de-chambre ne l'y avoit pas trouvée. Jugez de ma
situation! Je fis venir tous mes Gens, & sur-
tout mon Portier : tous me jurerent ne rien
savoir & ne pouvoir rien m'apprendre sur cet
événement. Je passai aussi-tôt dans la chambre de ma fille. Le désordre qui y régnoit
m'apprit bien qu'apparemment elle n'étoit
sortie que le matin : mais je n'y trouvai
d'ailleurs aucun éclaircissement. Je visitai ses
armoires, son secrétaire ; je trouvai tout à
sa place & toutes ses hardes, à la réserve
de la robe avec laquelle elle étoit sortie. Elle
n'avoit seulement pas pris le peu d'argent
qu'elle avoit chez elle.

Comme elle n'avoit appris qu'hier, tout
ce qu'on dit de Madame de Merteuil, qu'elle
lui est fort attachée, & au point même
qu'elle n'avoit fait que pleurer toute la soirée ; comme je me rappellois aussi qu'elle
ne savoit pas que M^de de Merteuil étoit à
la campagne, ma premiere idée fut qu'elle
avoit voulu voir son amie, & qu'elle avoit
fait l'étourderie d'y aller seule. Mais le temps
qui s'écouloit sans qu'elle revînt, me rendit
toutes mes inquiétudes. Chaque moment

augmentoit ma peine ; & tout en brûlant de m'inſtruire, je n'oſois pourtant prendre aucune information, dans la crainte de donner de l'éclat à une démarche, que peut-être je voudrois après pouvoir cacher à tout le monde. Non, de ma vie, je n'ai tant ſouffert !

Enfin, ce ne fut qu'à deux heures, paſſées, que je reçus à la fois une Lettre de ma fille, & une de la ſupérieure du Couvent de.... La Lettre de ma fille diſoit ſeulement qu'elle avoit craint que je ne m'oppoſaſſe à la vocation qu'elle avoit de ſe faire Religieuſe, & qu'elle n'avoit oſé m'en parler : le reſte n'étoit que des excuſes ſur ce qu'elle avoit pris, ſans ma permiſſion, ce parti, que je ne déſaprouverois ſûrement pas, ajoutoit-elle, ſi je connoiſſois ſes motifs, que pourtant elle me prioit de ne pas lui demander.

La Supérieure me mandoit qu'ayant vu arriver une jeune perſonne ſeule, elle avoit d'abord refuſé de la recevoir, mais que l'ayant interrogée, & ayant appris qui elle étoit, elle avoit cru me rendre ſervice, en commençant par donner aſyle à ma fille, pour ne pas l'expoſer à de nouvelles courſes, auxquelles elle paroiſſoit déterminée. La Supérieure en m'offrant comme de raiſon de me remettre ma fille, ſi je la redemandois, m'in-

vite, fuivant fon état, à ne pas m'oppofer
à une vocation qu'elle appelle fi décidée ;
elle me difoit encore n'avoir pas pu m'informer plutôt de cet événement, par la peine
qu'elle avoit eue à me faire écrire par ma
fille, dont le projet étoit que tout le monde
ignorât où elle s'étoit retirée. C'eft une cruelle
chofe que la déraifon des enfans !

J'ai été fur le champ à ce Couvent ; &
après avoir vu la Supérieure, je lui ai demandé de voir ma fille ; celle-ci n'eft venue
qu'avec peine, & bien tremblante. Je lui ai
parlé devant les Religieufes, & je lui ai
parlé feule : tout ce que j'en ai pu tirer au
milieu de beaucoup de larmes, eft qu'elle ne
pouvoit être heureufe qu'au Couvent ; j'ai
pris le parti de lui permettre d'y refter,
mais fans être encore au rang des Poftulan-
tes, comme elle le demandoit. Je crains
que la mort de M^{de}. de Tourvel & celle de
M. de Valmont n'aient trop affecté cette
jeune tête. Quelque refpect que j'aie pour la
vocation religieufe, je ne verrois pas fans
peine, & même fans crainte, ma fille em-
braffer cet état. Il me femble que nous avons
déjà affez de devoirs à remplir fans nous en
créer de nouveaux, & encore, que ce
n'eft guere à cet âge que nous favons ce qui
nous convient.

Ce qui redouble mon embarras, c'eft le

retour très-prochain de M. de Gercourt ;
faudra-t-il rompre ce mariage fi avanta-
geux ? Comment donc faire le bonheur de
fes enfans, s'il ne fuffit pas d'en avoir le
defir & d'y donner tous fes foins ? Vous
m'obligerez beaucoup de me dire ce que
vous feriez à ma place ; je ne peux m'arrêter
à aucun parti : je ne trouve rien de fi effrayant que d'avoir à décider du fort des
autres, & je crains également de mettre dans
cette occafion-ci, la févérité d'un juge ou
la foibleffe d'une mere.

Je me reproche fans ceffe d'augmenter
vos chagrins, en vous parlant des miens ;
mais je connois votre cœur, la confolation
que vous pourriez donner aux autres, deviendroit pour vous la plus grande que vous
puiffiez recevoir.

Adieu, ma chere & digne amie ; j'attends
vos deux réponfes avec bien de l'impatience.

Paris, ce 13 Décembre 17**.

LETTRE CLXXI.

Madame DE ROSEMONDE au Chevalier DANCENY.

APRÈS ce que vous m'avez fait connoître,
Monfieur, il ne refte qu'à pleurer & qu'à fe
taire. On regrette de vivre encore, quand
on apprend de pareilles horreurs; on rougit
d'être femme, quand on en voit une capable
de femblable excès.

Je me prêterai volontiers, Monfieur, pour
ce qui me concerne, à laiffer dans le filence
& l'oubli tout ce qui pourroit avoir trait &
donner fuite à ces triftes événemens. Je fouhaite même qu'ils ne vous caufent jamais
d'autres chagrins que ceux inféparables du
malheureux avantage que vous avez remporté fur mon neveu. Malgré fes torts, que
je fuis forcée de reconnoître, je fens que je
ne me confolerai jamais de fa perte; mais
mon éternelle affliction fera la feule vengeance
que je me permettrai de tirer de vous; c'eft
à votre cœur à en apprécier l'étendue.

Si vous permettez à mon âge une réflexion qu'on ne fait gueres au vôtre, c'eft
que, fi on étoit éclairé fur fon véritable

bonheur, on ne le chercheroit jamais hors
des bornes preſcrites par les loix & la religion.

Vous pouvez être ſûr que je garderai fidel-
lement & volontiers le dépôt que vous m'avez
confié ; mais je vous demande de m'autoriſer
à ne le remettre à perſonne, pas même à
vous, Monſieur, à moins qu'il ne devienne
néceſſaire à votre juſtification. J'oſe croire
que vous ne vous refuſerez pas à cette priere,
& que vous n'êtes plus à ſentir qu'on gémit
ſouvent de s'être livré, même à la plus
juſte vengeance.

Je ne m'arrête pas dans mes demandes,
perſuadée que je ſuis de votre généroſité &
de votre délicateſſe ; il ſeroit bien digne de
toutes deux, de remettre auſſi entre mes mains
les lettres de Mademoiſelle de Volanges,
qu'apparemment vous avez conſervées, &
qui ſans doute ne vous intéreſſent plus. Je
ſais que cette jeune perſonne a de grands
torts avec vous ; mais je ne penſe pas que
vous ſongiez à l'en punir ; & ne fût-ce que
par reſpect pour vous-même, vous n'avilirez
pas l'objet que vous avez tant aimé. Je n'ai
donc pas beſoin d'ajouter que les égards que
la fille ne mérite pas, ſont au moins bien dus
à la mere, à cette femme reſpectable, vis-
à-vis de qui vous n'êtes pas ſans avoir beaucoup à réparer ; car enfin, quelque illuſion

qu'on cherche à fe faire par une prétendue
délicateffe de fentimens, celui qui le premier
tente de féduire un cœur encore honnête &
fimple, fé rend par-là même le premier fau-
teur de fa corruption, & doit être à jamais
comptable des excès & des égaremens qui
la fuivent.

Ne vous étonnez pas, Monfieur, de tant
de févérité de ma part; elle eft la plus grande
preuve que je puiffe vous donner de ma parfaite eftime. Vous y acquerrez de nouveaux
droits encore, en vous prêtant, comme je
le defire, à la fûreté d'un fecret, dont la
publicité vous feroit tort à vous-même, &
porteroit la mort dans un cœur maternel,
que déjà vous avez bleffé. Enfin, Monfieur,
je defire de rendre ce fervice à mon amie;
& fi je pouvois craindre que vous me refu-
faffiez cette confolation, je vous demanderois
de fonger auparavant que c'eft la feule que
vous m'ayez laiffée.

J'ai l'honneur d'être, &c.

*Du Château de....., ce 1 5 Décembre 17**.*

•%※•

LETTRE CLXXII.

Madame DE ROSEMONDE *à Madame* DE VOLANGES.

Si j'avois été obligée, ma chere amie, de faire venir & d'attendre de Paris les éclaircissemens que vous me demandez concernant M^{de}. de Merteuil, il ne me seroit pas possible de vous les donner encore ; & sans doute je n'en aurois reçu que de vagues & d'incertains : mais il m'en est venu que je n'attendois pas, que je n'avois pas lieu d'attendre ; & ceux-là n'ont que trop de certitude. O! mon amie, combien cette femme vous a trompée ?

Je répugne à entrer dans aucun détail sur cet amas d'horreurs ; mais quelque chose qu'on en débite, assurez-vous qu'on est encore au-dessous de la vérité. J'espere, ma chere amie, que vous me connoissez assez pour me croire sur ma parole, & que vous n'exigerez de moi aucune preuve. Qu'il vous suffise de savoir qu'il en existe une foule, que j'ai dans ce moment même entre les mains.

Ce n'est pas sans une peine extrême, que

je vous fais la même priere de ne pas m'o-
bliger à motiver le conseil que vous me demandez, relativement à Mlle. de Volanges.
Je vous invite à ne pas vous opposer à la
vocation qu'elle montre. Sûrement nulle raison ne peut autoriser à forcer de prendre cet
état, quand le sujet n'y est pas appellé:
mais quelquefois c'est un grand bonheur qu'il
le soit ; & vous voyez que votre fille elle-
même vous dit que vous ne la désapprou-
veriez pas, si vous connoissiez ses motifs.
Celui qui nous inspire nos sentimens, sait
mieux que notre vaine sagesse, ce qui convient à chacun ; & souvent, ce qui paroît
un acte de sa sévérité, en est au contraire
un de sa clémence.

Enfin, mon avis, que je sens bien qui
vous affligera, & que par-là même vous
devez croire que je ne vous donne pas sans
y avoir beaucoup réfléchi, est que vous lais-
siez Mlle. de Volanges au Couvent, puisque
ce parti est de son choix ; que vous encou-
ragiez, plutôt que contrarier le projet qu'elle
paroît avoir formé ; & que dans l'attente de
son exécution, vous n'hésitiez pas à rompre
le mariage que vous aviez arrêté.

Après avoir rempli ces pénibles devoirs
de l'amitié, & dans l'impuissance où je suis
d'y joindre aucune consolation, la grace qui
me reste à vous demander, ma chere amie,

est de ne plus m'interroger sur rien qui ait rapport à ces tristes événemens : laissons-les dans l'oubli qui leur convient ; & sans chercher d'inutiles & d'affligeantes lumieres, soumettons-nous aux décrets de la Providence, & croyons à la sagesse de ses vues, lors même qu'elle ne nous permet pas de les comprendre. Adieu, ma chere amie.

Du Château de.... ce 15 Décembre 17**.

LETTRE CLXXIII.

Madame DE VOLANGES à Madame DE ROSEMONDE.

O ! MON amie ! de quel voile effrayant vous enveloppez le sort de ma fille ! & vous paroissez craindre que je ne tente de le soulever ! Que me cache-t-il donc qui puisse affliger davantage le cœur d'une mere, que les affreux soupçons auxquels vous me livrez ? Plus je connois votre amitié, votre indulgence, & plus mes tourmens redoublent : vingt fois, depuis hier, j'ai voulu sortir de ces cruelles incertitudes, & vous demander de m'instruire sans ménagement & sans détour ; & chaque fois j'ai frémi de crainte,

en fongeant à la priere que vous me faites de
ne pas vous interroger. Enfin, je m'arrête
à un parti qui me laiffe encore quelque efpoir; & j'attends de votre amitié que vous
ne vous refuferez pas à ce que je defire;
c'eft de me répondre fi j'ai à peu près compris ce que vous pouviez avoir à me dire;
de ne pas craindre de m'apprendre tout ce
que l'indulgence maternelle peut couvrir, &
qui n'eft pas impoffible à réparer. Si mes
malheurs excedent cette mefure, alors je
confens à vous laiffer en effet ne vous expliquer que par votre filence : voici donc
ce que j'ai fu, & jufqu'où mes craintes
peuvent s'étendre.

Ma fille a montré avoir quelque goût
pour le Chevalier Danceny, & j'ai été informée qu'elle a été jufqu'à recevoir des
Lettres de lui, & même jufqu'à lui répondre;
mais je croyois être parvenue à empêcher
que cette erreur d'un enfant n'eût aucune
fuite dangereufe : aujourd'hui que je crains
tout, je conçois qu'il feroit poffible que ma
furveillance eût été trompée, & je redoute
que ma fille, féduite, n'ait mis le comble à
fes égaremens.

Je me rappelle encore plufieurs circonftances qui peuvent fortifier cette crainte. Je
vous ai mandé que ma fille s'étoit trouvée
mal à la nouvelle du malheur arrivé à M. de
Valmont;

Valmont; peut-être cette senſibilité avoit-elle ſeulement pour objet l'idée des riſques que M. Danceny avoit courus dans ce combat. Quand depuis elle a tant pleuré en apprenant tout ce qu'on diſoit de Mde. de Merteuil, peut-être ce que j'ai cru la douleur de l'amitié, n'étoit que l'éffet de la jalouſie, ou du regret de trouver ſon Amant infidele. Sa derniere démarche peut encore, ce me ſemble, s'expliquer par le même motif. Souvent on ſe croit appellée à Dieu, par cela ſeul qu'on ſe ſent révoltée contre les hommes. Enfin, en ſuppoſant que ces faits ſoient vrais, & que vous en ſoyez inſtruite, vous aurez pu, ſans doute, les trouver ſuffiſans pour autoriſer le conſeil rigoureux que vous me donnez.

Cependant, s'il étoit ainſi, en blâmant ma fille, je croirois pourtant lui devoir encore de tenter tous les moyens de lui ſauver les tourmens & les dangers d'une vocation illuſoire & paſſagere. Si M. Danceny n'a pas perdu tout ſentiment d'honnêteté, il ne ſe refuſera pas à réparer un tort dont lui ſeul eſt l'auteur, & je peux croire enfin que le mariage de ma fille eſt aſſez avantageux, pour qu'il puiſſe en être flatté, ainſi que ſa famille.

Voilà, ma chere & digne amie, le ſeul eſpoir qui me reſte; hâtez-vous de le con-

IVme. Partie.　　　　　　H

firmer, si cela vous est possible. Vous jugez combien je desire que vous me répondiez, & quel coup affreux me porteroit votre silence (1).

J'allois fermer ma lettre, quand un homme de ma connoissance est venu me voir, & m'a raconté la cruelle scene que Mde de Merteuil a essuyée avant-hier. Comme je n'ai vu personne tous ces derniers jours, je n'avois rien su de cette avanture ; en voilà le récit, tel que je le tiens d'un témoin oculaire.

Mde de Merteuil, en arrivant de la campagne, avant-hier Jeudi, s'est fait descendre à la Comédie Italienne , où elle avoit sa loge ; elle y étoit seule, & ce qui dut lui paroître extraordinaire, aucun homme ne s'y présenta pendant tout le spectacle. A la sortie, elle entra, suivant son usage, au petit sallon, qui étoit déjà rempli de monde ; sur le champ il s'éleva une rumeur, mais dont apparemment elle ne se crut pas l'objet. Elle apperçut une place vuide sur l'une des banquettes, & elle alla s'y asseoir ; mais aussi-tôt toutes les femmes qui y étoient déjà, se leverent comme de concert, & l'y laisserent absolument seule. Ce mouve-

_____

(1) Cette Lettre est restée sans réponse.

ment marqué d'indignation générale fut applaudi de tous les hommes, & fit redoubler les murmures, qui, dit-on, allerent jusqu'aux huées.

Pour que rien ne manquât à son humiliation, son malheur voulut que M. de Prévan, qui ne s'étoit montré nulle part depuis son aventure, entrât dans le même moment dans le petit sallon. Dès qu'on l'apperçut, tout le monde, hommes & femmes, l'entoura & l'applaudit; & il se trouva, pour ainsi dire, porté devant Mde de Merteuil, par le public qui faisoit cercle autour d'eux. On assure que celle-ci a conservé l'air de ne rien voir & de ne rien entendre, & qu'elle n'a pas changé de figure! mais je crois ce fait exagéré. Quoi qu'il en soit, cette situation, vraiment ignominieuse pour elle, a duré jusqu'au moment où on a annoncé sa voiture; & à son départ, les huées scandaleuses ont encore redoublé. Il est affreux de se trouver parente de cette femme. M. de Prévan a été, le même soir, fort accueilli de tous ceux des Officiers de son Corps qui se trouvoient-là, & on ne doute pas qu'on ne lui rende bientôt son emploi & son rang.

La même personne qui m'a fait ce détail, m'a dit que Mde de Merteuil avoit pris la nuit suivante une très-forte fievre, qu'on

avoit cru d'abord être l'effet de la situation
violente où elle s'étoit trouvée ; mais qu'on
fait depuis hier au foir, que la petite vérole
s'eft déclarée confluente & d'un très-mauvais
caractere. En vérité, ce feroit, je crois,
un bonheur pour elle d'en mourir. On dit
encore que toute cette aventure lui fera peùt-
être beaucoup de tort pour fon procès, qui
éft près d'être jugé, & dans lequel on pré-
tend qu'elle avoit befoin de beaucoup de
faveur.

Adieu, ma chere & digne amie. Je vois
bien dans tout cela les méchans punis ; mais
je n'y trouve nulle confolation pour leurs
malheureufes victimes.

Paris, ce 18 Décembre 17**.

LETTRE CLXXIV.

Le Chevalier DANCENY à Madame
DE ROSEMONDE.

VOUS avez raifon, Madame, & fûrement je ne vous refuferai rien de ce qui
dépendra de moi, & à quoi vous paroîtrez
attacher quelque prix. Le paquet que j'ai

l'honneur de vous adreſſer contient toutes les Lettres de Mlle de Volanges. Si vous les liſez, vous ne verrez peut-être pas ſans étonnement qu'on puiſſe réunir tant d'ingénuité & tant de perfidie. C'eſt, au moins, ce qui m'a frappé le plus dans la derniere lecture que je viens d'en faire.

Mais, ſur-tout, peut-on ſe défendre de la plus vive indignation contre Mde de Merteuil, quand on ſe rappelle avec quel affreux plaiſir elle a mis tous ſes ſoins à abuſer de tant d'innocence & de candeur ?

Non, je n'ai plus d'amour. Je ne conſerve rien d'un ſentiment ſi indignement trahi ; & ce n'eſt pas lui qui me fait chercher à juſtifier Mlle de Volanges. Mais cependant, ce cœur ſi ſimple, ce caractere ſi doux & ſi facile, ne ſe feroient-ils pas portés au bien, plus aiſément encore qu'ils ne ſe ſont laiſſés entraîner vers le mal ? Quelle jeune perſonne, ſortant de même du couvent, ſans expérience & preſque ſans idées, & ne portant dans le monde, comme il arrive preſque toujours alors, qu'une égale ignorance du bien & du mal ; quelle jeune perſonne, dis-je, auroit pû réſiſter davantage à de ſi coupables artifices ? Ah ! pour être indulgent, il ſuffit de réfléchir à combien de circonſtances indépendantes de nous, tient l'alternative effrayante de la délicateſſe,

ou de la dépravation de nos sentimens. Vous
me rendiez donc justice, Madame, en pen-
sant que les torts de Mlle de Volanges,
que j'ai sentis bien vivement, ne m'ins-
pirent pourtant aucune idée de vengeance.
C'est bien assez d'être obligé de renoncer à l'aimer ! il m'en coûteroit trop de
la haïr.

Je n'ai eu besoin d'aucune réflexion pour
desirer que tout ce qui la concerne, & qui
pourroit lui nuire, restât à jamais ignoré de
tout le monde. Si j'ai paru différer quelque
temps de remplir vos desirs à cet égard, je
crois pouvoir ne pas vous en cacher le motif ; j'ai voulu auparavant être sûr que je
ne serois point inquiété sur les suites de ma
malheureuse affaire. Dans un temps où je
demandois votre indulgence, où j'osois même
croire y avoir quelques droits, j'aurois craint
d'avoir l'air de l'acheter en quelque sorte
par cette condescendance de ma part ; &
sûr de la pureté de mes motifs, j'ai eu, je
l'avoue, l'orgueil de vouloir que vous ne
puissiez en douter. J'espere que vous pardonnerez cette délicatesse, peut-être trop
susceptible, à la vénération que vous m'ins-
pirez, au cas que je fais de votre estime.

Le même sentiment me fait vous demander, pour derniere grâce, de vouloir bien
me faire savoir si vous jugez que j'ai rempli

tous les devoirs qu'ont pu m'impofer les malheureufes circonftances dans lefquelles je me
fuis trouvé. Une fois tranquille fur ce point,
mon parti eft pris ; je pars pour Malte : j'irai
y faire avec plaifir, & y garder religieu-
fement des vœux qui me fépareront d'un
monde dont, jeune encore, j'ai déjà eu tant
à me plaindre ; j'irai enfin chercher à perdre, fous un ciel étranger, l'idée de tant
d'horreurs accumulées, & dont le fouvenir
ne pourroit qu'attrifter & flétrir mon ame.

Je fuis avec refpect, Madame, votre très-
humble, &c.

Paris, ce 25 Décembre 17**.

LETTRE CLXXV.

Madame DE VOLANGES à Madame DE ROSEMONDE.

LE fort de Madame de Merteuil paroît enfin rempli, ma chere & digne amie ; & il eſt tel que ſes plus grands ennemis ſont partagés entre l'indignation qu'elle mérite, & la pitié qu'elle inſpire. J'avois bien raiſon de dire que ce ſeroit peut-être un bonheur pour elle de mourir de ſa petite vérole. Elle en eſt revenue, il eſt vrai, mais affreuſement défigurée ; & elle y a particuliérement perdu un œil. Vous jugez bien que je ne l'ai pas revue : mais on m'a dit qu'elle étoit vraiment hideuſe.

Le Marquis de......, qui ne perd pas l'occaſion de dire une méchanceté, diſoit hier, en parlant d'elle, que la maladie l'avoit retournée, & qu'à préſent ſon ame étoit ſur ſa figure. Malheureuſement tout le monde trouva que l'expreſſion étoit juſte.

Un autre événement vient d'ajouter encore à ſes diſgraces & à ſes torts. Son procès a été jugé avant-hier , & elle l'a perdu tout

d'une voix. Dépens , dommages & intérêts, reftitution des fruits, tout a été ad-
jugé aux mineurs : en forte que le peu de
fa fortune qui n'étoit pas compromis dans
ce procès, eft abforbé , & au-delà, par les
frais.

Auffi-tôt qu'elle a appris cette nouvelle,
quoique malade encore, elle a fait fes arrangemens, & eft partie feule dans la nuit &
en pofte. Ses gens difent aujourd'hui qu'aucun d'eux n'a voulu la fuivre. On croit qu'elle
a pris la route de la Hollande.

Ce départ fait plus crier encore que tout
le refte; en ce qu'elle a emporté fes diamans,
objet très-confidérable , & qui devoit rentrer
dans la fucceffion de fon mari , fon argen-
terie, fes bijoux ; enfin, tout ce qu'elle a
pu ; & qu'elle laiffe après elle pour près de
50,000 liv. de dettes. C'eft une véritable
banqueroute.

La famille doit s'affembler demain pour
voir à prendre des arrangemens avec les
créanciers. Quoique parente bien éloignée,
j'ai offert d'y concourir : mais je ne me
trouverai pas à cette affemblée , devant
affifter à une cérémonie plus trifte encore.
Ma fille prend demain l'habit de Poftulante.
J'efpere que vous n'oublierez pas , ma chere
amie , que dans ce grand facrifice que je
fais, je n'ai d'autre motif, pour m'y croire

obligée, que le filence que vous avez gardé vis-à-vis de moi.

M. Danceny a quitté Paris, il y a près de quinze jours. On dit qu'il va paſſer à Malte, & qu'il a le projet de s'y fixer. Il feroit peut-être encore temps de le retenir?... Mon amie ! .... ma fille eſt donc bien coupable ! .... Vous pardonnerez fans doute à une mere de ne céder que difficilement à cette affreufe certitude.

Quelle fatalité s'eſt donc répandue autour de moi depuis quelque temps, & m'a frappée dans les objets les plus chers ! Ma fille, & mon amie !

Qui pourroit ne pas frémir en fongeant aux malheurs que peut caufer une feule liaiſon dangereufe ! & quelles peines ne s'éviteroit-on point en y réfléchiſſant davantage ! Quelle femme ne fuiroit pas au premier propos d'un féducteur ? Quelle mere pourroit, fans trembler, voir une autre perfonne qu'elle parler à fa fille ? Mais ces réflexions tardives n'arrivent jamais qu'après l'événement; & l'une des plus importantes vérités, comme auſſi peut-être des plus généralement reconnues, reſte étouffée & fans ufage dans le tourbillon de nos mœurs inconféquentes.

Adieu, ma chere & digne amie; j'éprouve en ce moment que notre raifon, déjà fi in-

fuffifante pour prévenir nos malheurs, l'eft
encore davantage pour nous en confoler (1).

Paris, ce 14 Janvier 17**.

---

(1) Des raifons particulieres & des confidérations que
nous nous ferons toujours un devoir de refpecter, nous
forcent de nous arrêter ici.

Nous ne pouvons, dans ce moment, ni donner au
Lecteur la fuite des avantures de Mlle de Volanges, ni
lui faire connoître les finiftres événemens qui ont comblé les malheurs ou achevé la punition de Madame de
Merteuil.

Peut-être quelque jour nous fera-t-il permis de com-
pléter cet Ouvrage ; mais nous ne pouvons prendre aucun
engagement à ce fujet : & quand nous le pourrions, nous
croirions encore devoir auparavant confulter le goût du
Public, qui n'a pas les mêmes raifons que nous de s'in-
téreffer à cette lecture.

Note de l'Éditeur.

Fin de la quatrieme & derniere Partie.

CORRESPONDANCE

Entre Madame RICCOBONI
& l'Auteur des LIAISONS
D A N G E R E U S E S.

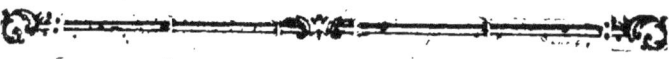

LETTRE Ire.

JE ne suis pas surprise qu'un fils de M.
de Choderlos écrive bien. L'esprit est hé-
réditaire dans sa famille ; mais je ne puis
le féliciter d'employer ses talens, sa facilité,
les graces de son style, à donner aux étrangers une idée si révoltante des mœurs de
sa nation &. du goût de ses compatriotes.
Un écrivain distingué, comme M. de Laclos, doit avoir deux objets en se faisant
imprimer, celui de plaire, & celui d'être
utile. En remplir un, ce n'est pas assez pour
un homme honnête. On n'a pas besoin de
se mettre en garde contre des caracteres
qui ne peuvent exister, & j'invite M. de
Laclos à ne jamais orner le vice, des
agrémens qu'il a prêtés à Mde. de Merteuil.

A

RÉPONSE

De Monsieur de L. à Madame R.

MONSIEUR de Laclos remercie, bien
fincérement, Mde Riccoboni, de la bonté
qu'elle a eue de lui faire parvenir fon avis
fur l'ouvrage qu'il vient de faire paroître.
Il lui doit bien plus de remerciements encore,
de l'indulgence qu'elle a portée dans fon jugement littéraire : mais il la fupplie de lui
permettre quelques réclamations fur la févérité avec laquelle elle a jugé la morale de
l'Auteur.

M. de L. commence par féliciter Mde R.
de ne pas croire à l'exiftence des femmes
méchantes & dépravées. Pour lui, éclairé
par une expérience plus malheureufe, il
affure avec chagrin, mais avec fincérité,
qu'il ne pourroit effacer aucun des traits
qu'il a raffemblés dans la perfonne de Mde
de Merteuil, fans mentir à fa confcience, fans
taire au moins, une partie de ce qu'il a vû.
Seroit-ce donc un tort d'avoir voulu, dans
l'indignation de ces horreurs, les dévoiler,
les combattre, & peut-être en prévenir de
femblables ?

Si M. de L. peut être accusé *d'avoir donné*, par-là, *aux étrangers une idée si révoltante des mœurs de sa nation & du goût de ses compatriotes*, il faut faire le même reproche au peintre de Lovelace, à l'Auteur des Egaremens du cœur & de l'esprit, &c. &c.

Sans quitter l'ouvrage dont il est question, si les étrangers apportent dans ce pays la crainte salutaire des Merteuil, en sentiront-ils moins le prix des Tourvel, & des Rosemonde; & se plaindra-t-on d'eux s'ils jugent les femmes d'après ce qu'en dit cette même Mde de Rosemonde, Lettre 130?

Enfin, M. de L. n'a point cherché *à orner le vice des agrémens qu'il a prêtés à Mde de Merteuil*, mais il a cru qu'en peignant le vice, il pouvoit lui laisser tous les agrémens dont il n'est que trop souvent orné; & il a voulu que cette parure dangereuse & séduisante, ne pût affoiblir, un moment, l'impression d'horreur que le vice doit toujours exciter. Tel, à-peu-près, au monument élevé par Pigal (1), on ne voit point sans effroi, sous une draperie moëlleuse, le squelette de la mort fortement prononcé.

M. de L. n'en sent pas moins que les regards peuvent-être blessés de quelques-uns

_____

(1) Le mausolée de M, le Maréchal de Saxe, à Strasbourg.

des tableaux qu'il n'a pas craint de présenter: mais son premier objet étoit *d'être utile*,
& ce n'est que pour y parvenir qu'il a *désiré
de plaire.*

Quand ses Lecteurs, fatigués de ces images
attristantes, voudront se reposer sur des sentimens plus doux ; quand ils rechercheront la
nature embellie ; quand ils voudront connoître tout ce que l'esprit & les graces peuvent ajouter de charmes à la tendresse, à la
vertu; M de L. les invitera à relire *Ernestine*,
Fanny, *Catesby*, &c. &c. &c. Et si à la
vue d'aussi charmans tableaux, ils doutoient
de l'existence des modeles, il leur dira avec
confiance : ils sont tous dans le cœur du
peintre. Peut-être alors, conviendront - ils
que c'est aux femmes seules, qu'appartient
cette sensibilité précieuse, cette imagination
facile & riante qui embellit tout ce qu'elle
touche, & crée les objets tels qu'ils devroient
être : mais que les hommes, condamnés à un
travail plus sévere, ont toujours suffisamment
bien fait quand ils ont rendu la nature avec
exactitude & fidélité.

M. de L. osera-t-il joindre à cette justification, peut-être trop longue, un exem-
plaire de son ouvrage ? Mde R. recevra
cet hommage avec indulgence, si elle veut
bien en juger moins sur sa valeur que sur le
sentiment qui le fait présenter.

LETTRE II.

Du 14 Avril 1782.

VOUS êtes bien généreux, Monfieur, de répondre par des complimens fi polis, fi flateurs, fi fpirituellement exprimés, à la liberté que j'ai ofé prendre d'attaquer le fond d'un ouvrage dont le ftyle & les détails méritent tant de louanges. Vous me feriez un tort véritable en m'attribuant la partialité *d'un Auteur*. Je le fuis de fi peu de chofes, qu'en lifant un livre nouveau, je me trouverois bien injufte & bien fotte, fi je le comparois aux bagatelles forties de ma plume, & croyois mes idées propres à guider celles des autres. C'éft en qualité de femme, Monfieur, de Françoife, de patriote zélée pour l'honneur de ma nation, que j'ai fenti mon cœur bleffé du caractere de Mde de Merteuil. Si, comme vous l'affurez, ce caractere affreux exifte, je m'applaudis d'avoir paffé mes jours dans un petit cercle, & je plains ceux qui étendent affez leurs connoiffances pour fe rencontrer avec de pareils monftres.

Recevez mes finceres remerciemens, Monfieur, de l'agréable préfent que vous avez
bien voulu me faire. Tout Paris s'empreffe
à vous lire, tout Paris s'entretient de vous.
Si c'eft un bonheur d'occuper les habitans
de cette immenfe Capitale, jouiffez de ce
plaifir. Perfonne n'a pu le goûter autant
que vous. J'ai l'honneur d'être, Monfieur,
avec tous les fentimens qui vous font dus,

Votre très-humble & très-
obéiffante fervante,

RICCOBONI.

RÉPONSE

C'EST encore moi, Madame, & je crains bien que vous ne me trouviez importun. Mais le moyen de ne pas répondre à votre obligeante lettre ! de ne pas vous remercier de vos remerciemens ! Enfin , que vous dirai-je ? Cette correspondance peut cesser, & même je m'y attends : Je sens que vous avez le droit de vous taire , & que je n'aurai pas celui de réclamer contre votre silence : Mais sans doute vous ne vous attendez pas que ce soit moi qui en donne l'exemple ; ce sera bien assez de m'y conformer. J'ai appris depuis long-temps à supporter des privations, mais non pas à m'en imposer.

Non, Madame, je ne vous ai point soupçonnée de la partialité *d'un Auteur* : & qui pourroit vous en inspirer ? Que pourroit-on écrire qui détruisît jamais le charme de ces ouvrages délicieux, que vous seule nommez des bagatelles ; mais qu'on chérira toujours, tant qu'on sentira le prix des sentimens honnêtes, délicatement exprimés ? Mais , dites-vous, vous êtes femme & Françoise ! Hé bien !

A 4

ces deux qualités ne m'effraient point. Je
fens dans mon cœur tout ce qu'il faut pour
ne pas redouter ce tribunal.

Peut-être ces mêmes *Liaifons dangereufes*,
tant reprochées aujourd'hui par les femmes,
font une preuve affez forte que je me fuis
beaucoup occupé d'elles ; & comment s'en
occuper & ne les aimer pas ?

Que fi j'en ai rencontré quelques - unes,
jettées en quelque forte hors de leur fexe
par la dépravation & la méchanceté ; fi,
frappé du mal qu'elles faifoient, des maux
qu'elles pouvoient faire, j'ai répandu l'alar-
me & dévoilé leurs coupables artifices ; qu'ai-
je fait en cela, que fervir les femmes honnêtes ; & pourquoi me reprocheroient-elles
d'avoir combattu l'ennemi qui faifoit leur
honte, & pouvoit faire leur malheur ?

Mais, pourfuit-on, vous créés des monftres pour les combattre ; de telles femmes
n'exiftent point : fuppofons-le, j'y confens.
Alors, pourquoi tant de rumeur ? Quand
Don Quichotte s'arma pour aller combattre
les moulins à vent, quelqu'un s'avifa-t-il
d'en prendre la défenfe ? On le plaignit,
on ne l'accufa point. Revenons à la vérité.

On infifte, & l'on me demande, Mde de
Merteuil a-t-elle jamais exifté ? Je l'ignore.
Je n'ai point prétendu faire un libelle. Mais

quand Moliere peignit le Tartufe, exiſtoit-il un homme qui, ſous le manteau de la Religion, eût entrepris de ſéduire la mere dont il épouſoit la fille ; de brouiller le fils avec le pere ; d'enlever à celui - ci ſa fortune ; & de finir par ſe rendre le délateur de ſa victime, pour échapper à ſes réclamations? Non ſans doute, cet homme n'exiſtoit pas : mais vingt, mais cent hypocrites avoient commis ſéparément de ſemblables horreurs : Moliere les réunit ſur un ſeul d'entr'eux, & le livra à l'indignation publique.

Vous ne me ſoupçonnerez pas, ſans doute, de me comparer à Moliere : mais j'ai pû, comme lui, raſſembler dans un même perſonnage, les traits épars du même caractere. J'ai donc peint, ou au moins j'ai voulu peindre, les noirceurs que des femmes dépravées s'étoient permiſes, en couvrant leurs vices de l'hypocriſie des mœurs.

Si aucune femme ne s'eſt livrée à la débauche en feignant de ſe rendre à l'amour ; ſi jamais une autre n'a facilité, provoqué même, la ſéduction de ſa compagne, de *ſon amie* ; s'il ne s'en trouve point qui ait voulu perdre, qui ait perdu en effet ſon amant, devenu trop tôt infidele ; ſi l'on n'en a point vû, dans ce choc des paſſions viles, ſe permettre un grand mal pour un

A 5

très-léger intérêt ; fi enfin ce mot de *gaieté*
n'a pas été prophané , indiftinctement par
les hommes & par les femmes , pour exprimer des horreurs qui doivent révolter toute
ame honnête ; fi tout cela n'eft point, j'ai
eu tort d'écrire. ... Mais qui ofera nier ces
vérités de tous les jours ?

Voilà , Madame , une partie des raifons que
je me fuis dites avant de publier mon ouvrage , & que peut-être je ferai obligé de
dire un jour à tout le monde ; j'en ai d'autres
encore , mais ce n'eft pas avec vous qu'il
eft befoin de tout dire.

J'ajouterai cependant que Mde de Merteuil
n'eft pas plus une Françoife qu'une femme de
tout autre pays. Par-tout où il naîtra une femme
avec des fens actifs & un cœur incapable
d'amour ; quelque efprit & une ame vile ;
qui fera méchante , & dont la méchanceté
aura de la profondeur fans énergie ; là exif-
tera Mde de Merteuil fous quelque coftume
qu'elle fe préfente , & feulement avec des
différences locales. Si j'ai donné à celle-ci
l'habit François , c'eft que , perfuadé qu'on
ne peint avec vérité qu'en peignant d'après
nature , j'ai préféré la draperie que je pouvois avoir fous mes yeux :: mais l'œil exer-
cé dépouille aifément le modele , & reconnoît *le nu.*

Soyez donc, Madame, femme & Françoise ; chériffez votre sexe & votre patrie, qui tous deux doivent s'honorer de vous posséder ; j'y trouverai un motif de plus de desirer votre suffrage, mais non une raison nouvelle pour ne pas l'obtenir.

J'ai l'honneur d'être, Madame, &c.

A 6

LETTRE III.

ME croire difpenfée de vous répondre, Monfieur, & me donner votre adreffe, c'eft au moins une petite contradiction. On vous aura dit que j'étois farouche? Je le fuis en effet. Mais l'antre où je me cache ne m'a pas rendue tout-à-fait impolie, & je reconnoîtrois mal la bonne opinion que vous daignez avoir de mon caractere, fi je paroiffois infenfible aux égards dont vous m'honorez. Une de vos expreffions me femble affez finguliere. Un Militaire, mettre au rang de fes *privations*, la négligence d'une femme dont il a pu entendre parler à fa grand'-mere! Cela ne vous fait-il pas rire, Monfieur?

Vous avez la fantaifie de me perfuader, même de me convaincre par vos raifonne-mens, qu'un livre, où brille votre efprit, eft le réfultat de vos remarques & non l'ou-vrage de votre imagination. N'eft-ce pas là votre idée? En le fuppofant, toutes les cam-pagnes n'offrent point l'afpect d'un joli pay-

fage, & c'eft au peintre à choifir les vues
qu'il deffine. Oui fans doute, Monfieur, on
a montré avant vous des monftres déteffa-
bles, mais leur vice eft puni par les Loix.
Tartufe, que vous chargez à tort d'un defir
inceftueux, eft un voleur adroit, mis à la
fin de la piece entre les mains de la Juftice.
Moliere a dû raffembler des traits frappans
fur ce perfonnage, le théâtre exigeant une
action vive & preffée. Votre fecond exemple, Lovelace, eft un être de raifon. La
paffion vraiment forte, vraiment tendre que
Richardfon lui donne pour Clarice, le met
abfolument hors de la nature. Votre libertin, indifférent & vain, s'en rapproche bien
davantage ; il trompe, il trahit de fang-
froid ; ce qu'un homme amoureux ne fauroit faire.

Malgré tout votre efprit, malgré toute
votre adreffe à juftifier vos intentions, on
vous reprochera toujours, Monfieur, de préfenter à vos Lecteurs une vile créature,
appliquée dès fa premiere jeuneffe à fe former au vice, à fe faire des principes de
noirceur, à fe compofer un mafque pour
cacher, à tous les regards, le deffein d'adop-
ter les mœurs d'une de ces malheureufes
que la mifere réduit à vivre de leur infamie.
Tant de dépravation irrite & n'inftruit pas ;
on s'écrie à chaque page, cela n'eft point ,

cela ne sauroit être ! L'exagération ôte au précepte la force propre à corriger. Un Prédicateur emporté , fanatique , en damnant son auditoire n'excite pas la moindre réflexion salutaire ; il en a trop dit, on ne le croit pas. Ce sont les vérités douces & simples , qui s'insinuent aisément dans le cœur ; on ne peut se défendre d'en être touché , parce qu'elles parlent à l'ame & l'ouvrent au sentiment dont on veut la pénétrer. Un homme extrêmement pervers, est aussi rare dans la société qu'un homme extrêmement vertueux. On n'a pas besoin de prévenir contre les crimes ; tout le monde en conçoit de l'horreur. Mais des regles de conduite seront toujours nécessaires , & ce sera toujours un mérite d'en donner. Vous avez tant de facilité , Monsieur, un style si aimable, pourquoi ne pas les employer à présenter des caracteres que l'on desire d'imiter ? Vous prétendez aimer les femmes ? faites-les donc taire , appaisez leurs cris & calmez leur colere. Vous ne savez pas, Monsieur, combien vous regretterez un jour leur amitié ; elle est si douce , elle devient si agréable à votre sexe , quand ses passions amorties lui permettent de ne plus les regarder comme l'objet de son amusement. Les hommes s'estiment, se servent, s'obligent même ; mais sont-ils capables de ces attentions délicates,

de ces petits foins, de ces complaifances
continuelles & confolantes, dont l'amitié des
femmes fait feule goûter les charmes. Chan-
gez de fyftême, Monfieur, ou vous vivrez
chargé de la malédiction de la moitié du
monde, excepté de la mienne pourtant : car
je vous pardonne de tout mon cœur, &
je vous excuferai même, autant que je le
pourrai, fans me faire arracher les yeux.
J'ai l'honneur d'être, Monfieur,

Votre très-humble & très-
obéiffante fervante,

RICCOBONI.

RÉPONSE.

VOUS croire difpenfée de me répondre, Madame, & vous donner mon adreffe, c'eft en effet *une petite contradiction* : Mais defirer de recevoir de vos lettres, & ne vous pas donner le moyen de me les faire parvenir, en eût été une autre. Forcé de choifir, j'ai préféré, je l'avoue, le parti de mes defirs à celui de mes craintes. Ce que je ne voulois pas devoir à mon indifcrétion, j'efpérois l'obtenir de votre politeffe ; & il eft fi difficile de s'arrêter dans fes defirs, que je fouhaite, actuellement, mériter qu'au moins par la fuite, votre politeffe ne foit plus le feul motif de votre correfpondance. Je m'attends encore que cet efpoir fera déçû, & cependant fi je connoiffois quelques moyens pour qu'il ne le fut pas, je n'en négligerois aucun : c'eft toujours même conduite, comme vous voyez ; & que ce foit votre faute ou la mienne, j'ai bien peur de ne me pas corriger. Je ne peux pas même gagner fur moi de ne pas trouver *une privation* dans votre filence ! & cependant je me rappelle fort bien avoir entendu, comme vous dites,

Madame, parler de vous à ma grand'mere;
j'en parle même encore tous les jours avec
mon pere, qui n'est plus jeune; & pour
tout dire, je ne le suis plus moi-même. Mais
nos petits neveux parleront aussi de vous,
à leur tour; & si après vous avoir lue, ils
ne regardoient pas comme une privation de
ne plus avoir à vous lire, j'estimerois bien
peu le goût de la postérité! je vous pardonne
de me trouver ces torts par le plaisir que je
trouve à m'en justifier; il n'en est pas de
même de ceux que vous trouvez à mon
ouvrage. Une longue justification est si près
d'être une justification ennuyeuse, qu'il ne
faut pas moins que le cas infini que je fais
de votre suffrage, pour me donner le courage
de revenir sur ces objets.

Je conviens avec vous, Madame, que
*toutes les campagnes n'offrent point l'aspect
d'un joli paysage, & que c'est au peintre à
choisir les vues qu'il dessine :* Mais si quelques-
uns nous plaisent par le choix des sites rians,
rejetterons-nous entiérement ceux qui préferent pour leurs tableaux, les rochers, les
précipices, les gouffres, & les volcans ? Et
la paisible habitante de Paris, sera-t-elle
autorisée à reprocher au peintre du Vésuve,
de calomnier la nature ? Mais quoi ! Le
même pinceau ne peut-il pas s'exercer tour-
à-tour dans les deux genres? Si je m'en sou-

viens bien, Vernet fit fon tableau de la Tem-
pête avant celui du Calme, & l'un n'a pas
nui à l'autre.

Ce n'eft pas que, pour mon compte, je
m'engage à courir l'autre carriere. Hé ! qui
ofera fe croire le talent néceffaire pour peindre les femmes dans tous leurs avantages !
pour rendre comme on le fent, & leur
force, & leurs graces, & leur courage, &
même leurs foibleffes ! toutes les vertus em-
bellies ! jufqu'aux défauts devenus féduifans !
la raifon fans raifonnement, l'efprit fans
prétentions, l'abandon de la tendreffe & la
réferve de la modeftie, la folidité de l'âge
mûr & l'enjouement folâtre de l'enfance !
Que fais-je . . . . . Mais fur-tout comment
ne pas laiffer là le tableau, pour courir
après le modele ? Rouffeau ofa fixer Julie ;
il effaya de la peindre : il porta l'enthoufiafme jufqu'au délire, & vingt fois cependant il refta au deffous de fon fujet.

Sans doute une femme, née avec une
belle ame, un cœur fenfible & un efprit
délicat, peut répandre fur les portraits qu'elle
trace, une partie du charme qu'elle poffede ;
elle jouit dans fon travail d'une paifible facilité ; elle ne fait, en quelque forte, que
donner une contre-épreuve d'elle-même ;
Mais quel homme affez froid, peut faire
une étude tranquille de ce modele enchan-

teur ? Quelle main ne fera pas tremblante ?
Quels yeux ne feront point troublés …… ?
Et, fi cet homme impaffible exifte, par-là
même il ne fera qu'une image imparfaite.
Dans fon tableau, fans vie & fans chaleur,
je ne retrouverai plus la femme qu'il faut
aimer. Celle-là ne peut fe reconnoître qu'aux
tranfports qu'elle excite ; & celui qui les
reffent s'occupe-t-il à les peindre ?

Vous voyez, Madame, combien je fuis loin
encore *de faire taire les femmes, d'appaifer
leurs cris & de calmer leur colere.* Heureufe-
ment j'avois déjà quelques-unes d'elles pour
amies, & *mon criminel ouvrage* ne m'a point
encore attiré *leur malédiction.* Je me rappelle
à ce fujet un mot de Julie, qui difoit, en
parlant de Dieu : « les réprouvés, dit-on, le
» haïffent, il faudroit donc qu'il m'empêchât
» de l'aimer, » j'ofe dire comme elle. Je mets
trop de prix à l'amitié des femmes, pour
ne pas efpérer de la conferver, peut - être
même d'en obtenir encore. Pour vous, Madame, il y auroit fûrement de l'indifcrétion à
vous demander plus que de l'indulgence ....
Je fens qu'il faut m'arrêter ici pour ne pas
tomber encore dans *une petite contradiction.*

Cette longue lettre ne répond, comme
vous voyez, qu'à une partie de la vôtre,
& je n'ai même dit encore qu'une partie de

mes raifons fur les objets dont j'ai parlé. Si vous craignez un fecond volume, il fera néceffaire que vous me le faffiez favoir bientôt.

J'ai l'honneur d'être, &c.

Seconde Réponfe à la même Lettre.

CETTE lettre n'eft, Madame, que la continuation de celle que j'ai eu l'honneur de vous écrire il y a quelques jours. Il me femble que votre filence me donne le droit de pourfuivre, & j'en profite pour éclaircir les objets qui me reftent à traiter avec vous.

Je n'ai point prétendu charger Tartufe *d'un defir inceftueux.* Si je n'ai pas défigné Marianne par le mot de *belle* fille, c'eft qu'écrivant fur un fujet fi connu, j'étois affuré d'être entendu; c'eft de plus que je ne prétendois pas apprécier le péché, mais feulement le procédé : Or, l'action confidérée fous cette face, & relativement à Orgon, me paroît abfolument la même. Il n'en eft pas moins vrai que l'expreffion n'eft pas exacte; & j'aurois dû dire *de féduire la femme de l'homme dont il époufoit la fille.* Je me permets, à mon tour, une obfervation fur ce que vous me dites de cette piece ; c'eft que Tartufe n'eft point puni *par les Loix,* mais par l'autorité. Je fais cette remarque, parce qu'il me femble que le droit

du Moraliste , soit Dramatique soit Roman-
cier , ne commence qu'où les Loix se taisent.
Moliere lui - même paroît si bien être de
cet avis, qu'il a pris soin de mettre à l'abri
des atteintes de la Loi, jusqu'à la donation
irréguliere d'Orgon à Tartufe. C'est qu'en
effet les hommes une fois rassemblés en société, n'ont droit de se faire justice que des
délits que le Gouvernement ne s'est pas
chargé de punir. Cette justice du Public est
le ridicule pour les défauts , & l'indignation
pour les vices. La punition de Tartufe n'est
elle-même, qu'une suite de l'indignation du
Prince ; & le châtiment est motivé sur d'autres actions, que celles qui se sont passées
durant le cours de la piece.

Mais combien cette salutaire indignation
publique n'est-elle pas utile à réveiller , sur les
vices en faveur desquels elle semble se relâcher!
C'est ce que j'ai voulu faire. Mde de Merteuil
& Valmont excitent , dans ce moment , une
clameur générale ; mais rappellez-vous les
événemens de nos jours, & vous retrouve-
rez une foule de traits semblables , dont les
héros, des deux sexes, ne sont ou n'ont été
que mieux accueillis & plus honorés. J'ajoute
même que je me suis particuliérement privé
de quelques traits qui manquent à mes caracteres, par la seule raison qu'ils étoient trop
récens & trop connus ; & que l'honnête homme,

en diffamant le vice, répugne cependant
à diffamer les vicieux.

Les mœurs que j'ai peintes ne font pourtant pas, Madame, celles *de ces malheureu-*
fes que la mifere réduit à vivre de leur infa-
mie : mais ce font celles de ces femmes, plus
viles encore, qui favent calculer ce que le
rang ou la fortune leur permettent d'ajouter
à ces vices infâmes ; & qui en redoublent
le danger par la profanation de l'efprit &
des graces. Le tableau en eft attriftant, je
l'avoue, mais il eft vrai ; & le mérite que
je reconnois à tracer *des fentimens qu'on de-*
fire d'imiter, n'empêche pas, je crois, qu'il
ne foit utile de peindre ceux dont on doit fe
défendre.

Je ne finirai pas cette lettre fans vous
remercier, Madame, de l'honnêteté avec
laquelle vous avez combattu mon avis,
& même encore de la complaifance que
vous avez eue de le combattre ; & fi je
me félicite d'avoir fixé un moment, fur
moi, l'attention volage du Public, c'eft particuliérement par l'occafion que j'y ai trouvée
de faire parvenir jufqu'à vous, & de pouvoir vous adreffer moi-même, l'affurance
& l'hommage des fentimens d'eftime &
de refpect que je vous ai voués pour
la vie.

J'ai l'honneur d'être, &c.

LETTRE IV.

Du Vendredi.

AVEC de l'efprit, de l'éloquence & de l'obftination, on a fouvent raifon, Monfieur, ou du moins on réduit au filence, les perfonnes qui n'aiment ni à differter, ni à foutenir leur opinion avec trop de chaleur. Permettez-moi donc de terminer une difpute dont nos derniers neveux ne verroient pas la fin fi elle continuoit. Le brillant fuccès de votre livre doit vous faire oublier ma légere cenfure. Parmi tant de fuffrages, à quoi vous ferviroit celui d'une cénobite ignorée ? Il n'ajouteroit point à votre gloire. Dire ce que je ne penfe pas me paroît une trahifon, & je vous tromperois en feignant de me rendre à vos fentimens. Ainfi, Monfieur, après un volume de lettres, nous nous retrouverions toujours au point d'où nous fommes partis. J'ai l'honneur d'être

Votre très-humble & très-obéiffante fervante,

RICCOBONI.

www.ingramcontent.com/pod-product-compliance
Lightning Source LLC
Chambersburg PA
CBHW050320030726
47505CB00003B/794